AF398359

Jennifer Lillian

Geboren in der Kleinstadt Soltau, lebt Jennifer Eilitz, die unter dem Pseudonym Jennifer Lillian ihre Romane veröffentlicht, auch heute noch mit ihrem Freund und ihrem gemeinsamen Sohn in der Lüneburger Heide. In ihrer Freizeit widmet sie sich gerne Büchern verschiedener Genres und schreibt seit 2017 selber Romane. Ihr Debütroman erschien 2017 im bookshouse-Verlag. Weitere folgten 2018 bei Edel Elements und Knaur/Feelings.

DON'T SPY
on your
BOSS

EINE FESSELNDE
NEW ADULT ROMANCE

JENNIFER LILLIAN

Kapitel 1

»Um Himmels willen, Louisa! Willst du mir auch noch meinen allerletzten Nerv rauben?«, fragte meine Mum wütend, während ich mein Smartphone gute zehn Zentimeter von meinem Ohr entfernt hielt. Ich musste nicht einmal den Lautsprecher auf meinem Gerät aktivieren, ich konnte sie auch bestens ohne verstehen.

»Natürlich möchte ich das nicht. Mit deinen angespannten Nerven könnte ich ohnehin nichts anfangen«, fügte ich leise hinzu und bereute meine Worte im selben Moment.

»Ich glaube nicht, dass du in der Position bist, gegen mich auszuteilen, meine Liebe«, rief Mum weiter in den Hörer und ich war froh, dass uns etwa zweihundert Meilen voneinander trennten. Ich hätte einfach auflegen können, so tun, als hätte es das Gespräch nie gegeben, doch dafür war es jetzt zu spät. Ich hatte meiner Mutter gebeichtet, dass ich mein Wirtschaftsstudium im vorletzten Semester geschmissen hatte. Im *vorletzten*, wie sie es mir in den vergangenen Minuten immer wieder mit Nachdruck in Erinnerung gerufen hatte.

»Wie kann man nur so wenig Ausdauer haben? Immerhin hattest du es schon so weit geschafft. Wie kommst du dazu, diese Entscheidung einfach allein zu treffen? Wir hätten doch darüber reden können, Louisa.«

»Du hättest mich das niemals durchziehen lassen«, erklärte ich, obwohl ich längst in dem Alter war, meine Entscheidungen selbst zu treffen. Doch so wie meine Mutter das sah, traf das scheinbar nicht zu.

»Natürlich hätte ich das nicht! Wie hätte ich zulassen können, dass du deine Zukunft einfach wegwirfst?«

»Siehst du? Deshalb habe ich nichts gesagt. Mum, du weißt nicht, wie schlecht es mir mit dem Studium ging. Es ist nichts, was mich auch nur ansatzweise zu dem bringt, was ich eigentlich machen will.« Ich seufzte und setzte mich auf die Parkbank unweit der Uni, die ich endlich hinter mir lassen konnte. Die Gespräche um mich herum waren laut und heiter, aber ich war froh, kein Teil mehr davon sein zu müssen.

Mum stöhnte genervt in den Hörer. »Kommst du mir jetzt wieder mit dem Kriminalitätsquatsch?«

»Es heißt Kriminologie«, korrigierte ich sie und rieb mir müde die Augen. Wie oft hatte ich versucht, ihr diesen Begriff einzuprägen?

»Sag ich doch. Kriminologie«, wiederholte sie. »Und was willst du damit machen? Verbrecher jagen? Den Präsidenten beschützen? Louisa, sieh das Ganze einmal realistisch. Du bist vierundzwanzig Jahre alt. Jetzt ein neues und zudem nutzloses Studium zu beginnen, wird dich nicht weiterbringen. Du hättest mit deinem Abschluss in Wirtschaftswissenschaften so viel anfangen können. Meinst du nicht, dass du deine Kündigung zurückziehen kannst? Soll ich mit deiner Direktorin sprechen? Ihr sagen, dass du nicht ganz du selbst warst und ... «

»Mum!«, unterbrach ich sie lauthals und eine ältere Dame, die an mir vorbeispazierte, zuckte zusammen und sah mich vorwurfsvoll an. Entschuldigend hob ich die Hand und nickte ihr freundlich zu. In ruhigerem Ton sprach ich weiter: »Ich werde meine Kündigung nicht zurückziehen und noch weniger will ich, dass du dich einmischst. Die Entscheidung ist gefallen. Ich werde dieses Fach nicht weiterstudieren.«

Erneut ein Seufzen auf der anderen Leitung.

Ich hatte die leise Hoffnung, dass ich Mum endlich erreicht und überzeugt hatte, doch auch dieser Gedanke war nur eine platzende Seifenblase. »Was hätte dein Vater nur dazu gesagt?«

Augenrollend schüttelte ich den Kopf. »Er hätte mich ermutigt, das zu tun, was ich möchte.« Er war immer auf meiner Seite gewesen. Ich konnte mir nur zu gut vorstellen, wie Mum in ihrem Wohnzimmer stand, den Blick auf Dads Foto auf der Kommode gerichtet, als könnte er ihr sagen, was nun zu tun war. Aber Dad war seit seiner Krankheit vor etwa sechs Jahren nicht mehr bei uns. Ein kurzes Schweigen entstand, bis Mum sich offensichtlich von ihrem Schock erholt hatte. »Was willst du jetzt tun?«

Achselzuckend schaute ich auf die gepackte Reisetasche neben mir. »Ich werde mir einen Job suchen und mich in der Zwischenzeit für ein Studium in *Kriminalität* bewerben.«

Wieder ein Stöhnen. Sie wusste einfach, wie man jemandem ein schlechtes Gewissen machen konnte, und das nur mit Seufzen und Stöhnen.

»Hast du denn schon einen Job?«

Ich schluckte. »Ich bin noch auf der Suche?« Meine Antwort klang eher wie eine kleinlaute Frage. Erneutes Stöhnen auf der anderen Leitung.

»Okay, Louisa. Ich möchte, dass du nach Hause kommst. Du hast kein Geld für eine Wohnung. Du wirst hier einziehen und dann sehen wir weiter.«

So wie Mum das sagte, hörte es sich mehr an wie ein Befehl als ein mütterlicher Plan, ihrer Tochter beizustehen. So sehr ich mich auch dagegen sträubte, wieder nach Hause zu kommen, so sehr wusste ich, dass ich keine andere Wahl hatte. Ich überlegte kurz, vielleicht bei meiner besten Freundin Marleen unterzukommen. Doch vermutlich wäre in ihren vier Wänden gar kein Platz für mich. Tja, das hatte ich nun davon. Ich hatte mein Studium geschmissen, meinen Platz im Wohnheim verloren und kein Geld, da Mum mir dieses nun nicht mehr zahlen würde. »Bist du dir sicher, dass ich nach Hause kommen soll? Ich meine, nicht, dass ich dich irgendwie einenge ... Ich könnte vielleicht bei Marleen bleiben ... «

»Natürlich sollst du nach Hause kommen! Früher haben wir schließlich auch zusammengelebt, und bis auf deine nervige Angewohnheit, immer irgendwo etwas liegen zu lassen, hat das doch gut funktioniert. Aber ich räume dir deine Sachen nicht mehr hinterher, du bist mittlerweile alt genug.«

Ach, jetzt bin ich auf einmal alt genug!

»Sehr gut, Mum. Ich bin noch nicht einmal zu Hause und du gehst jetzt schon beinahe an die Decke.«

»Halt dich einfach an die Hausregeln, dann wird das schon. Bei Marleen zu wohnen, halte ich für keine gute Idee. Immerhin hat sie einen Job und einen Freund. Was willst du dich da aufdrängen? Komm nach Hause. Und dann setzen wir uns zusammen und sehen, wie es mit dir weitergeht.«

Augenblicklich fragte ich mich, ob es vielleicht besser gewesen wäre, wenn ich das nächste Jahr einfach auf der Straße verbracht hätte, nur um meiner Mum dann einen gefälschten Abschluss vor die Nase halten zu können. Der Gedanke schien mir attraktiver als der, wieder zu Hause leben zu müssen. Aber nun war es zu spät. Die Katze war aus dem Sack und ich fühlte mich noch schlechter als zuvor.

»Ich nehme den nächsten Zug nach Hause, dann bin ich heute Abend da«, erklärte ich schließlich.

»Gut. Du hast ja einen Schlüssel, denn ich bin vorher bei der Arbeit. Es gibt viel zu tun!«

»Ist gut. Ich warte zu Hause auf dich«, sagte ich und legte hastig auf, bevor sie mir noch erklären würde, wie ich ein Zugticket zu kaufen hatte. Schließlich war ich jetzt ihre Tochter, die keinen Abschluss hatte und nicht auf eigenen Beinen stehen konnte. In anderen Worten: Ich war die größte Enttäuschung ihres Lebens!

Kapitel 2

Mein Zimmer sah genauso aus wie früher, bevor ich ausgezogen war. Vielleicht hatte es Mum doch geschmerzt, dass ich die Stadt verließ, weshalb sie diesen Raum so erhielt, als würde ich jeden Moment heimkommen. Was ja nun auch der Fall war. Vermutlich war das Wunschdenken, denn meine Mum war mehr General als einfühlsame Mutter und wusste wahrscheinlich nichts Besseres mit meinem Zimmer anzufangen. Sie liebte mich, das wusste ich, sonst hätte sie sich nicht ständig um mich gesorgt und es wäre ihr egal gewesen, was ich mit meinem Leben anfing. Nur konnte sie es nicht so herzlich zeigen. Mein Dad hingegen war ganz anders gewesen. Er war einfühlsam, fürsorglich und liebevoll. Schon oft hatte ich mich gefragt, wie er es so lange mit meiner Mum hatte aushalten können, aber wie heißt es so schön: Gegensätze ziehen sich an. In Mum und Dads Fall traf das auf jeden Fall zu. Mein Dad fehlte mir so sehr, dass es auch nach den vergangenen sechs Jahren noch immer unheimlich schmerzte. Wieder in meinem alten Elternhaus zu sein, machte das alles nicht einfacher.

Achtsam legte ich meine Kleidung in meinen alten Kleiderschrank, dessen Tür noch immer leicht aus den Angeln hing. Als Jugendliche hatte ich vor Wut dagegengetreten und da es meine Schuld war, wurde er auch nicht repariert. Vorsichtig glitt ich mit meinen Fingern über die Tür und seufzte bei der Erinnerung. Nachdem ich mich halbwegs eingerichtet hatte, blickte ich mich um. Alles war noch im selben Grünton gestrichen. Die weiß-grün gestreiften Vorhänge und die grüne Bettwäsche waren an ihrem gewohnten Platz. Man konnte meinen, ich mochte die Farbe einmal sehr. Inzwischen war ich eher der Blautyp, aber ich hatte nicht vor, es mir hier allzu gemütlich zu machen. Immerhin wollte ich mit vierundzwanzig nicht ewig bei meiner Mutter wohnen – eigentlich wollte ich gar nicht bei meiner Mutter wohnen, dachte ich trübsinnig und atmete tief durch. Gerade verließ ich mein Kinderzimmer, als ich hörte, wie Mum die Haustür aufschloss und ins Haus trat. Ein altbekanntes Geräusch. Ich lief die Treppe hinunter und begrüßte sie mit einer Umarmung, die sie zu meiner Überraschung fest erwiderte. »Hi, Mum.«

»Hallo, Louisa. Wie war die Anreise?«, fragte sie, während sie eine Einkaufstasche auf dem Boden abstellte. Hastig nahm ich sie ihr ab und trug sie in die angrenzende Küche auf der linken Seite des Hauses.

»Ganz gut. Keine Störungen oder Verzögerungen«, antwortete ich und hoffte, dass sie nicht sofort auf den Begriffen *Studium, Abbrecherin* und *Versagerin* herumreiten würde. Also begann ich geschäftig ihre Einkäufe zu verstauen. Sobald eines dieser Wörter fallen sollte, könnte ich ein Gewürzgurkenglas fallen lassen, um den unangenehmen Themen zu entgehen.

»Gut, wenn wir ausgepackt haben, bereite ich uns etwas zum Abendessen zu. Ich habe einen Riesenhunger. In der Firma war heute einiges los. Ich komme mit der

Arbeit langsam nicht mehr hinterher. Und jetzt hat Mathilda auch noch gekündigt!« Mum warf die Arme in die Luft und seufzte. »Sie meinte, sie käme mit meinem scharfen Ton nicht klar. Was ist das bitte für eine schlechte Begründung?«

Eine nachvollziehbare Begründung, dachte ich, zuckte aber lediglich mit den Schultern. »Was hältst du davon, wenn ich uns einen Tee mache, du dich an den Küchentisch setzt und ich uns etwas zu essen koche?«, schlug ich vor und bemerkte Mums skeptischen Blick. Sie sprach es nicht aus, doch ich wusste, dass sie fragen wollte, ob ich überhaupt kochen konnte. Aber sie nickte lediglich und setzte sich an den runden Tisch der alten Landhausküche. Mit wenigen Handgriffen bereitete ich uns einen Tee zu und reichte ihr eine Tasse, ehe ich mich an die restlichen Einkäufe machte und überlegte, was ich kochen könnte. Hin und wieder schaute ich zu Mum, die nicht viel redete. Das hatte sie nach einem langen Arbeitstag noch nie getan. Sie wirkte älter als bei meinem letzten Besuch an Weihnachten. Das war jetzt etwa sechs Monate her. Ihre kurzen braunen Haare waren an den Schläfen leicht ergraut und ich fragte mich, wann sie das letzte Mal beim Friseur gewesen war, um sie zu färben. Früher legte sie großen Wert darauf. Früher, als Dad noch lebte.

»Wie läuft es sonst in der Firma?«, fragte ich, um das Gespräch in eine mir entfernte Richtung zu lenken.

»Wie ich schon sagte, es gibt viel zu tun. Jetzt, da Mathilda gekündigt hat, fehlt mir eine Kraft. Paul ist derzeit noch krankgeschrieben, hat irgendetwas mit dem Magen und Patricia geht bald in Mutterschutz. Obwohl sie meiner Meinung nach noch fit genug wäre, wenigstens ein paar Einkäufe zu erledigen.«

Ich schluckte. Wow, meine Mum würde sogar eine hochschwangere Frau zum Arbeiten verdonnern, wenn das Gesetz es nicht anders vorschreiben würde.

»Wenn das so weitergeht, werde ich bald selbst das Zepter in die Hand nehmen müssen und den Bürokram dann am Abend erledigen.«

Ich griff nach verschiedenem Gemüse und begann, dieses in kleine Stücke zu schneiden. Ich hatte mich für eine leckere Gemüsepfanne mit Pesto entschieden. Ein Gericht, bei dem ich nicht viel falsch machen und meine Mutter zur Abwechslung mal nicht enttäuschen konnte. »Aber Mum, das wirst du niemals allein schaffen. Immerhin läuft die Vermittlungsfirma doch bestens und wirft auch gut was ab. Du wirst sicherlich wieder neue Mitarbeiter finden.« *Wenn du sie nicht alle vergraulst.*

»Ja«, bestätigte sie mir, »irgendwann schon. Bis dahin muss ich mir aber etwas überlegen.« Sie bedachte mich mit einem vielsagenden Blick, doch ich wandte mich wieder dem Essen zu. Seit ich denken kann, lebte Mum für ihre Arbeit. Vor vielen Jahren hatte sie diese Vermittlungsfirma gegründet, mit der sie Arbeitskräfte an verschiedene Arbeitgeber vermittelte. Sobald jemand eine Aushilfe suchte, schickte Mum einen von ihren Mitarbeitern hin, damit diese die Aufgaben erledigen konnten. Dabei handelte es sich um Jobs wie Botengänge, Fahrservices, Kellnerarbeiten oder Reinigungsaufgaben, die dann für ein paar Tage oder Wochen in Anspruch genommen werden konnten. Manchmal waren sie auch nur einmalig. Je nachdem, was gewünscht wurde. Ich hoffte für Mum, dass sich die Mitarbeitersituation bald wieder regeln würde.

Nachdem wir gegessen und den Abwasch gemacht hatten, zogen wir uns mit einem Glas Weißwein ins Wohnzimmer zurück. Müde ließ ich mich auf die dunkelgrüne Couch fallen und Mum legte ihre Füße auf den Fußhocker vor ihrem Sessel. Draußen hatte sich das warme frühsommerliche Wetter etwas abgekühlt und durch die offenen Fenster wehte eine angenehme Brise ins Haus. Ich zog meinen weißen Cardigan, den ich mir nach dem Essen über mein T-Shirt gezogen hatte, etwas enger.

»Also, nun zu dir«, begann meine Mutter und schwenkte ihr Glas leicht in der Hand, während sie mich genau ansah. Wir saßen uns gegenüber und ich hatte keine Chance ihren bohrenden Blicken zu entgehen. Also trank ich einen langen Schluck und schaute sie unschuldig an. »Was meinst du?«

»Wie soll es mit dir weitergehen?«

Ich stellte mein Weinglas auf dem Couchtisch vor mir ab und bettete meine Hände in den Schoß. »Na ja, ich habe vor, mich an der *Howland Universität* zu bewerben.«

Mum fielen beinahe die Augen aus den Höhlen. »Du meinst das mit dem Studium also wirklich ernst?«

»Was dachtest du denn? Dass ich ein Online-Seminar mache und dann hat sich das Thema erledigt? Nein, Mum. Ich möchte dieses Fach studieren. Das wollte ich schon immer. Das Wirtschaftsstudium habe ich nur gemacht, weil ... na ja, weil es sich eben angeboten hat und ich dachte, es wäre gut dieses Fach zu studieren.« *Und weil du es unbedingt wolltest*, fügte ich gedanklich hinzu. »Aber ich habe mich geirrt. Ich habe es wirklich versucht, sonst hätte ich noch viel früher abgebrochen, aber jetzt ging es einfach nicht mehr. Meine Noten wurden immer schlechter, weil es mich nicht mehr erfüllt hat. Und ich will etwas tun, das mich glücklich macht. Und mit Kriminologie stehen mir so viele Möglichkeiten offen«, erklärte ich euphorisch und erntete ein Stöhnen.

»Welche Aussichten sollen das bitte sein?«

»Ich könnte danach zur Polizei gehen oder in einem Gefängnis arbeiten. Ich könnte beim Gericht anfangen oder in politischen Institutionen. Aber am interessantesten wäre für mich die Tätigkeit bei der Kriminalpolizei. Ich habe mich ganz genau informiert«, plapperte ich und wurde immer aufgeregter, endlich mit ihr darüber zu sprechen.

Mum hob die Hand. »Schon gut, schon gut. Nun hol erst mal Luft. Wie willst du das Ganze finanzieren? Schließlich dauert dieses Krimi-Studium ein paar Jahre. Hast du dir überhaupt Gedanken darüber gemacht? Wie alt bist du bitte, wenn du fertig bist? Was ist mit Mann und Kindern? Willst du mit vierzig noch Kinder kriegen?«

Ich hielt kurz die Luft an, um Mum nicht anzubrüllen, dass sie den Ball flach halten soll, und griff nach meinem Glas. »Ich werde nebenbei viel arbeiten müssen, aber das wird funktionieren. Und was die Familienplanung angeht … da habe ich wirklich noch ein bisschen Zeit.«

Mum schüttelte den Kopf, als wäre ich ein kleines Mädchen, das davon träumte eines Tages Präsidentin zu werden. Sie trank einen großen Schluck und sah mich an. »Also gut. Ich mache dir einen Vorschlag«, begann sie und meine Augen wurden größer.

»Du denkst noch einmal ganz genau über das Studium nach. Nicht dass ich das gutheiße, immerhin wirst du nicht jünger und solltest langsam einen Plan von deinem Leben haben. Aber du kommst nun mal nach deinem Vater. Er war auch so ein Traumtänzer. Hat immer nur für seine Träume gelebt und ständig etwas Neues angefangen, aber das ist jetzt nicht das Thema. Du kannst hier wohnen, bis du genug Geld für das Studium und eine eigene Wohnung zusammen hast ... «

Ich nickte. Das hörte sich gar nicht schlecht an.

»Aber«, sprach Mum weiter und mir sträubten sich die Nackenhaare. Dieser Ton gefiel mir nicht, denn er besagte, dass es eine Voraussetzung gab, die es in sich haben würde.

»Bis es so weit ist, arbeitest du für mich in der Firma.«

Ich schwieg und sah meine Mutter an, als hätte sie mir gerade einen Mord gestanden. Ehe ich verstand, was sie von mir verlangte, trank ich mein Glas in einem Zug leer. Nicht nur, dass ich unter ihren kontrollierenden Blicken anpacken sollte, ich sollte auch noch Aufträge von ihr entgegennehmen.

»Du möchtest, dass ich für dich arbeite? Dass ich Anweisungen annehme, Dienstmädchen für alles bin oder putze?«

»Willst du damit sagen, dass du dir zu fein für die Arbeit bist?«, antwortete Mum mit einer Gegenfrage und ich schüttelte hastig den Kopf. Wenn man bedachte, dass ich lieber auf der Straße gelebt hätte, als Mum die Wahrheit über mein Studium zu sagen, kam ein Job in ihrer Firma für mich eigentlich nicht infrage. Doch was hatte ich für eine Wahl? Ich hatte keinen Job. Würde so schnell vermutlich auch keinen finden und wohnte bei meiner Mutter, die am längeren Hebel saß und mich in diesem Moment böse anfunkelte.

»Natürlich nicht! Nur habe ich das noch nie gemacht.«

»Du meinst geputzt? Das weiß ich, nachdem ich jahrelang mit dir unter einem Dach gelebt habe ... «

»Das meine ich nicht!«, fiel ich ihr ins Wort. Allmählich ging sie mir auf die Nerven. »Ich will damit sagen, dass ich noch nie solche Tätigkeiten für andere verrichtet habe. Kurierdienste und so weiter.«

»Das wirst du schon lernen. Also ist das abgemacht. Du kannst Montag anfangen. Dafür kannst du hier wohnen und dich nebenbei auf deine Flachsidee ... ich meine, du kannst dich um dein Studium kümmern.«

Hatte ich schon mal erwähnt, dass Mum einem selten eine Wahl ließ? Aber wenn das bedeutete, dass ich mich um mein Studium kümmern konnte, würde ich dafür in den sauren Apfel beißen. Auch wenn er sehr sauer war.

Kapitel 3

Seit meinem letzten Besuch in meiner Heimatstadt Soulfield – eine niedliche Stadt im nördlichen Teil Amerikas – waren sechs Monate vergangen. Und dass ich kein Rückfahrticket gebucht hatte, fühlte sich merkwürdig an. Dieses Mal war mein Zuhause bei meiner Mum, die darauf lauerte, mir einen Auftrag zu geben, den ich auch ja anständig erledigen sollte. Ich konnte es kaum erwarten, ihr zu zeigen, dass ich nicht die größte Enttäuschung ihres Lebens war und mich als sehr nützlich erweisen würde. Mit einem Coffee-to-go-Becher in der Hand wollte ich gerade das Café verlassen, in dem ich als Teenager häufig mit meiner langjährigen und besten Freundin Marleen gesessen hatte, da klingelte mein Smartphone. Dem aggressiven Klingeln nach konnte es nur meine Mutter sein. Jedenfalls kam es mir so vor, als würde mein Smartphone wütender klingeln, wenn meine Mutter anrief. Hastig nahm ich das Gespräch an.

»Hey, Mum.«

»Louisa? Wo steckst du?«

Ich blickte mich kurz nach einer ruhigeren Ecke um, in der ich telefonieren konnte, ohne dass andere Gäste womöglich Mums laute Stimme hörten. Nur für den Fall ...

»Ich habe mir gerade einen Kaffee geholt und gehe ein bisschen durch die Stadt. Ich war lange nicht hier und wollte mich ein wenig umsehen und das schöne Wetter genießen.«

»Gut, nutze deine beiden freien Tage, solange du noch kannst, denn es wartet eine Menge Arbeit auf dich.«

»Hast du einen Job für mich?«

»Einen wirklich wichtigen«, setzte Mum hinzu. »Am besten kommst du ins Büro, dann können wir alles besprechen.«

»Meinst du, dass ich das auch wirklich kann? Sollte ich nicht vielleicht erst einmal etwas Kleineres annehmen? Ich meine, wenn der Auftrag doch so wichtig ist.«

»Glaub mir, ich würde es jemand anderem geben oder selbst machen, wenn ich könnte, aber es kommst im Moment nur du infrage«, gestand Mum, was mich sehr kränkte. Fehlte nur noch, dass sie ein *leider* hinzusetzte.

»Okay, na gut. Ich komme sofort zu dir. Bis gleich.« Stöhnend verstaute ich mein Smartphone in der Tasche und marschierte in Richtung Ausgang. Von wegen, meine zwei letzten freien Tage genießen! Gerade als ich aus dem Café treten wollte, spürte ich einen Aufprall, gefolgt von etwas Heißem, das sich brennend über meine Hand ergoss. Entsetzt schrie ich auf und blickte zu meiner Verwunderung in ein wütendes Gesicht, welches mich so finster anschaute, dass ich mich am liebsten in Luft aufgelöst hätte. »Was zum Teufel … ?«, fluchte der dazugehörige Mund und ich trat hastig einen Schritt zurück. Vor mir stand ein zugegeben sehr hübscher Mann, in einem sehr teuer aussehenden Anzug. Leider sah dieser durch meinen verschütteten Kaffee nicht mehr so gepflegt aus.

»O mein Gott, entschuldigen Sie bitte«, stammelte ich hilflos und machte Anstalten, dem Mann irgendwie zu helfen. Ich vergaß dabei, dass mir selbst die Haut fürchterlich brannte. »Es tut mir wirklich leid, das war keine Absicht. Ich habe Sie nicht ... «

»Haben Sie denn keine Augen im Kopf? Verdammt noch mal! Ich habe gleich einen wichtigen Termin und keine Zeit mich vorher umzuziehen!«, zeterte der Mann weiter und ich biss mir verlegen auf die Unterlippe. Krampfhaft suchte ich in meiner Handtasche nach einem Taschentuch, fand aber keines. »Wie gesagt, das war wirklich keine ... «

»Achten Sie das nächste Mal besser darauf, wo Sie hintreten. Himmel noch mal!«

Die Leute, die an uns vorbeiliefen, blickten uns mit staunenden Gesichtern an. Logisch, so eine Szene auf offener Straße fesselte jeden. Ich versuchte, die Leute zu ignorieren und warf meinen fast leeren Kaffeebecher in den Mülleimer neben mir. Dass ich mich selbst komplett mit Kaffee eingesaut hatte, schien den Typen nicht im Geringsten zu interessieren. Dann angelte ich nach meinem Portemonnaie und suchte nach den richtigen Worten, in der Annahme, dass er mich endlich meinen Satz zu Ende bringen lassen würde. »Ich kann mich nur tausendmal entschuldigen. Wirklich. Ich gebe Ihnen gerne Geld für die Reinigung, oder wissen Sie was? Am besten gebe ich Ihnen meine Adresse und Sie schicken mir einfach die Rechnung«, schlug ich vor und rechnete mir im Geiste aus, wie viele Pfandflaschen ich sammeln müsste, um die Rechnung von diesem teuren Anzug bezahlen zu können. Irgendwie hatte ich gehofft, ihn somit besänftigen zu können, doch da hatte ich mich wohl getäuscht. Der Mann sah mich irritiert an. »Wollen Sie mich auf den Arm nehmen?«

»Ich denke, dafür sind Sie ein bisschen zu schwer«, scherzte ich und verfluchte mich innerlich für meinen schlechten Witz. Wieder bedachte er mich mit einem Blick, als würde er mich gleich in der Luft zerreißen wollen. Instinktiv wich ich einen Schritt zurück. »Entschuldigen Sie, das war leider nicht so witzig, wie es gedacht war … «

»Das ist ganz und gar nicht witzig und Ihre Almosen können Sie sich schenken. Glauben Sie etwa, ich kann meine Rechnung nicht selbst zahlen? Was ich brauche ist kein Geld, sondern eine Zeitmaschine, die mir jetzt die Stunde gibt, die ich benötige, um mich umzuziehen.« So lange brauchte er, um sich umzuziehen? Das war ja wohl maßlos übertrieben!

Langsam wurde ich sauer. Immerhin hatte ich mich mehrmals entschuldigt und ihm den Kaffee garantiert nicht mit Absicht über seinen Anzug geschüttet. Ich war an dem Punkt, an dem ich bereute, dass ich nicht das komplette Getränk auf ihn gegossen hatte. Verdient hatte er es jedenfalls. Trotzig verschränkte ich die Arme vor der Brust. »Wissen Sie was? Eben dachte ich noch, dass es mir mit Ihrem Anzug ehrlich leidtun würde. Aber Sie lassen mich ja nicht einmal richtig aussprechen. Geben Sie mir doch einfach die Nummer von Ihrem Terminpartner und ich sage ihm, dass es ein dummer Fehler meinerseits war. Vielleicht lässt sich mit der anderen Person besser reden als mit Ihnen!«

»Allmählich gehen Sie mir wirklich auf die Nerven«, herrschte mich der Mann an, der fieberhaft versuchte, den Fleck mit einem Taschentuch zu entfernen. Als hätte er meinen Satz gar nicht wahrgenommen.

»Und *allmählich* scheinen Ihnen die Argumente auszugehen. Wenn Sie meine Entschuldigung nicht annehmen wollen und auch mein Geld nicht möchten, kann ich leider nichts mehr für Sie tun. Viel Spaß bei Ihrem Termin«, rief ich aufgebracht und verschwand zwischen den gaffenden Leuten, ehe der Mann, der mir unter anderen Umständen mit seinem dunklen Haar und den nussbraunen Augen wesentlich besser gefallen hätte, noch etwas erwidern konnte.

Kapitel 4

»Was ist denn mit dir passiert?«, begrüßte mich Mum mit entsetztem Blick und malte sich vermutlich die schlimmsten Szenarien aus, in denen natürlich *ich* die Schuldige war. Dass mir vielleicht jemand seinen Kaffee übergeschüttet haben könnte, daran würde sie im Traum nicht denken.

Ich betrat ihr kleines Büro, was sich in einem Gebäude mit vielen anderen Gemeinschaftsbüros befand, und setzte mich seufzend auf einen der beiden Plastikstühle vor ihrem Schreibtisch.

»Ich wurde angerempelt. War nur ein dummes Missgeschick«, erklärte ich und versuchte nicht weiter darauf einzugehen.

Mum schüttelte lautlos den Kopf und widmete sich einer Akte auf ihrem Schreibtisch, die sie mir reichte. *Mir geht es gut, habe keine Verbrennungen oder so*, hätte ich am liebsten noch hinzugefügt, weil sie nicht weiterfragte. Sie verlor keine Zeit. Als wäre die Akte ein Heiligtum aus einer längst vergessenen Ausgrabungsstätte, nahm ich sie entgegen und sah meine Mutter fragend an. »Ist das der Auftrag?«

Sie nickte. »Es ist einer der größten, die ich seit langem bekommen habe«, erklärte sie mit Nachdruck.

»Und worum geht es dabei?«

»Mr Ethan Bradford, der bekannteste und vor allem wohlhabendste Junggeselle in Soulfield, benötigt eine Assistentin in seiner Villa.«

Forschend ergründete Mum meine Reaktion, doch ich zuckte lediglich mit den Achseln. »Ich kenne keinen Ethan Bradford. Muss ich das?«

Mum fielen fast die Augen aus dem Gesicht. »*Jeder* kennt Mr Bradford. Immerhin ist er der Inhaber von *Bradford Security*!«

»Diese Sicherheitsfirma?«, staunte ich.

Sie nickte. »Genau diese. Er hat sich bereits im gesamten Land einen Namen gemacht und erst kürzlich ist er mit seiner Firma nach Kanada expandiert. Du kannst dir denken, dass er dabei wenig Zeit hat, sich um seine hauseigenen Angelegenheiten zu kümmern.«

»Ich kann mir kaum vorstellen, dass er sich überhaupt um etwas selbst kümmern muss.«

»Dafür hat er auch seine Angestellten«, erklärte Mum und lehnte sich in ihrem quietschenden Bürostuhl zurück. »Seine bisherige Assistentin hat gekündigt und daraufhin hat sich sein Stellvertreter Mr Scowman bei mir gemeldet und mir diesen Job erteilt.« Sie lächelte gewinnend. Scheinbar musste das *der* Durchbruch für Mums Firma sein.

»Das Honorar ist höher als alles, was ich mit unseren kleinen Aufträgen einnehme. Daher habe ich ihm für Montag direkt zugesagt.«

Nachdenklich spielte ich an einem Eselsohr an der Akte auf meinem Schoß herum. »Aber Assistentin … Was genau verstehe ich darunter? Seine Termine planen? Soll ich auch Botengänge und so was machen?«

»Natürlich!«, rief Mum, als wäre ich komplett unterbelichtet. »Du wirst früh am Morgen bei ihm aufschlagen und ihm in allen möglichen Dingen zur Seite stehen. Und wenn er möchte, dass du seinen Wagen polierst oder die Krallen seines Pudels mit rotem Nagellack lackierst, dann wirst du das anstandslos tun.« Sie zog die Augenbrauen so weit in die Höhe, dass sie beinahe am Hinterkopf landeten.

Ermattet nickte ich. Immerhin hatte ich keine Wahl und war von diesem Job abhängig. So ungern ich mir das auch eingestehen wollte.

»Muss ich auch diese supermodische Kleidung tragen? Businesshose, Blazer und hohe Schuhe, auf denen ich kaum laufen kann?«, scherzte ich schließlich, um endlich ein Lächeln auf Mums Lippen zu zaubern, doch sie sah mich an, als hätte ich den Verstand verloren. Dann lehnte sie sich leicht über den Tisch und räusperte sich. Ich kannte dieses Räuspern. Das hatte sie früher schon immer getan, wenn ich in der Schule etwas Dummes angestellt hatte und mich erklären musste. Mum hatte dieses unschlagbare Talent, einen mit bloßem Blick zum Schweigen zu bringen. Am liebsten hätte ich mir auf der Stelle die Lippen zugenäht, damit ich nicht noch mehr dummes Zeug von mir geben konnte.

»Louisa, du wirst dich zusammenreißen. Von diesem Job hängt eine ganze Menge ab. Wenn nicht sogar meine gesamte Existenz und somit auch deine. Die Mitarbeiter sind weg und ich bin mehr oder weniger allein und muss mich erst um gutes Personal kümmern. Und bis dahin wirst du dir Mühe geben, hast du verstanden?«

Schluckend nickte ich. Wie hätte ich sie missverstehen können?

»Du wirst dich am Montag um sieben Uhr bei Mr Scowman melden und dir von ihm alles zeigen lassen. Zieh dir etwas Schickes an und warte darauf, dass er dir passende Dienstkleidung reicht, wenn sie gewünscht wird«, erklärte Mum.

»In Ordnung«, schnaufte ich resigniert. »Aber bist du dir sicher, dass ich schon um sieben Uhr da sein muss? Das ist ganz schön früh«, konnte ich mir nicht verkneifen zu fragen, denn ich wusste, dass es sie auf die Palme bringen würde.

Mit einem strafenden Blick scheuchte sie mich aus ihrem Büro und ich verschwand so eilig, wie ich gekommen war. Als ich nach draußen auf den Gehweg der belebten Straße trat, atmete ich tief ein und wieder aus. Ich hatte gewusst, dass es schlimm werden würde für Mum zu arbeiten, aber dass es so grausig war, hätte ich nicht einmal im Traum gedacht. Als Chefin hatte sie im Umgang mit Mitarbeitern noch einiges zu lernen, aber das würde ich ihr lieber nicht sagen.

Kapitel 5

Das Wochenende ging schneller vorbei, als ich gehofft hatte, und so musste ich mich am Montagmorgen wohl oder übel meinem allerersten Arbeitsauftrag stellen. Gott sei Dank hatte ich den gestrigen Tag noch mit meiner besten Freundin Marleen verbracht und ihr von all meinen Problemen erzählt. Wir hatten uns mit einem Kaffee an den See gesetzt, an dem wir uns früher immer getroffen hatten und uns alles von der Seele geredet, was uns beschäftigte. Während es bei mir mein abgebrochenes Studium und der neue Job bei Mum waren, war es bei ihr ihr Freund, der sie derart vereinnahmte, dass während unseres Treffens etwa zehn Nachrichten eingegangen waren, in denen er fragte, wann er sie abholen, was er zum Abendessen vorbereiten und ob er noch einkaufen gehen sollte. Zwischendurch dachte ich, dass es mich vielleicht doch nicht so schlecht getroffen hatte wie Marleen. Unser Wiedersehen hatte so gutgetan, dass ich beinahe dachte, es könnte sich alles wieder richten. Beinahe. Denn als ich am Montagmorgen zum Frühstücken die Küche betrat, musterte Mum mich bereits mit einem finsteren Ausdruck. »Willst du etwa in dieser Aufmachung zur Arbeit gehen?«

Ich blickte fragend an mir herab, konnte an meinem weißen Langarmshirt, der dunkelblauen Jeans und meinen schwarzen Ballerinas aber nichts Verwerfliches erkennen.

»Du sollst einen guten Eindruck machen und professionell wirken«, wetterte Mum weiter und stellte ihren Kaffeebecher mit Nachdruck auf dem Küchentresen ab. Dann stampfte sie an mir vorbei. Mit gesenktem Kopf folgte ich ihr. »Ehrlich gesagt finde ich nicht, dass ich unpassend gekleidet bin. Weiß ist immer gut und außerdem ... «

» ... wirkst du wie eine Studentin, die die Nacht durchgemacht und nichts Besseres zum Anziehen hat. Himmelherrgott«, fluchte sie und ich wusste, dass ich ihr das kaum übel nehmen konnte, denn ihre Nerven schienen blank zu liegen. Ich durfte diesen Job nicht vermasseln.

Sie marschierte in mein Zimmer und durchsuchte meinen Kleiderschrank, in den ich am Vorabend meine Kleidung extra ordentlich einsortiert hatte. Mit gespitzten Lippen erforschte sie meine Garderobe und zog schließlich eine weiße Bluse mit halblangen Ärmeln hervor.

»Hm«, machte sie und hielt das Kleidungsstück wie ein Modedesigner vor meinen Körper. »Auf jeden Fall besser als das, was du jetzt anhast. Zieh die hier an. Hast du noch eine schwarze Hose? Sie passt besser zu deinen Schuhen, die sind immerhin okay.«

Augenrollend wandte ich mich ab und suchte in meiner alten Kommode nach einer schwarzen Jeans. Als ich sie hochhielt, erhellte sich Mums Blick. »Schon besser. Ich sehe dich in fünf Minuten unten. Und binde dir die Haare zusammen, damit wirkst du professioneller«, rief sie über die Schulter, doch da schloss ich schon die Tür hinter ihr.

Nachdem mich Mum noch zehn Mal instruiert hatte, wie ich mich an meinem ersten Arbeitstag verhalten sollte, lief ich beinahe fluchtartig aus dem Haus. Ich fuhr mit dem Bus etwa zwanzig Minuten, bis ich direkt vor einem gusseisernen Tor herausgelassen wurde. Rechts und links von mir befand sich eine weiße Mauer, hinter der prachtvolle Büsche und Blumen hervorragten. Eine Villa konnte ich noch nicht erkennen, denn der Weg, den ich durch das Tor sehen konnte, schlängelte sich durch einen Park. Suchend schaute ich mich nach einer Klingel um und fand sie zu meiner Rechten direkt unter einer schwarzen Kugel, die aus der Wand hervorragte. Vermutlich eine Überwachungskamera. Mit dem Finger betätigte ich den kleinen Knopf und kurz danach ertönte ein Summen und das Tor öffnete sich vor mir wie durch Zauberhand. Der sandige Weg unter meinen Schuhen knirschte und schon nach wenigen Metern ragte ein weißes Gebäude vor mir auf. Ich kam aus dem Staunen kaum heraus, als ich einen Blick auf die erhabenen Säulen warf, die sich vor der Haustür befanden und einen Balkon darüber zu halten schienen. Die Villa wirkte beinahe wie ein Hotel. Ein Nobelhotel, besser gesagt, und beherbergte zu ihrer Rechten einen riesigen Wintergarten, dessen Fenster von innen von lauter Zimmerpflanzen verdeckt wurden. Der Vorgarten war so akkurat geschnitten, als hätte hier jemand mit der Nagelschere Hand angelegt. Die Rosenbüsche, die sich um das Gebäude erstreckten, leuchteten in einem knalligen Rot, was die weiße Farbe der Villa kontrastreich hervorhob.

In meinem Magen rumorte es vor lauter Aufregung und ich konnte kaum erwarten, die Villa von innen zu sehen.

Kurz bevor ich die Haustür erreichte, die stark an die Eingangstür einer Kirche erinnerte, wurde diese plötzlich von innen geöffnet und ein strahlender Mann in schwarzem Anzug trat mir entgegen. »Du musst Louisa sein!«

Er reichte mir die Hand und ich atmete erleichtert auf. Vermutlich war er der Stellvertreter von diesem Mr Bradford. Ich schätzte ihn auf etwa Mitte vierzig, denn an den Rändern seiner dunklen Haare machten sich bereits graue Haare bemerkbar und einige Falten erstreckten sich unter seinen freundlichen Augen, was ihn sympathisch wirken ließ.

»Ich bin Mr Scowman, aber nenn mich ruhig Thomas«, begrüßte er mich überschwänglich und reichte mir seine kräftige Hand, die ich höflich schüttelte.

»Dann nennen Sie mich gerne Louisa«, entgegnete ich lächelnd.

»Ich mache dir einen Vorschlag: Wir duzen uns und nennen uns beim Vornamen, solange Mr Bradford es nicht mitbekommt.« Er zwinkerte mir verschwörerisch zu. Scheinbar gefiel es Mr Bradford nicht, wenn seine Kollegen sich wohlfühlten, dachte ich mit einem unguten Gefühl im Bauch. Wer siezte denn heutzutage noch gerne? Aber vielleicht würde ich ihn ja auch gar nicht oft zu Gesicht bekommen, wenn er ohnehin viel am Arbeiten war. Das hoffte ich jedenfalls.

Ich nickte etwas zurückhaltend, bevor Thomas mich breit angrinste und mir mit einem Kopfnicken bedeutete, einzutreten. Mit klopfendem Herzen und dem strengen Vorsatz, dass ich Mum auf keinen Fall enttäuschen würde, betrat ich die heiligen Hallen des Ethan Bradford. Ich hatte das Gefühl, dass die Villa von innen noch größer war, als sie von außen den Anschein machte, und bekam mein Staunen kaum unter Kontrolle. Thomas lachte neben mir. »Wahnsinn, nicht?«

»Es ist riesig«, pflichtete ich ihm bei und sah mich ehrfürchtig um. So ziemlich alles hier war weiß und wirkte edel und teuer. Weißer Fußboden, weiße Wände und eine weiße Steintreppe, die in rundlicher Form ein Stockwerk nach oben führte. Der Eingangssaal war so groß wie die Mensa aus meiner ehemaligen Uni und führte in mehrere Richtungen. Rechts von mir stand ein schwarzes Klavier, umgeben von einer schicken Sofagarnitur. Vor meinem geistigen Auge saßen hochnäsige ältere Menschen darauf und begutachteten unter strengen Blicken den unnahbaren Ethan Bradford, der versuchte, sich in die gehobene Klasse zu spielen. Natürlich konnte ich das nicht mit Sicherheit sagen, aber unwillkürlich kam mir diese Geschichte in den Sinn. Musste man sich nicht erst einmal einen Platz bei den Schönen und Reichen verdienen?

»Na, dann zeige ich dir erst alles. Du wirst dir das Ganze sowieso nicht auf einmal merken können, aber dafür bin ich ja da. Also«, setzte er an und marschierte voran, rechts an der ausladenden Treppe vorbei, die auch aus einem Märchen hätte stammen können, »hier geht es zum wichtigsten Bereich des Hauses, dem Wohnzimmer, in dem sich das meiste Leben abspielt.

Insofern hier mal Leben stattfindet«, fügte er noch hinzu. Ich folgte ihm hastig und trat durch eine doppelflügelige Tür, die uns in den Wohnbereich führte. Wieder einmal überkam mich ein Staunen, denn das Wohnzimmer hätte aus einer teuren Hotellobby stammen können. Edle Möbel standen wie in einem Ausstellungsraum da, als dürfte man sie nicht berühren. Grünblau gestreifte Sofakissen auf einem ebenso grünen Untergrund, dessen Farbe sich deutlich von dem restlichen Raum abhob. Gemütliche Filmabende konnte ich mir hier nicht vorstellen. Eine derart große Fensterfront, die mich an die Größe einer Kinoleinwand erinnerte, zeigte auf die angrenzende Terrasse und einen gepflegten Garten.

»Meine Güte«, entfuhr es mir. »Meine Mum, ähm, ich meine, meine Chefin hat mir gesagt, dass es eine Villa ist, aber dass sie einem Luxushotel gleicht, hätte ich nicht erwartet.«

Thomas nickte zustimmend. »Ja, es ist überwältigend. Vor allem wenn man bedenkt, dass es nur von einer Person genutzt wird.«

»Fühlt man sich da nicht irgendwie ... einsam?«

Achselzuckend wanderte Thomas weiter durch den Raum zu einer angrenzenden Tür. »Vermutlich schon. Und wenn du mich fragst, würde ich meinen kleinen Bungalow, in dem ich mit meiner Familie lebe, hierfür nicht hergeben.«

Er öffnete eine Tür, die zum Speiseraum führte, der im Gegensatz zu dem Teil der Villa, den ich bereits gesehen hatte, in dunkleren Farbtönen gehalten war. Dunkles, schweres Mahagoniholz zierte beinahe den gesamten Bereich. Der Esstisch mitten im Raum, die Regale rundherum und auch die Kommoden und Anrichten ließen alles eher altmodisch wirken. Das einzig Fröhliche hier waren die cremefarbenen Vorhänge an den rundlichen Fenstern, die ebenfalls in den Garten zeigten.

»Hier finden die Abende mit Geschäftspartnern und Kunden statt«, erklärte Thomas und schritt voran in das nächste Zimmer.

Es folgten der Zigarren- und ein Billardraum, zwei Arbeitszimmer und mehrere Bäder, bis wir schließlich in der Küche ankamen. Die Küche war selbstverständlich ebenfalls riesig und blitzeblank. Weiße Steinplatten dienten als Arbeitsfläche, während weiße Hochglanzmöbel den Raum zum Strahlen brachten. Rotkarierte Vorhänge ließen die Küche jedoch ländlich und heimelig wirken, sodass ich mich hier bisher am wohlsten fühlte.

»Einer der wichtigsten Bereiche für uns Angestellte«, erklärte Thomas und betätigte einen Kaffeevollautomaten. Er hielt fragend eine rote Tasse hoch. »Kaffee?«

»Sehr gern, danke«, antwortete ich und setzte mich an einen runden Holztisch – auch dieser war weiß, wurde aber von einer roten Tischdecke aufgelockert. »Neben der Küche gibt es noch einen Aufenthaltsraum für uns, wo wir unsere Pausen machen können.«

»Gibt es denn noch mehr Angestellte hier?«, fragte ich neugierig.

Ein lautes Brummen erfüllte die Küche, als der Automat seiner Pflicht nachkam. Thomas nickte. »Es gibt eine Köchin, die sich allerdings nur um Speisen kümmert, wenn Gäste im Haus sind oder Feste anstehen. Da

Mr Bradford den Tag über wenig im Haus ist, ist die Küche meistens kalt oder er isst außer Haus. Außer morgens, da wirst du ihm sein Frühstück zubereiten.«

»Und wenn er wider Erwarten nicht außer Haus isst?«, hakte ich skeptisch nach.

»Dann ist es deine Aufgabe, ihm etwas Essbares vor die Nase zu setzen«, grinste Thomas schelmisch.

Ich vergrub mein Gesicht in den Händen. Zwar konnte ich ganz gut kochen, aber bestimmt nicht gut genug, um die Ansprüche eines reichen Junggesellen zu erfüllen. Vielleicht könnte ich hier meine Fähigkeiten als Pizzabotin unter Beweis stellen.

»Keine Sorge«, sagte Thomas dann einfühlsam und stellte eine dampfende Tasse vor meine Nase, »es ist alles halb so schlimm und Mr Bradford ist ganz umgänglich, wenn man ihn erst einmal richtig kennengelernt hat.«

»Ganz umgänglich«, wiederholte ich vorsichtig. Bisher hatte ich das Gefühl, dass man in Mr Bradfords Nähe nicht einmal ungefragt atmen durfte, so steif fühlte sich das Zuhause an.

»Ich hoffe einfach, dass ich meine Aufgaben gut erledigen werde. Meine Mum ... Chefin, also meine Mum ist meine Chefin und hat mir zu verstehen gegeben, dass ich sie nicht enttäuschen darf«, gab ich ehrlich zu. Thomas wirkte so vertrauenserweckend, dass ich das Gefühl hatte, als könnte ich ihm alles erzählen.

Er nahm sich seinen Kaffee und setzte sich zu mir. »Das Gute ist, dass ich immer erreichbar bin. Ich bin zwar nicht häufig vor Ort, da ich Mr Bradford größtenteils in der Firma unterstütze, aber ich habe ein funktionierendes Handy, und wenn es Probleme gibt, dann schreibst du mir. Einverstanden?«

Ich nickte dankbar. »Das wäre wirklich eine tolle Unterstützung. Ach, und wie sieht es mit Kleidung aus? Muss ich eine Uniform oder so tragen?«

Thomas winkte ab und trank einen Schluck. »Darauf wird hier nun wirklich nicht geachtet. Zieh dich so an, wie du jetzt angezogen bist, und versuch, nichts kaputt zu machen, dann läuft das schon.«

»Ist mit zwei linken Händen nicht immer ganz einfach«, klagte ich in meinen Becher.

»Du hast noch nie als persönliche Assistentin gearbeitet, liege ich da richtig?«

Kurz überlegte ich, was ich antworten sollte. Immerhin könnte er mich direkt feuern und Mum zur Rede stellen, warum sie ihm eine unfähige Person geschickt hat, doch so wie Thomas die Frage stellte, war es kein Vorwurf.

»Na ja, sagen wir mal so, ich fange gerade erst an zu lernen«, wich ich ihm aus.

»Eins muss ich deiner Mutter lassen, sie kann wirklich überzeugend sein.«

»Du wirst mich doch nicht gleich wieder nach Hause schicken, oder? Schließlich werde ich versuchen, mein Bestes zu geben«, brabbelte ich aufgeregt los. Der Umstand, dass ich nicht einmal zwei Stunden im neuen Job ausgehalten hatte, wäre für meine Mutter ein gefundenes Fressen.

»Nun bleib ganz ruhig«, lachte Thomas schließlich und ein erleichterter Seufzer entwich mir.

»Kopf hoch, wir kriegen das schon hin. Ich zeige dir alles und werde dich für Mr Bradford unverzichtbar machen. Wirst schon sehen. Na, dann komm mal mit. Ich zeige dir den Rest des Hauses und dann fangen wir mit den Grundlagen an, okay?«

Dankbar nickte ich und hatte die leise Hoffnung, dass ich das hier gut meistern würde – zumindest mit Thomas ' Hilfe.

Kapitel 6

Die restlichen Räume der Villa waren genauso, wie ich sie mir vorgestellt hatte. Das Gebäude bestand im oberen Stockwerk hauptsächlich aus Gäste- und Schlafzimmern, einem Leseraum und vier Bädern, unter anderem angrenzend an die Gästezimmer. Mr Bradfords Schlafbereich hatten wir nur flüchtig begutachtet, denn irgendwie fühlte es sich nicht richtig an, einfach hineinzugehen. Das würde ich noch oft genug tun müssen, wenn ich ihm frische Wäsche auf sein Zimmer bringen oder mich um die Blumen kümmern würde, was, wie Thomas mir erklärte, durchaus zu meinen Aufgaben zählen würde. Allmählich bekam ich das Gefühl, dass ich weniger seine Assistentin war, sondern vielmehr seine Reinigungskraft.

Kurz darauf betraten wir den Keller, der sich unterhalb des Gebäudes in seiner vollen Größe erstreckte. Es gab sogar einen eigenen Pool! Außerdem einen Kinoraum und mehrere Zimmer, in denen die Wäsche gemacht wurde oder Vorräte gelagert wurden. »In diesem Keller wirst du einige Zeit verbringen, wenn du dich um die Einkäufe oder um die Wäsche kümmerst. Der Poolraum muss jeden zweiten Tag gewischt werden und die Pflanzen hier unten benötigen jeden zweiten bis dritten Tag Wasser«, erklärte Thomas, während er mit schnellen Schritten durch den Keller schritt und immer wieder auf seine Armbanduhr blickte.

»Das gehört also auch zu meinen Aufgaben«, murmelte ich.

Thomas hielt einen Moment inne und nickte aufmunternd. »Ich weiß, es ist nicht gerade verlockend, vor allem, da der Job als Assistenzjob deklariert wurde. Aber nicht nur Mr Bradfords Assistentin hat ihren Job gekündigt, sondern auch das Dienstmädchen. Mr Bradford fand es also passend, dich gleich in alle Belange des Hauses einzuarbeiten. Dennoch gehen die Aufgaben, die er dir gibt, natürlich vor.«

»Schon gut«, beschwichtigte ich ihn, »es ist alles in Ordnung. Ich hoffe nur, dass ich auch alles kann.«

»Da sorge ich schon für«, versicherte Thomas mir und nahm mich leicht am Ellenbogen. »Und nun komm, gehen wir wieder hoch.« Als wir wieder oben waren, musste ich erst einmal durchatmen. »Das Haus kommt mir vor wie ein Labyrinth.«

»Du gewöhnst dich dran«, lachte er und schritt zu einer Kommode in der Eingangshalle, auf der eine Mappe lag. Er reichte sie mir.

»Hat Mr Bradford das Haus selbst eingerichtet? Ich frage nur, weil es teilweise etwas altmodisch wirkt und andererseits wieder so modern.«

Thomas sah sich kurz um und nickte zustimmend. »Er hat die Villa vor etwa drei Jahren einem alten Pärchen abgekauft. Jetzt ist er dabei, nach und nach alles zu renovieren, aber derzeit kümmert er sich um viele andere Dinge. Da kommt die Villa ein bisschen zu kurz.« Er deutete mit seinem Blick auf die Mappe. »Hier steht alles drin, was du für den Tagesablauf wissen musst. Wöchentliche Termine von Mr Bradford wie zum Beispiel Tennis, wobei du streng darauf achten musst, dass seine Sporttasche pünktlich gepackt vor der Eingangstür steht.«

Ich machte große Augen. »Und was muss da alles rein? Ich meine, wo finde ich seine Turnschuhe und die Sportkleidung? Hat er eine bestimmte Wasserflasche, die er benutzt?«

Wieder lachte Thomas und hob beschwichtigend eine Hand. »Keine Sorge, das findest du in dieser Mappe. Ich muss jetzt leider los und komme erst am späten Nachmittag wieder. Meinst du, du kommst so lange allein klar?«

Ich nickte knapp und zwang mich zu einem Lächeln.

Thomas deutete mit einem Kopfnicken auf die Unterlagen in meinen Händen. »Setz dich damit in die Küche und lies dir alles genau durch. Schau dich in Ruhe um und wenn du Fragen hast, dann schreib sie mir auf, oder schick mir eine Nachricht. Meine Nummer findest du ebenfalls in den Unterlagen.«

»Du meinst wohl in der Enzyklopädie für ahnungslose Dienstmädchen. Die Mappe hat mehr Seiten als die Bibel«, sagte ich ein wenig erschlagen und pustete die Luft aus.

»Sei froh, denn da steht wirklich alles drin, was du für den Anfang brauchst. Bis dann erst mal«, rief er mir zu, bevor er aus der Haustür stürmte. Eine unheimliche Stille senkte sich über mich, als ich einsam dastand und Thomas sehnsüchtig hinterherblickte. Ich hatte das Gefühl, als würde mich die Villa völlig übermannen, und so machte ich hastig auf dem Absatz kehrt und verschwand in Richtung Küche, wo ich mich dem Leitfaden für Bedienstete in Ruhe hingeben konnte.

Es waren etwa zwei Stunden vergangen, in denen ich die Hälfte der Unterlagen hatte durchlesen und zum Teil verinnerlichen können. Um Himmels willen, was führte dieser Mr Bradford nur für ein getaktetes, eintöniges Leben? Tennisstunden am Montag, Dinner mit einem Arbeitskollegen am Dienstag, donnerstags Massage und am Freitag war er lange auf der Arbeit. Jeden zweiten Tag schwamm er im hauseigenen Pool. In der Zeit musste die Wäsche gemacht werden. Die Betten mussten jede Woche frisch bezogen und die Fenster mussten geputzt werden. Jeden Tag gab es Post, die ich zum nächsten Briefkasten zu bringen hatte, kurz nachdem ich ihm sein Frühstück servieren würde. Des Weiteren war ich dafür verantwortlich, dass seine Anzüge in die Reinigung gebracht wurden und seine Hemden akkurat gebügelt waren. Sein Büro durfte ich nicht betreten und wenn sich Besuch ankündigte, hatte ich die dafür vorgesehenen Räumlichkeiten herzurichten und die Gäste bis zu Mr Bradfords Eintrudeln mit Getränken zu versorgen. Ich dachte an meine Zeit im Studentenwohnheim, wo die einzige Frage darin bestand, ob wir beim Italiener oder Diner bestellen sollten, wenn ich mal keine Lust zum Kochen hatte. Um achtzehn Uhr würde meine Schicht zu Ende sein, es sei denn, es standen noch dringliche Aufgaben an. Ich hatte eine Stunde Mittagspause und am Nachmittag eine Viertelstunde Zeit zum Verschnaufen. Jeden Abend musste ich mich bei Thomas oder, wenn dieser nicht im Hause war, bei Mr Bradford persönlich abmelden, falls es noch etwas Wichtiges gab. Wenn Rosita, die Köchin, im Hause war, war es meine Aufgabe, ihr zur Hand zu gehen. Zudem gab es eine Liste mit Lebensmitteln, die ausnahmslos vorhanden sein mussten. Mir rauchte jetzt schon der Kopf und ich hatte noch nicht einmal einen Finger gerührt. Also machte ich mich an die Kaffeemaschine und ließ mir einen frischen Kaffee kochen, mit dem ich mich zurück an die Unterlagen setzte. Kurz darauf ertönte ein lautes Knallen, vermutlich von einer Haustür, und ich dachte, dass Thomas womöglich zurück war. Doch als plötzlich die Küchentür aufschwang und ich in dieselben wütenden Augen blickte, die mich schon vor zwei Tagen beinahe erdolcht hatten, blieb mir das Herz stehen.

Kapitel 7

»Was zum Teufel machen Sie denn hier?«, fragte ausgerechnet der Mann, dem ich am vergangenen Samstag meinen Becher über den teuren Anzug geschüttet hatte. Das war also der berüchtigte Mr Bradford und somit mein Untergang. Hastig erhob ich mich, wobei der Küchenstuhl gefährlich ins Wanken geriet, und glättete mit flinken Fingern meine Bluse. »Ich … ähm … ich arbeite hier«, stammelte ich. Mr Bradford verzog das Gesicht, als hätte er Schmerzen. »Soso. Sie arbeiten hier. Und seit wann, bitte?«

»Seit heute?«, presste ich unsicher hervor und versuchte, ein aufrichtiges Lächeln hervorzubringen.

»Dann sind *Sie* meine neue Assistentin?«, wollte er ungläubig wissen und strich sich durch seine dunkelbraunen Haare, die ihm ins Gesicht gefallen waren.

»Ja, das bin ich. Louisa Bennet«, grinste ich breit, trat auf ihn zu und reichte ihm meine Hand, die er geflissentlich ignorierte. Nachdem es peinlich wurde, zog ich sie wieder zurück.

»Die Frau, die mir einen Kaffee übergeschüttet und mich auf offener Straße lautstark beleidigt hat«, schloss er und schüttelte den Kopf, als handelte es sich hierbei um einen schlechten Scherz.

»Na ja, ich habe Ihnen den Kaffee nicht absichtlich übergeschüttet«, erklärte ich und nestelte am Saum meiner Bluse. »Jedenfalls tut es mir unheimlich leid, dass ich ... mich nicht unter Kontrolle hatte. Ich war in Eile und an dem Tag ziemlich durcheinander.«

»Das habe ich gemerkt«, warf er mürrisch ein, was mich kurz ins Stocken brachte. Doch ich fasste mich eilig wieder. Ich durfte das hier auf keinen Fall vermasseln. Meine Mum würde mich eigenhändig köpfen und ich würde alle Aussichten auf mein Traumstudium endgültig in den Sand setzen. Daher musste ich mich zusammenreißen.

»Also«, setzte ich wieder an, »möchte ich mich bei Ihnen für mein unmögliches Verhalten entschuldigen. Das war überhaupt nicht meine Absicht und gar nicht meine Art.«

Der Mann vor mir prustete abfällig und musterte mich einen Augenblick lang. Ich befürchtete schon, dass er mich jede Sekunde rauswerfen würde. Er stemmte die Hände in die Hüften und deutete mit einem Kopfnicken auf den Vollautomaten. »Das will ich hoffen. Dann stellen Sie sich hier wenigstens geschickter an als am Samstag. Wenn Sie schon einmal hier sind, machen Sie mir doch wenigstens einen Kaffee. Ich bin in meinem Büro.«

Dankbar nickte ich, obwohl er den Raum schon längst verlassen hatte und biss angespannt auf meine Unterlippe. Das war wohl meine zweite Begegnung mit dem legendären Ethan Bradford.

Als ich seinen Kaffee endlich zubereitet hatte, kam mir plötzlich in den Sinn, dass ich gar nicht wusste, wie er ihn trank. Mit Zucker und Milch? Oder nur Zucker? Oder doch nur Milch? Vielleicht schwarz? Es stand fest:

Ich verzweifelte schon an der ersten Aufgabe, die lediglich aus Kaffeekochen bestand.

»Mist!«, murmelte ich und griff nach der Mappe, die noch immer auf dem Esstisch lag. Irgendwo musste doch stehen, wie er ihn am liebsten trank. Fieberhaft blätterte ich durch Abertausende von Seiten und fand schließlich, wonach ich suchte. Unter der Kategorie *Speisen und Getränke.* Er trank ihn schwarz mit einem halben Teelöffel Zucker.

»Na gut, das ist einfach«, faselte ich und suchte in der Küche nach dem Zucker. Ich fand ihn neben der Kaffeemaschine in einem roten Keramikbehälter, gab etwas davon in die Tasse, drapierte ihn mit einem Keks – so stand es in den Statuten – auf einem Tablett und eilte aus der Küche. Doch schon erwartete mich die zweite Hürde: Wo war noch mal sein Büro? Verdammt, Thomas hatte mir so viele Räume gezeigt, dass ich mir nicht hatte merken können, wo Mr Bradford sein Büro hatte. Außerdem gab es drei Arbeitsbereiche in diesem Riesenhaus. Ich ging an der Treppe vorbei und nahm die dritte Tür, die sich neben dem Esszimmer befand. Geräuschlos hielt ich ein Ohr gegen die geschlossene Tür, konnte aber nichts hören. Also eilte ich weiter in Richtung Badezimmer, denn ich wusste, dass sich daneben ein weiteres Büro befand. Doch auch hier konnte ich keinen Mucks hören, also tippelte ich mit dem Getränk, das bestimmt bald kalt werden würde, die Treppe hinauf und bog links ab. Immer wieder horchte ich an den Türen, bis ich schließlich im vorletzten Zimmer des Ganges ein Tippen auf einer Tastatur hören konnte. Bingo! Vorsichtig klopfte ich an der Tür, fühlte kurz am Becher, ob er noch heiß genug war, hoffte, dass er die Temperatur nicht mit einem Thermometer kontrollieren würde, und trat schließlich ein. Mr Bradford saß über ein paar Unterlagen gebeugt und hackte nebenbei auf seinen Laptop ein. Er blickte nur flüchtig auf, als ich auf seinen Schreibtisch zutrat, sodass er mein breites Grinsen nicht sehen konnte. Schade, ich wollte unbedingt, dass er merkte, dass ich nicht die zickige, brüllende Frau war, als die er mich kennengelernt hatte.

»Stellen Sie ihn dort ab«, sagte er in rauem Ton und deutete mit einem Nicken auf eine freie Stelle auf seinem Schreibtisch. »Und bitte, schütten Sie ihn mir nicht über den Anzug, der kommt nämlich gerade erst aus der Reinigung.«

Ich wusste nicht, ob das ein Witz sein sollte oder er mich warnen wollte, also schmunzelte ich nur verkniffen und stellte die Tasse vor ihm ab.

»Bitte sehr, lassen Sie ihn sich schmecken«, sagte ich höflich und verschwand eilig wieder aus dem Raum. Ich wartete ein paar Sekunden an der Tür, ob er sich vielleicht lautstark über den Kaffee beschweren würde, aber ich hörte nichts, also verzog ich mich wieder zurück in die Küche, wo ich erneut in den Alltag von Ethan Bradford versank.

Am Abend ließ ich mich völlig erschöpft auf Mums Couch fallen und streckte meine Beine weit von mir. Von den engen Schuhen taten mir die Füße weh und mir schwirrte der Schädel. Den ersten Tag hatte ich also überstanden – mehr schlecht als recht – und morgen würde der Ernst so richtig losgehen. Ich hatte Thomas noch einige Fragen stellen können, als er wieder in die Villa zurückgekommen war und mich nach meiner ersten Begegnung mit dem Herrn des Hauses gefragt hatte. Ich erzählte ihm die ganze Geschichte. Von unserer ersten Begegnung bis hin zu unserem eher eintönigen Gespräch in seinem Büro, in dem er mir deutlich gemacht hatte, dass ich mit dem Getränk aufpassen solle.

Thomas hatte herzlich gelacht. »Dann habt ihr euch also kennengelernt. Sehr gut! Die erste Hürde ist gemeistert. Immerhin hat er dich nicht sofort wieder rausgeschmissen. Und wenn er nicht mit dem Becher nach dir geworfen hat, war wohl alles in Ordnung. Das sind gute Zeichen.«

Ich hatte Thomas ungläubig angesehen. »Das hätte er getan? Mit einer Tasse nach mir geworfen?«

Wieder hatte Thomas gelacht und den Kopf geschüttelt. »Noch so eine Regel hier im Haus: Du solltest nicht alles glauben, was ich dir erzähle. Mr Bradford ist ein sehr netter Mann. Außer er hat schlechte Laune, dann sollte man sich wirklich in Acht nehmen. Dennoch, ich arbeite gerne für ihn.«

»Ich hoffe, dass ich eines Tages dasselbe behaupten kann.«

Jetzt war ich froh, dass ich den Tag einfach hinter mich gebracht und Ethan Bradford die restliche Zeit nicht mehr gesehen hatte. Auch nach einem ausführlichen Telefonat mit meiner besten Freundin ging es mir schon wesentlich besser. Immerhin hatten wir schon immer ein offenes Ohr für die Probleme des anderen gehabt. Sie hatte sich kaum eingekriegt, nachdem ich ihr von der ersten Begegnung und dem heutigen Wiedersehen mit meinem neuen Chef erzählt hatte. Jetzt konnte ich zumindest ein bisschen entspannen. Doch mein innerer Frieden währte nicht lange, denn kurz darauf hörte ich, wie Mum ins Haus polterte und nach mir rief.

»Ich bin hier«, stöhnte ich, als sie meinen Namen rief. Sie trat ins Wohnzimmer, hatte sich noch nicht einmal die Mühe gemacht, ihre Jacke auszuziehen, was ihr sonst überhaupt nicht ähnlich sah, sondern setzte sich sofort gegenüber von mir. »Und? Wie war es?«

»Willst du nicht erst einmal deine Jacke ausziehen?«, stellte ich eine Gegenfrage, doch Mums eindringlicher Blick brachte mich dazu, weiterzureden.

»Gut«, antwortete ich dann knapp.

»Nur gut?«, hakte sie nach und verengte misstrauisch die Augen.

»Ja, gut. Ich wurde von Mr Scowman bestens eingearbeitet und muss sagen, dass er sehr nett zu mir war. Dann hat er mich herumgeführt und ich habe einen dicken Wälzer in die Hand bekommen, der mir hilft, meine Aufgaben zu erfüllen«, erzählte ich und wusste, dass Mum auf das große Aber wartete. Doch es gab keines. Ich habe meinen ersten Tag überstanden, und dass ich Ethan Bradford bereits durch ein Kaffeedebakel kennengelernt hatte, würde ich ihr garantiert nicht erzählen. Bei Mum galt schon immer die Regel: Was sie nicht wusste, machte sie nicht rasend.

»Also ist nichts weiter vorgefallen?«, hakte sie noch einmal nach.

Ich schüttelte kräftig den Kopf. »Nein, nichts.«

Dann wurde ihre Miene weich. »Sehr schön. Ich mache uns etwas zu essen. Was möchtest du?«

Jetzt konnte ich meinen letzten Trumpf des Tages ausspielen und schmunzelte. »Ich habe bereits gekocht.

Es steht schon alles auf dem Herd. Wir können sofort anfangen. Du magst doch Spaghetti in Tomatensauce?«

Mit einem zufriedenen Lächeln ging ich schließlich ins Bett. Ich hatte meine Arbeit nicht direkt in den Sand gesetzt und Mum hatte tatsächlich ein bestätigendes Schwärmen für meine Tomatensauce übriggehabt.

»Ich wusste nicht, dass du so gut kochen kannst«, hatte sie zugegeben und sich sogar einen Nachschlag genommen.

Wenn ich die kommenden Wochen so überstehen würde, könnte ich Mum davon überzeugen, dass ich mein Leben durchaus im Griff hatte. Es würde eine harte Zeit werden, aber ich konnte es schaffen!

Kapitel 8

»Du bist schon wach?« Verwundert sah ich in die müden Augen meiner Mutter. Am liebsten hätte ich ein Foto von ihr gemacht, denn Überraschung war ein Ausdruck, den sie selten auf dem Gesicht hatte. Als wäre es selbstverständlich, am Morgen um sechs Uhr in der Küche zu stehen und Kaffee zu kochen, nickte ich. »Jap, ich will nicht zu spät kommen. Willst du auch einen?«

»Danke«, sagte Mum noch immer skeptisch und ließ sich in Dads altem Morgenmantel am Küchentisch nieder. Bei dem Anblick krampfte mein Herz und ich machte mich daran, meiner Mutter einen Kaffee einzugießen. Im Hintergrund lief das Radio und ich war tatsächlich motivierter, als ich es an meinem zweiten Arbeitstag erwartet hätte.

»Du siehst müde aus, Mum«, stellte ich besorgt fest und musterte die Ringe unter ihren Augen.

»Das kommt daher, dass ich gerade erst aufgestanden bin.«

»Das meine ich nicht«, erklärte ich und stellte ihr einen dampfenden Becher vor die Nase. »Ich meine, dass du ausgelaugt aussiehst.«

Sie griff nach der Tasse und trank einen tiefen Schluck. »Sobald ich neue Arbeitskräfte habe, wird es besser.«

»Hast du schon Gespräche in Aussicht?«, fragte ich und setzte mich zu ihr an den Tisch.

»Nächste Woche setze ich mich mit einem jungen Mann zusammen. Einem *Schulabbrecher.*« Sie zog verächtlich die Brauen hoch und traf mich damit tiefer, als sie ahnen konnte. Zwar hatte ich nicht die Schule, aber immerhin mein Studium abgebrochen. Und vielleicht hatte der junge Mann ja auch seine Gründe. Ich sagte nichts weiter dazu, trank meinen Kaffee und lauschte mit einem Ohr den Nachrichten.

»In der vergangenen Nacht gab es erneut einen Diebstahl in einem Juweliergeschäft in Cisham. Die Einwohner der Kleinstadt, die sich nur wenige Meilen von Soulfield befindet, sind schockiert über die Vielzahl der Überfälle, die in den vergangenen Wochen stattgefunden hat, und dass nun auch Cisham davon betroffen ist«, erklärte die Nachrichtensprecherin und erntete einen abschätzigen Laut von Mum.

»Schlimm ist das«, murrte sie.

»Passieren diese Einbrüche in letzter Zeit öfter?«, fragte ich.

»Ja, das ist mittlerweile der sechste oder siebte Einbruch bei den umliegenden Juwelieren. Jedes Mal stopfen sich die Täter die Taschen voll und vergreifen sich dann am nächsten Juwelier. Beinahe jede nahegelegene Stadt ist davon betroffen. Auch hier in Soulfield gab es schon einen Überfall.«

»Noch ist die Höhe des Schadens nicht bekannt, aber wir werden Sie auf dem Laufenden halten«, schloss die Sprecherin und widmete sich schließlich dem Wetter.

»Davon habe ich gar nichts mitbekommen«, erklärte ich und überlegte, ob ich schon etwas darüber gehört hatte. Aber auch Marleen hatte diese Ereignisse nie erwähnt.

Mum schnaubte erneut. »Mag daran liegen, dass du dich selten zu Hause hast blicken lassen.«

Sie konnte es einfach nicht lassen. Aber heute Morgen würde mich das nicht aus der Fassung bringen. Daher stand ich, ihren Kommentar ignorierend, auf, lächelte breit und verabschiedete mich, ehe ich das Haus verließ.

Thomas wirkte an diesem Morgen leicht angespannt, als ich das Haus betrat. Er winkte mich direkt in die Küche, in der er mir einen Kaffee reichte.

»Vielen Dank!«, entgegnete ich und musterte ihn fragend. »Ist alles in Ordnung?«

Thomas verzog leicht das Gesicht und deutete mit dem Daumen hinter sich. »Der Chef des Hauses ist heute nicht unbedingt bester Laune. Daher ist es ratsam, ihm so gut es geht aus dem Weg zu gehen.«

Das hörte sich nicht nach einem vielversprechenden Tag an.

»Jedenfalls«, setzte Thomas nun beschwingter fort, griff neben sich auf die Anrichte und reichte mir ein schwarzes Tablet, »ist hier dein neuer bester Freund.«

Staunend begutachtete ich das Gerät in meinen Händen. »Das ist dein Diensttablet. Hier findest du alles, was du für deinen Arbeitsalltag brauchst. Ich wollte es dir gestern schon geben, aber ich kam erst am Abend dazu, es einzurichten.« Er deutete mit dem Finger auf ein Icon. »Schau mal hier. Das ist das wichtigste Tool für dich. Die Kalender-App. Sobald Mr Bradford einen Termin mit einem Kunden plant – beispielsweise ein

Abendessen – dann trägt er hier den Namen des Kunden ein. Deine Aufgabe ist es, dann nach einem Restaurant für die beiden zu suchen und ihm über die App Bescheid zu geben, wo genau der Termin stattfindet.« Thomas blickte mich fragend an, um zu sehen, ob ich ihn verstanden hatte. Ich nickte eifrig. Das war gar nicht mal so schwer.

»So läuft es mit allen organisatorischen Angelegenheiten. Er trägt seine Termine, gegebenenfalls mit Kommentaren, die zu beachten sind, ein, und du reagierst darauf. Es ist wie ein Chat- und Organisationsprogramm in einem und supereinfach in der Bedienung. Ich habe es dir eingerichtet, damit du gleich loslegen kannst.«

Wieder nickte ich und hoffte, dass die Sache so einfach werden würde, wie sie sich anhörte. Thomas zeigte auf ein kleines Symbol im Kalender. »Hier zum Beispiel hat Mr Bradford einen Termin eingetragen. Heute ist Dienstag, da geht er meistens mit einem seiner Kunden essen. In diesem Fall ist es … «, Thomas ' Mundwinkel sackten leicht nach unten, »Mr Zaymon, ganz schrecklicher Typ, wenn du mich fragst. Sollte nicht unbedingt dazu beitragen, dass sich Ethans Laune bessert. Entschuldige, ich meine natürlich Mr Bradfords.«

Ich musste kichern und schaute weiterhin gebannt auf das Tablet. »Gibt es irgendwelche Restaurants, die ihm besonders gut gefallen?«, wollte ich wissen.

»Du findest hier eine Liste«, erklärte Thomas und deutete auf eine Datei auf dem Startbildschirm. »Da kannst du dir was aussuchen. Eigentlich ist Mr Bradford dabei immer ganz umgänglich.«

Er führte mich noch in weitere Funktionen des Gerätes ein, bis schließlich die Küchentür aufgestoßen wurde. Beide zuckten wir erschrocken zusammen und schauten in Mr Bradfords leicht angesäuertes Gesicht. »Entschuldigt, störe ich?« Er deutete mit den Augen auf die Kaffeebecher vor uns und ich schob meine Tasse reflexartig von mir.

»Nein, nein, komm ruhig rein«, ignorierte Thomas seine ironische Bemerkung und winkte ihm heiter zu. Ich hingegen beobachtete Mr Bradford, als wäre er eine Raubkatze, die gerade aus ihrem Käfig entkommen war.

»Ich zeige Ms Bennet die Funktionen ihres neuen Tablets. Damit ihr bestens kommunizieren und planen könnt«, erklärte Thomas weiter und ich schielte mit einem angespannten Schmunzeln zu dem Mann hinüber, der mit verschränkten Armen in der Tür stand und mich musterte, als wäre ich ein Käfer, der eindeutig nicht in diese Küche gehörte. Dabei zeichneten sich breite Schultern und Oberarme unter seinem hellblauen Hemd ab.

»Sehe ich Sie auch mal etwas anderes tun, als in meiner Küche herumzusitzen?«, fragte er mit hochgezogener Braue. Stotternd suchte ich nach den richtigen Worten, die irgendwo in meinem Mund zu einem Buchstabensalat durcheinandergewirbelt wurden, und bekam nichts Passendes heraus. Thomas gluckste wieder einmal und schüttelte den Kopf. »Sei nicht zu hart mit ihr. Sie stellt sich wirklich gut an. Und das mit dem Kaffee ist auf meinem Mist gewachsen.« Er erhob sich und wandte sich noch einmal an mich. »Wenn Sie Fragen haben, Ms Bennet, dann schreiben Sie mir einfach.« Er zwinkerte mir zu und ich schenkte ihm ein dankbares Lächeln. »Das mache ich, vielen Dank, *Mr Scowman*.«

Mr Bradford fixierte mich mit seinen nussbraunen Augen, ehe er Thomas seine Aufmerksamkeit schenkte. »Können wir dann?«

»Sicher, ich bin so weit. Wir sehen uns später«, formte Thomas noch mit seinen Lippen und verließ nach Mr Bradford die Küche. »Denken Sie an das Abendessen heute Abend«, rief Mr Bradford noch über die Schulter, ohne mich anzusehen. Und somit war ich allein. Jetzt konnte ich nachvollziehen, was Thomas unter schlechter Laune verstand. Der Mann war einfach fürchterlich. Auch sein gutes Aussehen machte sein Verhalten nicht besser. Es tat mir leid um die schöne Hülle, dachte ich und schaute auf das Tablet auf dem Tisch, um mich meinen ersten Aufgaben zu widmen.

Kapitel 9

Ich nahm mir vor, den Vormittag über das Haus auf Vordermann zu bringen. Und wenn ich ehrlich war, war hier alles so sauber, dass ich kaum wusste, wo ich Hand anlegen konnte. Also suchte ich zunächst nach einem geeigneten Restaurant, um die erste wichtige Aufgabe des Tages zu erledigen. Das würde ja nicht sonderlich schwer sein. Ich hatte eine Uhrzeit, einen Namen – ich brauchte nur noch ein Restaurant aus der Liste. Nachdem ich von den ersten beiden Restaurants einen Korb bekommen hatte, da so kurzfristig kein Tisch mehr frei war, versuchte ich es beim nächsten. Einem Inder mitten in der Stadt. Den kannte ich sogar, war jedoch noch nie dort essen gewesen. Doch auch hier hatte die Empfangsdame keine guten Neuigkeiten für mich.

»Das tut mir wirklich leid«, antwortete sie, »aber ich habe heute Abend keinen Tisch mehr frei. Morgen könnte ich Ihnen etwas anbieten.«

Morgen renne ich um diese Zeit bereits kopflos durch die Gegend, dachte ich verzweifelt, bedankte mich und suchte fieberhaft weiter. So einfach sollte meine erste Aufgabe wohl doch nicht werden. Alle Restaurants waren vollständig ausgebucht. Der Grund war eine derzeitige Messeveranstaltung in der Gegend, weshalb die Stadt nur so von Geschäftsleuten überschäumte. Wann war Soulfield zu einer so geschäftsmäßigen Stadt geworden? Mit etwa fünfzigtausend Einwohnern war Soulfield nicht unbedingt der kleinste Ort hier im Norden der USA, dennoch konnte ich nicht verstehen, warum es so viele Geschäftsleute und Unternehmer hierherzog. Vielleicht lag es daran, dass die Universität – die Howland Universität, an der ich auch studieren wollte – einen ziemlich guten Ruf hatte und viele Studenten direkt nach dem Studium aufgelesen werden konnten.

»Verflucht!«, schimpfte ich, atmete ein paarmal tief durch und schmiss die Suchmaschine auf dem Tablet an. Irgendwo würde sich doch noch ein anderes Restaurant finden lassen. Sagte Thomas nicht, dass Mr Bradford in dieser Hinsicht nicht so pingelig war? Ich fand einen Italiener, gar nicht weit außerhalb der Stadt und laut den Bildern sehr einladend. Doch ein kurzer Blick auf die Bewertungen sagte mir, dass das Restaurant bereits geschlossen war. Also suchte ich weiter. Schließlich entdeckte ich einen Brasilianer, etwas abseits der Stadt, aber immer noch gut erreichbar. Die Bewertungen waren okay, manche etwas kritisch, aber das musste nicht unbedingt etwas heißen. Also rief ich an und erreichte einen netten Herrn. Ich fragte nach einem Tisch für zwei um neunzehn Uhr und erntete ein schallendes Lachen. »Überhaupt kein Problem! Da müssen Sie gar nicht erst reservieren. Für unsere Gäste haben wir immer einen Platz frei.« Ob das ein gutes Zeichen war? Skeptisch verzog ich das Gesicht. »Ich reserviere nur im Auftrag, daher wird sich der Herr bei Ihnen mit Namen vorstellen. Könnten Sie einen Tisch für zwei Personen auf den Namen Bradford freihalten? Nur für den Fall.«

»Klar, kann ich«, rief der Mann in den Hörer und ich gab ihm noch einmal die Uhrzeit durch.

»Vielen Dank! Wir freuen uns schon auf Ihren Besuch«, flötete er zum Abschied, obwohl ich ihm erklärt hatte, dass ich gar nicht dabei sein würde. Ich legte auf und packte mein Telefon erleichtert beiseite. Ich hatte meine erste Aufgabe gemeistert.

Ein paar Stunden waren vergangen und ich hatte die Zeit damit verbracht, mich mit dem Haus vertrauter zu machen. Neugierig hatte ich mich durch die Räumlichkeiten bewegt, war die Liste durchgegangen, die mir erklärte, wo ich welche Utensilien finden würde. Als ich durch die Stille des Hauses und den Eingangsbereich wanderte, entdeckte ich einen Stapel Briefe. »Ach herrje!«, rief ich erschrocken aus. Ich hatte beinahe vergessen, die tägliche Post wegzubringen. Hastig griff ich nach meiner Handtasche und nach dem Stapel und verließ die Villa. Hoffentlich konnte ich die Briefe noch pünktlich in der Poststation abgeben, betete ich innerlich und kam mächtig ins Schwitzen, als ich zu Fuß die Straße entlangeilte. Mit hochrotem Kopf erreichte ich schließlich das Postamt und atmete erleichtert aus. Ich hatte es pünktlich geschafft! Nach nur fünf Minuten verließ ich die Poststation zufrieden und marschierte zurück zum Anwesen. Vor der Tür blieb ich stehen und durchsuchte meine Handtasche nach dem Haustürschlüssel. Doch auch nachdem ich die Tasche drei Mal durchwühlt hatte, konnte ich ihn nirgendwo finden. Angespannt pustete ich aus, all meine Freude über die noch rechtzeitig zugestellte Post war wie weggeblasen. Ich hatte den Schlüssel im Haus liegen lassen!

»Mist!«, murrte ich und betätigte die Klingel, in dem Glauben, dass irgendwer in der Zwischenzeit nach Hause gekommen war. Doch es tat sich nichts. Nervös stand ich da, trat von einem Bein auf das andere und dachte nach. Vielleicht hatte ich die Terrassentür zur Küche offen gelassen, überlegte ich euphorisch und lief um das Haus herum, am Wintergarten vorbei, dessen Tür selbstverständlich abgeschlossen war, bis ich schließlich den Hintereingang erreichte und vergebens am Türknopf rüttelte. Schließlich lief ich weiter zur Küche, doch auch hier wurde meine Hoffnung zunichte gemacht. Sie war fest verriegelt.

»Das Haus ist ja ein verdammtes Fort Knox«, murmelte ich und dachte krampfhaft darüber nach, was ich tun könnte. Da fiel mir Thomas ein. Ich angelte in meiner Handtasche nach meinem Smartphone und suchte nach seiner Nummer. Während die Verbindung aufgebaut wurde, lief ich zurück zur Haustür. Nicht, dass die Nachbarn dachten, ich sei eine verrückte Einbrecherin. Doch zu meinem Leidwesen nahm Thomas nicht ab. Ächzend ließ ich mich auf die Treppenstufe vor der Haustür sinken und bettete meinen Kopf verzweifelt in meine Hände. Schöner Mist, dachte ich und hätte mir selbst in den Hintern beißen können. Warum musste ich diesen blöden Schlüssel vergessen?

»Soll ich Ihnen einen Kaffee bringen?«, hörte ich plötzlich eine tiefe Stimme vor mir. Erschrocken fuhr ich hoch und entdeckte Mr Bradford, der mich mit einem düsteren Blick bedachte, direkt vor mir. Etwas ungelenk erhob ich mich und glättete verlegen meine

Kleidung. »Nein, natürlich nicht. Entschuldigen Sie bitte. Ich … «, stammelte ich, »ich habe mich ausgesperrt, nachdem ich die Post weggebracht habe.« Ich wagte es kaum, ihm in die Augen zu sehen, und erhielt nur ein genervtes Stöhnen als Antwort.

»Passen Sie auf, dass das nicht zur Gewohnheit wird«, maulte er, drängte sich an mir vorbei, sodass ich instinktiv zur Seite wich, und ließ die Tür hinter sich offen stehen. Beschämt folgte ich ihm. Doch schon nachdem ich die Eingangshalle betreten hatte, hörte ich, wie er die Treppe hinaufmarschierte und über die Schulter rief: »Bringen Sie mir einen Kaffee ins Büro. Wäre schön, wenn er dieses Mal nicht so kalt wäre wie gestern.«

Kapitel 10

So erschöpft wie schon lange nicht mehr betrat ich am Abend mein neues altes Zuhause. Am liebsten hätte ich mich unter einem Stein verkrochen, denn nach Mums Erkundigungen, wie denn mein Tag war, stand mir absolut nicht der Sinn. Scheinbar wollte das Schicksal es mir heute besonders schwer machen, und so entdeckte ich meine geiernde Mutter im Wohnzimmer, die fragend von ihren Papieren aufsah. »Du bist schon da?«

Verwirrt schaute ich auf meine Armbanduhr. »Es ist achtzehn Uhr dreißig. Reichen die zehn Stunden Arbeit am Tag etwa nicht?«

»Du hast dich doch für Überstunden angeboten, oder nicht?«

Ich atmete ein paarmal tief ein und wieder aus. Bloß ruhig bleiben, ermahnte ich mich. »Ja, das habe ich. Aber wenn der Herr des Hauses zu einem Essen mit einem Kunden verabredet ist, muss ich nicht daneben sitzen und Händchen halten.«

»Louisa Bennet, welche Laus ist dir denn über die Leber gelaufen?«, fragte Mum schnippisch, als wären ihre Fragen freundlicher gewesen.

»Keine, ich bin nur kaputt. Es war ein anstrengender Tag«, erklärte ich beschwichtigend und marschierte in die Küche, damit Mum mich nicht weiter löchern konnte. Tatsächlich waren die vergangenen Stunden schlimmer gewesen, als ich es mir ausgemalt hatte. Ethan Bradford hatte mich die restliche Zeit über kaum mehr eines Blickes gewürdigt. Den Kaffee nahm er mit verzogenem Gesicht entgegen, als hätte ich ihm Kartoffelbrei in der Tasse serviert. Um ehrlich zu sein: Es war die Hölle gewesen. Nach dem Schlüsseldebakel stand ich so neben mir, dass ich mir keine weiteren Fehler erlauben wollte. Aber dadurch machte ich erst recht alles falsch. Die Wäsche, die ich gewaschen hatte, war eingelaufen und ich war froh, dass Mr Bradford es noch nicht mitbekommen hatte. Wer konnte auch ahnen, dass der Herr so feine Pullover trug, die bei einer einfachen Vierzig-Grad-Wäsche so stark einliefen! Ich hatte mir vorgenommen, die Wäsche am nächsten Tag ganz weit unten in seiner Kommode einzusortieren, damit er es im besten Fall erst bemerkte, wenn ich bereits mitten im Studium steckte.

Danach war es nicht unbedingt besser geworden, denn mir war eine teure Vase beim Staubwischen heruntergefallen. Zwar war sie zum größten Teil noch ganz, aber eine Ecke am oberen Rand war abgeplatzt. Um auch diesen Fehler zu vertuschen, hatte ich einen Strauß Blumen aus einem anderen Gefäß entnommen und ihn in die kaputte Vase gesteckt, wobei die Blätter das kleine Missgeschick perfekt überdeckten. Auch diesen Fehler, so hoffte ich, würde Mr Bradford erst entdecken, wenn ich längst über alle Berge war. Zum Feierabend hin war er aus dem Haus gepoltert, ohne mich auch nur anzusehen. Daraus hatte ich geschlossen, dass ich Schluss hatte und war eilig aus dem Haus verschwunden.

»Muss ich damit rechnen, dass man sich über dich beschweren wird?«, ertönte Mums schnippische Stimme hinter mir und ich zuckte zusammen.

»Nein!«, rief ich und schüttelte den Kopf. »Natürlich nicht. Mr Bradford hat mir heute gesagt, wie zufrieden er mit meiner Arbeit ist«, log ich, ohne rot zu werden. Mum sah mich an, als säße ich in einem Verhörraum, und glaubte mir offensichtlich kein Wort. Doch als ich mein aufgesetztes Lächeln nach einer halben Minute noch immer beibehielt, schnaufte sie schließlich und verließ die Küche. Wann bitte war mein Leben so kompliziert geworden?

Am nächsten Morgen schlich ich mich ins Haus. Als ich Thomas nirgendwo entdeckte, verkrampfte sich etwas in mir. Sobald Thomas in meiner Nähe war, fühlte ich mich weitaus sicherer, als wäre er eine Art Beschützer. Doch heute schien ich wohl allein klarkommen zu müssen. Mit ihm. Ich verstaute meine Jacke und Tasche im Nebenraum und widmete mich sofort meinem treuen Begleiter, dem Tablet. Ich hatte es kaum eingeschaltet, da ploppte schon die erste Nachricht auf. Etwas verwirrt tippte ich auf das Briefkasten-Symbol, um dem Chat beizutreten und spürte mein Herz vor lauter Aufregung wild in der Brust klopfen, als ich die Zeile las:

Bringen Sie mir mein Frühstück ins Büro.

Ich konnte mir geradezu ausmalen, wie fordernd sein Ton dabei war und wie genervt er diese Worte getippt haben musste. Also machte ich mich daran, sein Frühstück, bestehend aus einem Teller Rührei und einer

Scheibe Toast, zuzubereiten, alles auf einem Tablett zu drapieren und ihm mit wackeligen Beinen ins Büro zu bringen. Wohlwissend, dass er irgendein Haar in der Suppe finden würde, fügte ich seinem Frühstück noch einen heißen Becher Kaffee hinzu. Der wird sich noch umschauen, wie aufmerksam ich sein kann, dachte ich innerlich triumphierend, doch mein Lächeln erstarb, als ich sein Büro betrat und er mich hinter seinem Schreibtisch mit zusammengekniffenen Augen in Empfang nahm.

»Guten Morgen, Mr Bradford. Ich bringe Ihnen Ihr Frühstück und etwas zu trinken«, versuchte ich meine Unsicherheit zu überspielen und stellte das Tablett auf eine freie Stelle seines Schreibtisches.

»Setzen Sie sich bitte«, antwortete er und bedeutete mir mit einem Nicken, auf einem der Stühle vor seinem Tisch Platz zu nehmen. Ich tat wie mir befohlen und ließ mich vorsichtig auf den Stuhl sinken.

»Ist alles in Ordnung?«, hakte ich skeptisch nach und nahm gedanklich schon meine Kündigung entgegen.

»Nein, Ms Bennet, tatsächlich ist rein gar nichts in Ordnung! Haben Sie eine Ahnung in was für ein verseuchtes Restaurant Sie mich gestern Abend geschickt haben?«

Ich stockte und blickte ihn mit großen Augen an. »Ähm, ist etwas passiert?«

»Wenn Sie eine Salmonellenvergiftung als *etwas passiert* abtun, dann ja!« Er schüttelte fassungslos den Kopf, wobei ihm ein paar dunkle Haarsträhnen in die Stirn fielen.

Schockiert sah ich ihn an. Meines Erachtens nach sah er eigentlich ganz fit aus. War es klug, so nah bei ihm zu sitzen? War das womöglich ansteckend? Instinktiv rutschte ich einen Zentimeter auf meinem Stuhl zurück.

»O nein!«, rief ich aus. »Geht es Ihnen gut?«

»Natürlich geht es mir gut! Würde ich ansonsten hier vor Ihnen sitzen?«

»Vermutlich nicht«, entgegnete ich kleinlaut und atmete erleichtert aus.

»Na, sehen Sie. Aber fragen Sie doch mal, wie es Mr Zaymon geht? Der liegt im Bett und kotzt sich die Seele aus dem Leib. In was für ein gottverdammtes Restaurant haben Sie uns da geschickt?«

»Ich ... ich dachte, es wäre ganz in Ordnung«, presste ich hervor und knibbelte an meinen Fingern. »Nachdem keines der Restaurants, die auf Ihrer Liste standen, einen Tisch frei hatte, habe ich mich selbst nach einem umgesehen.«

»Dann schauen Sie das nächste Mal gefälligst genauer hin. Das Restaurant war die reinste Bakterienschleuder! Zum Glück habe ich mich an das Lamm gehalten und einen weiten Bogen um den Fisch gemacht. Nicht wie Mr Zaymon, der gar nicht genug von dem rohen Lachs kriegen konnte. Ich hatte schon beim Betreten des Restaurants ein komisches Gefühl«, beschwerte er sich weiter und guckte mich so hasserfüllt an, dass ich mich am liebsten in Luft aufgelöst hätte. Wie konnten so wunderschöne dunkelbraune Augen nur so wütend schauen?

»Es tut mir furchtbar leid. Ich hatte keine Ahnung ... «

»Nein, die hatten Sie nicht.«

Ich presste meine Lippen fest zusammen und schaffte es endlich, ihn anzusehen. »Es war garantiert keine Absicht, und wenn Sie wünschen, lasse ich Mr Zaymon einen Strauß Blumen und ein paar Genesungswünsche zukommen.« Hm, gar nicht mal schlecht die Idee, dachte ich, etwas stolz auf meinen Einfall.

Mr Bradford wollte gerade etwas entgegnen, hielt aber kurz inne. Er lehnte sich auf seinem Stuhl zurück und kratzte sich im Nacken. »Das ist das Mindeste. Sie können froh sein, dass ich Sie nicht direkt rausschmeiße!«

»Ich bin Ihnen sehr dankbar dafür. Es wird nicht wieder vorkommen«, beschwichtigte ich ihn und krallte meine Nägel in den Saum meiner Bluse. »Wirklich, es tut mir wahnsinnig leid!«

»Jaja, jetzt gehen Sie und schicken Sie Mr Zaymon ein paar Grüße und einen Strauß Blumen.« Dann wandte er sich wieder seiner Arbeit zu. Das Gespräch war hiermit beendet. Mit angehaltenem Atem stürmte ich aus dem Zimmer und schloss die Tür hinter mir. Wie konnte mir das nur passieren? Wenn ich diesen Fehler nicht wiedergutmachen würde, wäre ich meinen Auftrag ganz sicher innerhalb der nächsten Tage oder Stunden los – und durch Mum einen Kopf kürzer!

Kapitel 11

Was hatte ich mir nur dabei gedacht, als ich davon ausging, dass ich meinen Job gut machen würde? Natürlich war nichts gut und wieder einmal hatte ich es verbockt. So, wie ich schon mein Studium verbockt hatte. Nachdenklich saß ich in der Küche, raufte mir die Haare und schrieb nebenbei auf dem Tablet ein paar Genesungswünsche, die absolut nichts mit ehrlichen Wünschen zu tun hatten. Alles, was ich tippte, hörte sich nach einer billigen Floskel an. »*Gute Besserung für Sie*« und »*Wir hoffen, dass Sie schnell wieder auf den Beinen sind*«, waren die einfallsreichsten Wünsche, die mir einfielen. Es konnte doch nicht so schwer sein, sich bei ihm für die schlechte Wahl des Restaurants zu entschuldigen. Gerade als ich wieder alles löschen wollte, stieß Thomas mit fragendem Gesichtsausdruck die Küchentür auf. »Louisa, was hast du getan?«

Unglücklich sah ich zu ihm auf. »Du hast es also auch schon gehört?«

»Wie hätte ich nichts davon hören können? Ethan ist mir beinahe durchs Telefon gekommen, als er von dem Restaurant erzählt hat.« Er setzte sich vor mich an den Tisch und sein ernster Blick wurde weich, kurz bevor er zu meiner Überraschung breit grinste. »Da hast du unseren Boss aber ganz schön wütend gemacht«, lachte er nun und schüttelte den Kopf. Ich hingegen vergrub mein Gesicht in den Händen. »Ich kann froh sein, dass er mich nicht gefeuert hat.«

»Jap, das kannst du. Ach, nun schau nicht so. Ich mache nur Spaß. So was kann passieren und für Ethan war das selbstverständlich ein gefundenes Fressen. Mach dir nichts draus. Mr Zaymon wird sich wieder erholen. Ein paar Stunden auf dem Klo und er ist wieder ganz der Alte. Wenn auch mit ein paar Kilos weniger auf den Rippen.« Er zwinkerte mir amüsiert zu und brachte mich schließlich zum Schmunzeln.

»Was machst du da eigentlich?«, fragte Thomas und deutete auf das Tablet, was ich verkrampft in den Händen hielt.

»Ich schicke Mr Zaymon einen Strauß Blumen und Genesungswünsche. Das Ganze gebe ich hier bei diesem Online-Blumenlieferanten ein, damit er sie schnellstmöglich bekommt«, erklärte ich fahrig, denn ich war von meiner Idee längst nicht mehr so überzeugt wie noch vor einigen Minuten.

»Hm«, machte auch Thomas und schnappte sich das Gerät aus meinem Griff. »Zeig mal her. Grundgütiger, mehr Kreativität besitzt du nicht?« Er verkniff sich ein Lächeln, während ich nur mit den Achseln zuckte. »Die scheint auf dem Weg von seinem Büro in die Küche verloren gegangen zu sein.«

»Okay«, begann er schließlich und legte das Tablet vor mir auf den Tisch. »Ich weiß, dass Ethan ein echtes Ekel sein kann, aber lass dich von seinen Schimpftiraden nicht verunsichern. Was meinst du, was ich mir schon alles anhören durfte?«

»Wirklich, du?«, fragte ich mit großen Augen. Ich konnte mir kaum vorstellen, dass Thomas mit eingezogenem Hals und nach vorn gesenkten Schultern vor Mr Bradford stand und sich eine Standpauke abholte.

Thomas nickte ausladend. »Ja, was denkst du denn? Wann immer Ethan schlechte Laune hat, ist der Erste, der ihm begegnet, sein Ventil. Meistens bin ich das. Aber ich stehe darüber, denn ich weiß, dass er im Grunde ein guter Mensch ist und einfach nicht besser weiß, mit all der Verantwortung, die auf ihm lastet, umzugehen. Was ich damit sagen will, ist, dass du dich auf keinen Fall unterkriegen lassen solltest, nur, weil jemand wegen dir nicht von der Kloschüssel kommt.« Jetzt lachte Thomas wieder heiter und selbst ich musste einstimmen. »Ich würde deinen Rat gerne befolgen, aber spätestens, wenn Mr Zaymon sich über diese lächerlichen Genesungswünsche ärgert, werde ich im hohen Bogen aus dieser Villa fliegen.«

»Dann sorgen wir dafür, dass es gar nicht so weit kommt. Also«, Thomas erhob sich schwungvoll von seinem Stuhl und ließ uns zwei Tassen Kaffee aus der Maschine. Wenn Mr Bradford mich hier sitzen sehen würde, wäre das wohl mein Todesurteil. Kurz darauf stellte Thomas mir einen dampfenden Becher vor die Nase. »Wichtig ist, dass du erst einmal einen klaren Kopf kriegst und mir sagst, wie du jemandem Genesungswünsche zukommen lassen würdest.«

»Ich würde sicherlich nicht so eine gedruckte Version losschicken«, erklärte ich und deutete auf die Webseite des Blumenshops.

»Was würdest du ansonsten tun?«

Ich überlegte kurz und straffte nachdenklich meinen Pferdeschwanz. »Vermutlich würde ich sie selbst schreiben. Es ist persönlicher und wirkt nicht so, als hätte Mr Bradford einfach seine Assistentin darauf angesetzt«, dachte ich laut. »Na, also! Du bist auf dem richtigen Weg. Was denkst du, was Mr Zaymon stattdessen lesen möchte?«

»Ein paar persönliche Worte, die echt wirken?«

Thomas klatschte wie ein Showmaster in die Hände. »Ganz genau!«

»Also meinst du, dass ich mich selbst auf den Weg machen und Blumen kaufen sollte? Würde Mr Bradford das nicht als verschwendete Zeit sehen? Ich dachte, es wäre besser, wenn ich mich nicht zu lange mit dem Thema aufhalte und dadurch andere Sachen liegen bleiben.« Mit beiden Händen umklammerte ich die Tasse und trank einen Schluck, während Thomas entschieden den Kopf schüttelte. »Ethan ist es völlig egal, ob seine weißen Socken gewaschen sind oder nicht. Wichtig ist ihm, dass seine Kunden zufrieden sind, die Firma läuft und er beruhigt schlafen gehen kann.«

Nickend rieb ich mit meinem Daumen am Rand des Bechers. »Du hast recht. Ich kann das besser und bin nicht der Typ, der halbgare Postkartensprüche als seine eigenen ausgibt.«

»Dann weißt du, was du zu tun hast.« Thomas schaute mich an und ein aufmunterndes Lachen stahl sich auf seine Lippen. Auch ich musste schließlich lächeln und erhob mich von meinem Stuhl. »Danke, Thomas! Ohne dich hätte ich meinen Job nicht einmal vierundzwanzig Stunden gehabt.«

»Schon gut, schon gut. Ich habe nur keine Lust, wieder jemanden einarbeiten zu müssen«, scherzte er und zwinkerte mir zu. »Beeil dich lieber, bevor der Blumenladen um die Ecke schließt. Ich werde mir derweil den Schädel vom Chef abreißen lassen für ... ach, wonach auch immer ihm der Sinn steht.«

»Vielleicht bringe ich dir auch einen Strauß mit? Und eine Karte mit dem Aufdruck *Gute Besserung* dazu?«, witzelte ich, während ich mir meine Tasche schnappte und mich auf den Weg machte.

Kapitel 12

Selten hatte ich mich so motiviert gefühlt wie in diesem Moment, als ich einen Strauß Blumen fest in den Armen hielt und damit die Straße zum Appartement überquerte, in dem Mr Zaymon laut meiner Kontaktliste lebte. Doch dieses überschwängliche Gefühl flaute ab, je näher ich der Tür kam, die zum Gebäude gehörte. Die Worte, die ich mir in meinem Kopf zurechtgelegt hatte, schienen in den Hintergrund zu geraten und meine Unsicherheit nahm Überhand. Doch dann dachte ich an Thomas und seine aufbauenden Worte und wusste, dass das, was ich hier tat, das Richtige war. Also tippte ich auf die Klingel und nach kurzer Wartezeit ertönte ein Surren. Mit klopfendem Herzen drückte ich gegen die Tür und folgte einer Treppe aus dunklem Holz, die unter meinen Füßen knarzte, während ich an den anderen Wohnungseingängen vorbei in den zweiten Stock ging. Am Ende des Ganges erkannte ich einen kleinen Türspalt und ein Paar Augen, die mich skeptisch durch die kleine Öffnung musterten. »Hallo, sind Sie Mr Zaymon?«, fragte ich höflich, wenn auch ein wenig unsicher.

»Sind Sie ein Blumenkurier?«, stellte er mir mit rauer Stimme eine Gegenfrage. Kurz vor seiner Tür stoppte ich. »Ähm, so was in der Art«, lachte ich verlegen und hielt ihm die Blumen vor den Türspalt, den er höchstens fünf Zentimeter weiter geöffnet hatte. »Ich bin Ms Bennet, Mr Bradfords Assistentin, und ich bin hier, um ... «

»Mr Bradford, dieser verfluchte Geizhals! Schleift mich in ein Restaurant, das von Bakterien nur so wimmelt, bloß, damit er Geld sparen kann«, polterte er direkt los, doch da hob ich schon beschwichtigend meine freie Hand. »O bitte, wenn Sie mich kurz erklären lassen, das Ganze ist definitiv nicht Mr Bradfords Schuld, sondern meine.«

Mr Zaymon zog fragend die Brauen hoch und trat aus seinem Schatten hinter der Tür hervor. »Also halte ich wegen Ihnen seit gestern Abend meinen Eimer so fest umklammert?«

Seufzend nickte ich und erkannte seine rotgeränderten Augen und seinen ausladenden Körper. Zwar tat er mir leid, so geschwächt und mitgenommen, wie er aussah mit seinen ergrauten, träge herunterhängenden Haaren und dem Jogginganzug, der an seinem Bauch ordentlich spannte. Dennoch wirkte er unsympathisch – ganz wie Thomas es erwähnt hatte.

»Die Sache ist die: Ich arbeite erst seit wenigen Tagen für Mr Bradford und sollte mich um ein Restaurant für Ihren Termin kümmern. Leider waren alle guten Restaurants bereits ausgebucht und dann fand ich diesen Brasilianer. Es tut mir wirklich leid, ich hätte mich vorher besser erkundigen sollen und Mr Bradford ist ebenso aufgebracht wie Sie. Was ich natürlich verstehen kann«, schob ich schnell hinterher.

»Und mit diesen Blumen wollen Sie sich jetzt von Ihrem Fehler reinwaschen?« Er stieß einen abschätzigen

Laut aus und schüttelte den Kopf. Kurz darauf hustete er und für einen Moment glaubte ich, er würde sich übergeben müssen. Doch nach einem Klopfen mit der Faust auf seine Brust schien er sich wieder zu fangen. Allmählich kam ich mir dämlich vor. »Das Ganze hat mit reinwaschen nichts zu tun«, entgegnete ich etwas schroff, auch mein Tonfall war mir langsam egal. Musste ich mich von allen Menschen so behandeln lassen? Nein, ganz sicher nicht! Und schon gar nicht von einem alten Mann, der im verwaschenen Jogginganzug vor mir stand, beinahe das Lamm vom Vorabend hochwürgte und meine Entschuldigung unter keinen Umständen anzunehmen schien. »Ich bin hier, weil ich eine Genesungskarte zu unpersönlich fand und dachte, dass ich so den aufgebrachten Mr Bradford überzeugen könnte, mich nicht schon nach wenigen Tagen zu feuern. Aber wenn ich ehrlich bin, ist es mir inzwischen egal, denn scheinbar ist diese Welt, in der alle auf mir herumtrampeln, einfach nichts für mich und ich sollte mich nach einem Job umschauen, in dem ich besser aufgehoben bin. In einem Tierheim vielleicht. Dort muss ich mich immerhin nicht für andere Menschen verbiegen. Damit angefaucht und angebellt zu werden, kenne ich mich bereits bestens aus. Also nehmen Sie diese verdammten Blumen bitte an oder schenken Sie den Strauß einer Mitarbeiterin, wenn Sie wieder auf den Beinen sind.« Mit rotem Kopf drückte ich diesem verdutzt schauenden Mann die Blumen in die Arme und machte auf dem Absatz kehrt. Meinen Job hatte ich in diesem Moment vermutlich verloren, aber an Selbstvertrauen auf jeden Fall dazugewonnen und das war es mir in diesem Moment absolut wert gewesen.

Meine Schritte verlangsamten sich, als ich auf die Hofeinfahrt von Mr Bradfords Anwesen trat und meine Handtasche fest umklammerte. Rückblickend betrachtet war ich mir nicht mehr sicher, ob mein Abgang und vor allem meine Ansage bei Mr Zaymon wirklich nur meinen Job ruiniert hatten. Was, wenn Mr Bradford dadurch einen wichtigen Kunden verlor und seine Firma pleiteging? Was wenn dadurch sämtliche Menschen, Mütter, Väter ihren Job verlieren würden, dann wäre das nur meine Schuld! Schöner Mist, ich hätte mich wirklich zusammenreißen müssen, dachte ich seufzend und schleppte mich träge den restlichen Weg entlang. Mr Bradford würde mit Sicherheit schon von meinem grandiosen Auftritt wissen und schäumend an der Tür stehen und auf mich warten. Vermutlich hätte ich gar nicht mehr zurückkommen brauchen, wenn ich nicht noch ein paar Sachen von mir in der Villa gehabt hätte.

Als ich die Tür aufschloss, war weder etwas zu sehen noch zu hören. Kurz überlegte ich, ob ich meine Sachen nicht zusammensammeln und schnellstmöglich verschwinden sollte, doch als ich gerade auf dem Weg zur Küche war, hörte ich das Piepen meines Tablets, das mir eine Nachricht ankündigte. Mit zittrigen Händen las ich die Worte, die beinahe vor meinen Augen verschwammen:

Ms Bennet, kommen Sie sofort in mein Büro!

Panisch starrte ich auf die Buchstaben und versuchte, meine Atmung zu regulieren. Das war es dann wohl für mich. Gratulation, ich hatte es geschafft, vier Tage meinen Job zu machen, bis ich direkt wieder gefeuert wurde. Mum würde vor Stolz platzen – oder eher vor Wut. Dennoch, ich hatte mir den Mist eingebrockt, jetzt würde ich das Ganze auch ausbaden müssen. Ein letztes Mal anschreien lassen würde ich auch noch hinter mich bringen können.

Kapitel 13

»Sie wollten mich sprechen?«, fragte ich mit erhobenem Kinn und versuchte, nicht kleiner zu wirken, als ich mich beim Betreten von Mr Bradfords Büro ohnehin schon fühlte.

»Setzen Sie sich«, antwortete dieser, ohne seinen Blick zu heben. Erst zögerte ich, versuchte, seinen Gesichtsausdruck zu deuten, doch der war wie immer finster und unergründlich. Dann trat ich vorsichtig an seinen Schreibtisch und ließ mich auf dem freien Platz nieder.

Mit Nachdruck legte er schließlich seinen Stift beiseite und schaute mich ernst an. Dabei rieb er sich mit Daumen und Zeigefinger sein Kinn, als stünde er kurz vor der absoluten Verzweiflung. Wie konnte so ein hübscher Mann nur so unnahbar wirken? Ich sagte nichts, schaute ihn lediglich an. Die Hände fest in meinen Schoß gedrückt, die Schultern angespannt.

»Erklären Sie mir, wo Sie eben waren?«

»Ich, ähm … ich«, stammelte ich. Er wusste doch, was los war, oder etwa nicht? Sicherlich hatte Mr Zaymon ihn angerufen und sich über mich beschwert, noch ehe er eine Blumenvase für den Strauß aus einem Schrank genommen hatte.

»Ich, ich, ich«, schimpfte Mr Bradford und verfinsterte seinen Blick, »können Sie auch ganze Sätze sprechen?«

»Ich war bei Mr Zaymon«, platzte es schließlich aus mir heraus und ich hielt einen Moment lang die Luft an.

Er hob eine Augenbraue, als wollte er sagen: *Na also, geht doch*, und lehnte sich mit verschränkten Armen in seinem Stuhl zurück. Kurz schaute ich auf seine breiten Oberarme, die sich wieder einmal in seinem Hemd anspannten. Unglaublich, wie attraktiv mein Chef eigentlich war. Und als genauso unglaublich empfand ich seine unsympathische Art.

»Und was haben Sie da gemacht?«, wollte er nun wissen und seine braunen Augen fixierten mich.

»Ich habe mich bei ihm für meinen Fehler entschuldigt. Ich habe ihm erklärt, dass die Restaurantwahl meine Schuld war und ihm einen Strauß Blumen überreicht«, erklärte ich und fragte mich, wann er aufhören würde, mich zu quälen.

»Wie kommen Sie auf die Idee, sich gegen unsere Abmachung zu stellen und ihm keine Genesungskarte zu schicken, so wie wir es besprochen hatten?«, fragte er und sein Tonfall war kühl und streng, sodass sich mein mulmiges Gefühl im Bauch nur verstärkte. »Nun, ich war beim Schreiben der Karte plötzlich der Ansicht, dass es persönlicher wäre, mich bei ihm direkt zu entschuldigen und nicht auf dem Weg, wie andere es vielleicht gemacht hätten. Mr Zaymon sollte sehen, dass mir wirklich leidtat, was ich da verzapft hatte.« Und *wie* er gesehen hat, dass es mir leidtut, dachte ich im Stillen und presste die Lippen fest aufeinander.

Mr Bradford nickte wissend und schaute auf ein Blatt Papier, das vor ihm lag. Meine Kündigung vielleicht? »Mr Zaymon hat mich vor wenigen Minuten angerufen und mir von Ihrem Besuch erzählt.«

Schweißperlen sammelten sich auf meiner Stirn und meine Hände wurden feucht. Konnte er mir nicht endlich kündigen und mich nicht so lange auf die Folter spannen?

»Dann hat er Ihnen sicher erzählt, dass ich … «, begann ich schließlich, um dieses Theater zu beenden, doch er hob eine Hand und unterbrach mich. »Er hat mir die Einzelheiten eures Gespräches nicht genannt, aber er schien sehr überrascht gewesen zu sein.« Seine Augen musterten mich und ich wartete auf das Donnerwetter, das nun folgen würde.

»Überrascht, wie viel Eigeninitiative Sie ergriffen haben und wie leid Ihnen Ihr Fehler tatsächlich tut.«

Mir klappte der Mund auf. »Das hat er gesagt?«

»Ja, er sagte, dass ich Glück hätte, so eine *ehrgeizige* Mitarbeiterin zu haben.«

»Ehrgeizig?«

»So hat er es ausgedrückt. Jedenfalls bin ich äußerst überrascht über Ihre Eigeninitiative und wollte Ihnen meinen persönlichen Dank aussprechen. Mr Zaymon ist sehr schwierig und äußerst speziell, daher wundert es mich, dass er so begeistert von Ihnen gewesen ist. Aber na ja, diesen Mann versteht keiner so wirklich.«

Da musste ich ihm recht geben.

»Was ich damit sagen möchte: Herzlichen Dank für Ihre Idee, ihm persönlich einen Strauß Blumen vorbeizubringen und eine gute Besserung zu wünschen. Das war wirklich sehr vorbildlich. Danke.«

Meine Lippen begannen zu beben und ich musste mich stark zusammenreißen, nicht lauthals loszulachen.

»Das habe ich sehr gerne gemacht«, erwiderte ich so förmlich ich nur konnte. »Kann ich sonst noch etwas für Sie tun?«

»Nein, das war alles«, nickte Mr Bradford schließlich und beugte sich wieder über sein Papier auf dem Schreibtisch. Dabei rieb er sich über seinen Drei-Tage-Bart, der ihm einen noch männlicheren Hauch verlieh.

Ich schmunzelte leicht, erhob mich von meinem Platz und verschwand hastig aus seinem Büro. Draußen angekommen atmete ich all die angestaute Luft aus meinen Lungen aus. Das war einer der verrücktesten Tage seit langem!

Als ich mich nach Feierabend auf den Heimweg machte, bekam ich mein gewinnendes Grinsen kaum aus dem Gesicht. Ich hatte es tatsächlich geschafft, jemandem meine Meinung zu geigen, ohne mich direkt ins Aus zu manövrieren.

Am Abend lag ich lange wach und dachte über das Gespräch mit Mr Bradford nach. Obwohl er mir zur Abwechslung mal keine Gemeinheiten an den Kopf geworfen, sondern sich bei mir bedankt hatte, hatte er nicht ein einziges Mal gelächelt. Wie konnte ein so junger, gutaussehender Mann nur so finster schauen, dass es ihn durchweg unsympathisch wirken ließ? Was verbarg sich hinter dieser Mauer, die ihn umgab? Das hatte ich mich in den letzten Tagen oft gefragt. Diese kalten dunkelbraunen Augen, die vollen Lippen, die viel zu angespannt waren, und dieser frostige Blick, als gäbe es in seinem Leben nichts, worüber er sich freuen konnte. Noch im selben Moment, in dem ich darüber nachdachte, wünschte ich mir, ihn nur einmal Lachen zu sehen, um dieses Bild des eiskalten Mannes zu verdrängen und zu erkennen, wer sich hinter diesem strengen Gesicht verbarg. Ethan Bradford war ein interessanter Mann und obwohl wir noch nie ein lockeres Gespräch geführt hatten, verspürte ich den Drang, ihn besser kennenzulernen.

Kapitel 14

Am Morgen war ich zeitig bei der Arbeit aufgetaucht und heilfroh, als ich das Haus leer vorfand. Mr Bradford hatte einen Termin, sodass er das Frühstück ausfallen lassen musste, wie er mir über mein Tablet mitgeteilt hatte. Nachdem ich Mums schlechte Laune schon am Morgen hatte ertragen müssen, war mir das umso lieber. Wie konnte man sich kurz nach dem Aufstehen schon so über Gott und die Welt aufregen? Erst war es der Regen gewesen, der in der Nacht gegen ihr Fenster geprasselt war und sie um ihren Schlaf gebracht hatte. Nach dem Aufstehen war es dann das grelle Licht, welches ich versehentlich im Treppenhaus angelassen hatte und mit welchem ich die Stromrechnung in die Höhe getrieben hatte. Anschließend war es ein erneuter Überfall auf einen Juwelier in der Nachbarstadt. Wie konnte die Welt nur so zu Grunde gehen!

Auch Thomas jagte mir am Morgen Angst ein, als er mit zerknirschtem Gesicht die Küche betrat, in der ich mich gerade um das schmutzige Geschirr kümmerte. »Guten Morgen, Thomas. Alles in Ordnung?«

Nickend wischte er sich über das Gesicht. »Alles bestens, wenn ich erst einmal einen Kaffee in der Hand halte.«

»Lange Nacht gehabt?«, hakte ich nach und verstaute einen weißen Teller in einem Regal neben dem Kühlschrank.

Thomas nickte vage. »Kann man so sagen. Ist mit zwei kleinen Kindern nicht immer einfach, an genügend Schlaf zu kommen«, erklärte er mit einer wegwischenden Handbewegung und ich ging nicht weiter darauf ein, denn Thomas kam mir zuvor. »Was steht heute bei dir an?«

»Ich muss Mr Bradfords Tasche für seine Massage packen. Sein Termin ist um zehn Uhr und währenddessen richte ich ihm unten im Schwimmbad seinen Platz her, da er danach ein paar Runden im Pool drehen wird«, rappelte ich die Aufgabenliste gewissenhaft herunter. »Heute Abend hat er ein Geschäftsessen, soweit ich weiß.«

Thomas schüttelte leicht den Kopf. »Nicht ganz, es ist eine Benefizveranstaltung für alle reichen Geschäftsleute, die nicht mehr wissen, wo sie mit ihrem Geld hinsollen, und es bei einer Versteigerung für einen guten Zweck spenden.«

»Oh«, machte ich überrascht. »Dann sollte ich mir das besser notieren. Nicht dass ich wieder irgendetwas falsch mache.«

»Du meinst den Vorfall beim Brasilianer?«, fragte Thomas und verzog grinsend den Mund. »Ich habe gehört, dass deine Entschuldigung sehr gut bei Mr Zaymon ankam. Ethan war schwer beeindruckt.« Er zwinkerte mir zu und lehnte sich entspannt an den Küchentresen, während er in Seelenruhe seinen Kaffee trank.

»Das hat er gesagt?«

»Nein, aber er hat gelächelt, als er mir von Mr Zaymons Anruf erzählt hat und das ist in etwa gleichbedeutend.«

Jetzt musste ich kichern. Ethan Bradford hat seine Mundwinkel auseinandergezogen bekommen ... wegen mir.

Thomas warf einen Blick auf seine Armbanduhr und stellte seinen Becher in die Geschirrspülmaschine. Sehr vorbildlich, dachte ich beeindruckt. Bisher hatte ich nur mitbekommen, wie Mr Bradford sein Geschirr direkt auf die Maschine gestellt und sich dann hastig davon abgewandt hatte.

»Ich muss los, ich wünsche dir einen angenehmen Tag.«

»Ich dir auch, danke!«

Der restliche Morgen entpuppte sich tatsächlich als äußerst angenehm, denn bis etwa halb zehn hatte ich meine Ruhe im Haus und konnte mich darauf konzentrieren, Mr Bradfords Tasche für seinen Massagetermin zu packen. Wie vereinbart stellte ich diese an die Haustür, damit er sie sich schnell abholen konnte. Diese Zeit nutzte ich, um mich dem Schwimmbad im Keller zu widmen. Hier war ich bisher nur kurz bei der Besichtigung mit Thomas gewesen und seitdem neugierig, mich einmal genauer umzusehen. Der Keller glich einem Labyrinth mit unzähligen Türen. Hier unten war es heller, als ich es beispielsweise von Mums Keller gewohnt war. Weiße Holzvertäfelungen an den Wänden und cremefarbene Fliesen machten es richtig heimelig. Immer wieder staunte ich, wie groß dieses Haus war, und dachte, wie schade es war, dass es lediglich von einer Person bewohnt wurde. Zahlreiche Türen erstreckten sich rechts und links von mir, bis ich nach einmaligem Abbiegen am Ende des Ganges das Schwimmbad erreichte.

Es erinnerte mich an einen Poolraum in einem Hotel. Ein Becken, in dem man gemütlich ein paar Bahnen ziehen konnte, an der gegenüberliegenden Seite ein paar eingelassene Fenster, durch die einige Sonnenstrahlen einfielen und den Liegeplatz erleuchteten. Der Bereich war mit Pflastersteinen versehen, auf dem sich drei Liegen befanden. Es juckte mich in den Fingern, mich darauf niederzulassen, ein gutes Buch zu lesen und ein bisschen zu entspannen, aber es würde wohl keine drei Sekunden dauern, bis Mr Bradford das spitzkriegen und mich im hohen Bogen rauswerfen würde.

Im Nebenraum des Poolzimmers fand ich alle Utensilien, die mir der Guide auflistete, den Thomas mir am ersten Tag gegeben hatte. Ich platzierte sie pflichtbewusst auf ihren Plätzen. Den Liegestuhl bedeckte ich mit einem weißen Badelaken, platzierte ein großes ebenso weißes Handtuch darauf und stellte ein Glas Wasser auf den kleinen Beistelltisch daneben. Die Fenster öffnete ich ordnungsgemäß, um frische Luft hineinzulassen, und war zufrieden mit meiner Arbeit, als ich die kleine Halle vorerst verließ. Auf dem Rückweg warf ich hier und dort einen Blick in die Zimmer des langen Kellergangs, um zu sehen, wo ich möglicherweise Dinge fand, die ich im Arbeitsalltag gebrauchen konnte. Einige Räume beherbergten Bettwäsche, Handtücher für die Gäste und so weiter. In einem weiteren Raum fand ich scheinbar während des Sommers ausgelagerte Kleidung, da es sich um Wintermäntel und warme Pullover handelte. Hastig marschierte ich weiter, spähte hin und wieder in die Räume, bis ich auf eine Tür traf, die fest verschlossen war. Einen Moment sah ich mich um und tastete am Türrahmen nach einem Schlüssel, doch ich konnte keinen finden. Das weckte meine Neugierde und ich nahm mir vor, später unauffällig den Schlüsselbund auszuprobieren, den ich oben in der Küche hatte liegen lassen.

»Kommen Sie nach unten in den Poolraum«, zeigte mein Tablet etwa zwei Stunden später an, als ich gerade für eine kurze Pause nach draußen in den Garten gehen und verschnaufen wollte. Schlagartig schlug mein Herz höher, denn mir schwante, dass irgendetwas nicht stimmte. Allmählich hatte ich ein Gefühl dafür, wenn ich etwas falschgemacht hatte. Es war wie bei Mum, wenn sie mich anrief und ich bereits ahnte, dass irgendetwas nicht in Ordnung war. Kurz überlegte ich, was das hätte sein können und hoffte, dass er nicht den eingelaufenen Pullover entdeckt hatte.

Kapitel 15

Mit ungutem Gefühl huschte ich den Gang zum Schwimmbad entlang und durchsuchte meine Gedanken nach möglichen Fehlern, die mir unterlaufen sein konnten. Hatte ich einen Termin vergessen oder im Poolraum etwas nicht beachtet? Vielleicht hatte er die Blume entdeckt, die ich am Morgen noch schleunigst entsorgt hatte, da sie mir wassertechnisch entgangen war. Wer stellte auch Blumen in einem Gästezimmer auf, das fast gar nicht benutzt wurde? Seufzend schüttelte ich den Kopf und fragte mich, wie lange ich diese Tortur noch über mich ergehen lassen musste. So ein dickes Fell hatte ich nicht, obwohl Mr Bradford die beste Übung dafür war, mir eines anzueignen.

Als ich das Schwimmbad betrat, durchforstete ich mit meinem Blick den Raum, doch im ersten Moment konnte ich Mr Bradford nirgendwo entdecken. Als ich ein paar Schritte näher an den Pool trat, tauchte er wie aus dem Nichts aus dem Wasser auf, sodass ich einen Schritt rückwärts taumelte und Mühe hatte, mein Gleichgewicht zu halten.

Mr Bradford scherte sich nicht darum und stemmte seine Hände auf den Beckenrand, um sich aus dem Wasser zu ziehen. Wieder machte ich einen Schritt zurück und war beinahe fasziniert von seinem Auftritt, der absolut werbungstauglich war. Er strich seine nassen Haare nach hinten und kurzweilig senkten sich meine Augen auf seinen durchtrainierten Körper. Auf seinem flachen Bauch zeichneten sich hart antrainierte Bauchmuskeln ab, die ich bisher noch bei keinem Mann aus nächster Nähe gesehen hatte. Auch seine breiten Schultern wiesen darauf hin, dass er regelmäßig Sport trieb. Wieder einmal wurde mir bewusst, wie heiß mein Boss eigentlich war und wie einschüchternd zugleich.

»Sind Sie schwerhörig?«, durchbrach seine tiefe Stimme plötzlich meine Gedanken und ich zuckte zusammen. Erschrocken sah ich ihn an. »Wie bitte?«

»Ob Sie schwerhörig sind, habe ich gefragt«, wiederholte er, wandte mir seinen – wohlbemerkt muskulösen – Rücken zu und marschierte in sexy Badeshorts anmutig zu seinem Liegestuhl, von dem er sich sein Handtuch schnappte.

»Eigentlich höre ich sehr gut«, antwortete ich auf seine Frage und folgte ihm langsam.

»Gut, denn ich habe Sie zwei Mal gefragt, ob alles in Ordnung ist, da Sie beinahe gestürzt wären, aber scheinbar waren Sie geistig gerade ein wenig … abwesend.«

Mist! Das hatte er gemerkt? Und warum erahnte ich da ein leichtes Lächeln in seinem Gesicht?

»Entschuldigen Sie bitte. Nein, es ist alles in Ordnung.«

»Gut, setzen Sie sich«, sagte er und ich war der Meinung, dass ein hauchdünnes Schmunzeln auf seinen Lippen bestehen blieb. Er deutete auf einen unbenutzten Liegestuhl und ich ließ mich darauf nieder. Nervös beobachtete ich die Tropfen, die ihm am Körper hinabglitten und zwang mich, ihn nicht so offensichtlich anzustarren, während er sich auf seinen Platz setzte und mit seinem Handtuch trocken tupfte.

»Es gibt ein Problem«, begann er rau.

»Und welches? War ... war etwas nicht zu Ihrer Zufriedenheit?«

»Abgesehen davon, dass Sie vergessen haben, mein großes Handtuch in meine Massagetasche zu packen, und ich dort mit einem sehr kleinen Handtuch abgespeist wurde, ist alles bestens. Aber darüber kann ich ausnahmsweise hinwegsehen.«

Ich schluckte, erwischte mich aber dabei, wie mir die Vorstellung gefiel, dass er lediglich ein kleines Handtuch zur Verfügung hatte.

»Jedenfalls«, sprach er weiter, ehe ich eine Entschuldigung murmeln konnte, »geht es um heute Abend.«

»Die Benefizveranstaltung.«

Er nickte. »Genau. Meine Verabredung für diesen Abend hat leider abgesagt und ich kann Ihnen sagen, dass es recht unangenehm ist, ohne Begleitung dort aufzuschlagen.«

»Soll ich Ihre Kontakte durchgehen und nach einer geeigneten Begleitung suchen?«

Mr Bradford schüttelte den Kopf und stützte seine Arme auf den Knien ab. »Ist nicht nötig, da ich schon zwei andere Begleitungen kontaktiert habe, die jedoch keine Zeit haben.«

»Was ist mit Mr Scowman?«, hakte ich nach. »Vielleicht könnte der Sie begleiten.«

»Sieht bestimmt interessant aus, wenn ich mit ihm den Eröffnungstanz tanze«, entgegnete er trocken und musterte mich, als stünde ich völlig auf dem Schlauch. »Haben Sie heute Abend schon was vor? Ich würde es begrüßen, wenn Sie meine Begleitung für die Veranstaltung sein könnten.«

Ich schluckte und machte ein ungläubiges Gesicht. »Ich?«

»Ja, oder ist hier noch jemand im Raum? Natürlich meine ich Sie. Sie können mich begleiten, als meine Assistentin«, fügte er hinzu, als wäre mir das nicht bewusst.

»Also, ich weiß nicht«, stammelte ich, »was ziehe ich denn an?«

»Da machen Sie sich mal keine Gedanken. Ich beauftrage Thomas, dass er auf die Schnelle etwas Geeignetes besorgt. Das heißt, Sie begleiten mich?«

Und wenn er möchte, dass du seinen Wagen polierst oder die Krallen seines Pudels mit rotem Nagellack lackierst, dann wirst du das anstandslos tun, schrillte Mums aufgebrachte Stimme in meinen Ohren und ich wusste, dass ich keine andere Wahl hatte. Die hatte man bei Mum nie.

Zögerlich nickte ich. »Wenn Sie das wünschen, begleite ich Sie natürlich. Muss ich etwas beachten?«

»Seien Sie heute Abend einfach pünktlich um neunzehn Uhr fertig, ich hole Sie dann ab. Den Rest erkläre ich Ihnen auf der Fahrt. Lassen Sie sich etwas zum Anziehen besorgen. Die Überstunden bekommen Sie selbstverständlich bezahlt. Noch Fragen?« Er betrachtete mich eingehend und ich versuchte mir meine Nervosität nicht anmerken zu lassen.

»Nein, ich habe verstanden.«

»Gut«, nickte er schließlich und legte sich auf seinen Liegestuhl.

»Eine Sache hätte ich doch noch.«

»Die wäre?«

»Wie gut muss ich tanzen können?«

Mr Bradford schloss für einen Moment die Augen, als wollte er mir demonstrieren, was für ein hoffnungsloser Fall ich doch wäre. Dann sah er mich mit hochgezogenen Brauen an. »Wollen Sie damit sagen, dass Sie nicht tanzen können?«

»Doch, doch«, stotterte ich und lief rot an. »Also ich kann ein bisschen tanzen, aber ich fürchte, nicht gut genug.« Kurz dachte ich daran, wie ich bei meinem Abschlussball auf der High School beim Tanzen einen Lehrer angerempelt hatte und dieser mit voller Wucht über den Büfetttisch gefallen war. Das Ende vom Lied war, dass ich mit hochrotem Gesicht mehrere Entschuldigungen gestammelt hatte und Mr Blessing, so hieß er, mit Spaghettieis auf dem Kopf gebrüllt hatte, dass ich ihm an diesem Abend besser nicht mehr unter die Augen treten sollte.

»Solange Sie sich ein bisschen bewegen können, wird es schon gehen. Immerhin sind meine Tanzkünste ganz annehmbar, sodass Sie sich bloß führen lassen müssen.« Er lag auf seinem Liegestuhl, als wäre er einer Modelzeitschrift entsprungen. In meinem Magen kribbelte es auf angenehme Weise, was ich eifrig zu ignorieren versuchte.

Daher nickte ich und versuchte höflich zu lächeln. Dann wandte ich mich hastig ab.

»Nicht vergessen: Pünktlich um neunzehn Uhr hole ich Sie ab«, rief er mir hinterher, als ich mit panischem Gesichtsausdruck den Poolraum verließ.

Kapitel 16

»Sieh bloß zu, dass du dich heute Abend ordentlich anstellst«, wetterte meine Mutter, der ich leider von dem »Arbeitsauftrag« für heute Abend hatte erzählen müssen. Im Nachgang wäre ich froh gewesen, hätte ich es einfach für mich behalten und ihr gesagt, dass ich mich mit Marleen treffen würde. Doch diese Chance hatte ich vertan, als ich nach Hause gekommen war und erklärt hatte, dass ich mich für eine Abendveranstaltung umziehen würde. Es dauerte keine zwei Sekunden, da hatte Mum ihre Tageszeitung beiseite geschleudert und war mir in mein Zimmer hinterhergeeilt, wo ich ihr alles erklären musste.

Jetzt stand sie da wie ein Raubtier und beobachtete mich, wie ich meine Kleidung sorgfältig aus der Tasche zog, die Thomas mir kurz vor dem Feierabend gereicht hatte. Dass sie mich unendlich nervös machte, war ihr offensichtlich egal.

»Und du gehst erst nach Hause, wenn der Abend auch wirklich vorbei ist. Vergiss nicht, er ist dein Chef und sagt dir, wann du Feierabend hast.«

»Mensch, Mum!«, rief ich und bemerkte das erschrockene Zusammenzucken meiner Mutter.

»Ich bin nicht auf den Kopf gefallen«, schimpfte ich weiter und riss aufgebracht das Preisschild von der Bluse. »Ich werde meinen Job gewissenhaft erledigen, keine Sorge. Es bringt nichts, wenn du ständig an mir herumnörgelst und mir alles tausendmal erklärst, als wäre ich unterbelichtet. Mr Bradford hätte mich nicht gefragt, wenn er nicht halbwegs zufrieden mit meiner Arbeit wäre, also bitte ich dich, mir einmal in deinem Leben zu vertrauen.« Wütend starrte ich sie an, ehe ich mich abwandte und entschieden in die dunkelblaue Bluse schlüpfte, die sich bestens an meinen Körper schmiegte. Dazu hatte Thomas sich für einen schwarzen Bleistiftrock entschieden, der unglaublich schick war. Er fühlte sich perfekt auf meiner Haut an. Ich bemerkte Mums zu Schlitzen verzogene Augen, als sie mich musterte. Drohend hob ich den Finger. »Sag jetzt nicht, das Outfit wäre unpassend. Immerhin wurde mir aufgetragen, das anzuziehen.«

Mum sah mich an und stockte. Dann hob sie abwehrend die Hände. »Ist schon gut. Ich kann verstehen, dass du aufgeregt bist, aber du musst nicht gleich so ausflippen.«

»Du lässt mir aber keine andere Wahl. Und jetzt würde ich dich bitten zu gehen, damit ich mich in Ruhe fertig machen kann. Ich werde in weniger als einer halben Stunde abgeholt und möchte lieber Rouge auflegen, als mit vor Wut geröteten Wangen das Haus zu verlassen!«

Es dauerte einen kleinen Moment, ehe Mum zu begreifen schien, dass es mir ernst war. Der Abend machte mich nervös und Mums ständige Nörgeleien und Vorschriften gingen mir gehörig auf den Wecker. Wer weiß, vielleicht hatte mein Auftritt bei Mr Zaymon mich ein bisschen ins wirkliche Leben zurückgeholt, sodass ich mich endlich traute, meine Meinung zu sagen. Jedenfalls tat es gut, mich einmal gegen Mum zu behaupten.

»Also wirklich«, zischte sie nur, schüttelte den Kopf und verschwand aus meinem Zimmer – aber nicht, ohne mir noch ein letztes Mal einen wütenden Blick zuzuwerfen.

Als sie endlich verschwunden war, atmete ich einige Male tief durch und spürte ein befreiendes Gefühl. Sich nicht immer alles gefallen zu lassen und auch mal die Meinung zusagen, kann wirklich guttun.

Etwa eine halbe Stunde später verließ ich das Haus, ohne mich bei Mum zu verabschieden. Ich hatte keine Lust darauf, dass sie mir noch einen »gut gemeinten Ratschlag« mit auf den Weg geben würde, der mich nur verunsicherte. Als ich die Haustür hinter mir ins Schloss fallen ließ, bemerkte ich die schwarze Limousine, die an der Straße auf mich wartete. Ich schluckte kurz und versuchte mich zu beruhigen. So schlimm würde es schon nicht werden und Mr Bradford würde mich auch nicht vor allen Leuten in Grund und Boden schreien, wenn ich aus Versehen ein Glas umkippte oder beim Tanzen in jemanden hineinprallte.

Als ich den dunklen Wagen erreichte, stieg ein in Anzug gekleideter Fahrer aus dem Auto, lief um das Gefährt herum und hielt mir mit einem freundlichen Nicken die hintere Tür auf. Dankbar lächelte ich ihm zu und stieg aufgeregt ein. So freundlich hatte mich noch nie jemand in einem Wagen willkommen geheißen …

Damit mein Rock nicht mehr entblößte als meine Knie, versuchte ich etwas umständlich hineinzugelangen und sah, noch ehe ich mich setzte, in Mr Bradfords ausdrucksloses Gesicht.

»Oh, hallo«, sagte ich freundlich und stolperte beinahe neben ihm auf die Rückbank.

»Ms Bennet«, entgegnete er und ich zuckte zusammen, als der Fahrer die Tür hinter mir zufallen ließ.

»Sie sehen … gut aus«, sagte er und ich spürte, wie mir die Hitze ins Gesicht schoss. Himmel, warum war ich nur so aufgeregt?

»Vi … Vielen Dank. Sie auch.« Mit einem Nicken deutete ich auf seinen dunklen Anzug, der wie jeder andere teure Anzug aussah. Ein flüchtiges Grinsen stahl sich auf seine Lippen und ich wandte den Blick hastig ab. Kurz darauf startete der Wagen und wir fuhren los. Dabei hoffte ich, dass meine Frisur noch denselben Halt hatte wie vor ein paar Minuten. Ich trug meine braunen langen Haare zu einem seitlich geflochtenen Zopf, aus dem sich ein paar Strähnen gelöst hatten, was allerdings sehr schick aussah. Ich fand auch mein aufgelegtes Make-up sehr gelungen.

»Gibt es etwas, was ich für den Abend noch wissen sollte?«, fragte ich in die unangenehme Stille im Auto.

Mr Bradford räusperte sich kurz und rückte seine Krawatte zurecht. »Wichtig ist, dass Sie aufhören so nervös zu sein. Das ist nur ein Abend, bei dem es gutes Essen gibt, teure Getränke und langweilige Gespräche mit Kunden.«

Ich schmunzelte unsicher und nickte.

»Sie müssen nichts weiter machen, als neben mir zu stehen, ein paar Hände zu schütteln und nett zu lächeln. Die Gespräche drehen sich nur um geschäftliche Angelegenheiten oder oberflächliche Themen. Da reicht es, wenn Sie lediglich nicken. In etwa so wie jetzt.«

Unsicher rieb ich mir mit einer Hand mein Knie. »Hört sich gut an.«

Erkannte ich da etwa ein leichtes Schmunzeln? In den ganzen Tagen, die ich Mr Bradford nun kannte, hatte ich ihn noch nie so heiter gesehen. Vielleicht war das aber auch nur seine Art, mich ein wenig zu beruhigen, damit ich ihn nicht vollends blamierte.

Die Welt, die ich an diesem Abend betrat, war mir so fremd wie Ethan Bradfords Lächeln. Unsere Limo hielt direkt vor dem Eingang eines großen Hotels in der Nachbarstadt von Soulfield und ich bekam meinen Mund bei genauerer Betrachtung vor lauter Staunen kaum zu. Zum Eingang des imposanten Gebäudes erstreckte sich eine große weiße, gewölbte Treppe. Einige Gäste marschierten dort hinauf und waren schick gekleidet. Ich hoffte, dass Thomas sich bei meiner Garderobe sicher gewesen war, da ich mir jetzt etwas underdressed vorkam.

»Fertig mit Staunen? Dann können wir ja«, riss mich Mr Bradford aus meinen Zweifeln und wieder bemerkte ich ein angedeutetes Lächeln auf seinen Lippen. Hatte er schon etwas getrunken? Er stieg vor mir aus dem Wagen und hielt mir seine Hand entgegen, die ich vorsichtig ergriff. Ich achtete beständig darauf, dass mein Rock nicht höher als nötig rutschte und schaffte es, ohne jegliche Eskapaden aus der Limousine zu steigen. Mr Bradfords Hand fühlte sich warm und weich an und es kam mir seltsam vor, dass ich ihm plötzlich so nahe war, wo er mich doch in den vergangenen Tagen so oft angeblafft hatte.

»Kommen Sie, seien Sie nicht so nervös. Sie werden schon nicht aufgefressen«, sagte er leise und nickte hier und da ein paar anderen Gästen zu, die uns neugierig beäugten, während wir die Treppe hinaufstiegen.

Schweigend betrachtete ich den Eingangsbereich, dessen Fronten aus schimmerndem Glas bestanden. Der Marmorboden funkelte und spiegelte die prunkvollen Kronleuchter an den Decken wider. Unter Mr Bradfords Arm gehakt, ließ ich mich von ihm die Lobby entlangführen, in der sich zahlreiche Gäste versammelt hatten, die auf ihre Begleitung oder ihre Bekanntenkreise zu warten schienen. Mich wunderte, dass mein Begleiter sich kaum für die anderen interessierte.

»Müssen Sie sich nicht auch unters Volk mischen?«, fragte ich leise, als wir einen großen Saal betraten, in dem sich unzählige runde Tische befanden, die so schick eingedeckt waren, dass ich mir vornahm, besser nichts anzufassen.

»Die ohnehin langweiligen Gespräche werden sich noch früh genug ergeben. Ich dachte, ich zeige Ihnen erst einmal, worauf Sie sich heute Abend eingelassen haben.« Er zwinkerte mir knapp zu, ehe er mich weiter mit sich zog, und ich fragte mich, ob ich richtig gesehen hatte. Hatte er mir tatsächlich zugezwinkert? Der Mr Emotionslos?

Wir schritten zwischen den Tischen hindurch zur gegenüberliegenden Bar. Auch hier hatten sich ein paar

Gäste versammelt, denen Mr Bradford gelegentlich zunickte.

»Also dann, was wollen Sie trinken?«

»Ein Wasser bitte.«

»Soll das ein Witz sein? Sie stehen hier, inmitten einer der teuersten Veranstaltungen der Stadt, und wollen lediglich ein Wasser? Wie wäre es mit Champagner?«

»Habe ich mal auf einer Studentenparty probiert. Ist nicht meins.«

Mr Bradford zog amüsiert eine Braue in die Höhe. »Sie sind die erste Frau, die mich begleitet, die sich nicht direkt auf dieses Getränk stürzt.«

»Na ja, so gesehen bin ich auch im Dienst. Und da sollte ich besser nichts trinken«, erklärte ich. Wenn ich außerdem nicht in ein paar Stunden auf den Tischen tanzen wollte, sollte ich wirklich die Finger davonlassen.

Wieder grinste Mr Bradford und ich hatte das Gefühl, als stünde ich neben einem völlig anderen Mann. Seit wann war er so nett? Und warum gefiel mir das so sehr?

»Sie nehmen Ihren Job tatsächlich ziemlich ernst.«

»Was haben Sie denn gedacht?«, lachte ich unsicher und strich mir eine verirrte Haarsträhne hinters Ohr, welche sich aus meinem Zopf gelöst hatte.

»Wollen Sie eine ehrliche Antwort?«

Ich schüttelte den Kopf. »Besser nicht.«

»Also gut«, sagte er und lehnte sich leicht über den Bartresen. »Ich bestelle Ihnen etwas und wenn es Ihnen nicht schmecken sollte, lassen Sie es einfach stehen.«

»Na gut«, gab ich schließlich nach und beobachtete, wie Mr Bradford ein freundliches Gespräch mit dem Barmann führte, ehe er zwei Gin Tonic orderte.

»Schon einmal probiert?«, hakte er nach und schob mir das Glas mit einer Orangenscheibe in einer durchsichtigen Flüssigkeit zu.

»Bisher noch nicht.«

»Na dann, auf einen netten Abend.« Er hielt sein Glas in die Höhe und wir stießen gemeinsam an. Das Getränk war tatsächlich sehr lecker und Mr Bradford schien das an meinem Gesichtsausdruck abzulesen. »Gut, oder?«

»Nicht schlecht, auf jeden Fall.«

Er stellte sein Glas ab und schaute mich eindringlich an. »Ich würde sagen, dass wir das Sie für heute Abend sein lassen. Die Veranstaltung ist schon steif genug, da würde ich es begrüßen, wenn meine Begleitung mich nicht siezt. Einverstanden?«

Zögerlich nickte ich und gleichzeitig reizte mich der Gedanke, ihm auf persönlicher Ebene zu begegnen.

»Gut, also: Ich bin Ethan«, sagte er mit einem amüsierten Ton in der Stimme und hielt mir seine Hand entgegen.

»Louisa«, antwortete ich und schüttelte seine Hand. Und in diesem Moment kam es mir so vor, als wären wir uns das erste Mal so richtig begegnet.

»Muss ich noch irgendwas beachten?«, fragte ich Ethan, als wir uns an einen runden Tisch setzten, an dem sich schon ein anderes Pärchen befand. Wir nickten ihnen freundlich zu, konnten uns aber bei der Größe des Tisches kaum unterhalten. Die Jazzband, die im Hintergrund spielte, tat ihr Übriges.

»Wie ich schon sagte, du musst nur freundlich schauen. Bislang hast du dich darin ganz gut geschlagen.«

»Herzlichen Dank«, erwiderte ich mit einem unsicheren Grinsen.

»Gleich wird sich da vorne jemand hinstellen und uns mit einer ewig langen Begrüßungsrede langweilen. Anschließend wird es etwas zu essen geben, von dem niemand satt wird, und danach werden wieder Gespräche geführt. In der Runde werde ich um einige Unterhaltungen nicht herumkommen. Daraufhin werden die Leute bei lauter Musik zum Tanzen animiert und abgefüllt, damit sie bei der Versteigerung von den Kunstwerken auch tief ins Portemonnaie greifen.«

Ich machte ein überraschtes Gesicht. »Darf ich fragen, warum Sie ... du dann eigentlich hier bist, wenn der Abend so schrecklich ist?«

»Wegen der Spenden. Die Kunstwerke werden für einen guten Zweck versteigert. Das Geld, das gezahlt wird, geht an ein Kinderkrankenhaus in Cisham.«

»Oh, das klingt nach einer wirklich guten Sache.«

»Ist es auch, und es ist der einzige Grund, aus dem ich herkomme.«

Er trank einen Schluck und rieb sich anschließend mit Daumen und Zeigefinger über sein stoppeliges Kinn.

Ich stockte ein wenig, denn ich sah Ethan plötzlich mit ganz anderen Augen. Dieser grummelige Businesstyp, der wortkarg, gefühlskalt und emotionslos durch den Tag lief. Jetzt saß ich gemeinsam mit ihm auf einer Benefizveranstaltung, hatte ein paarmal ein Lächeln von ihm geschenkt bekommen und erfuhr nun auch noch, dass er an ein Kinderkrankenhaus spenden wollte. Wie sehr man sich doch in den Menschen täuschen konnte, erstaunte mich immer wieder.

»Ich finde das sehr beeindruckend«, bestätigte ich ihm anerkennend und erschrak, als plötzlich eine Kellnerin neben mir auftauchte, in der Hand eine Flasche Wein. »Möchten Sie ein Glas Weißwein?«

»Oh, ich ... ähm«, stotterte ich überrumpelt.

»Wir nehmen beide eines, vielen Dank«, antwortete Ethan an meiner Stelle und zwinkerte mir zu.

Als ich ihn von der Seite ansah und beobachtete, bemerkte ich tatsächlich einen amüsierten Gesichtsausdruck in seinem Gesicht. Nachdem die Kellnerin unsere Gläser gefüllt hatte und wieder verschwunden war, starrte ich auf meinen Gin Tonic, den ich bis dahin kaum angerührt hatte und auf das Glas Wein.

»Der Gin Tonic ist für jetzt, der Wein für das Essen«, erklärte mir Ethan und ich seufzte. »Ich bin nicht vertraut mit dieser Art von Veranstaltungen. Ich habe ein paarmal während meines Studiums gekellnert, aber solche großen Events habe ich noch nicht gesehen.«

»Dann kannst du heute ein bisschen was lernen. Ich erzähl dir, wie das so abläuft.« Er rückte ein Stück näher an mich heran und mir stieg sein Duft in die Nase. Schüchtern starrte ich auf mein Glas Gin und trank einen Schluck.

»Also, das dahinten ist die Gruppe der absolut Superreichen.« Er deutete mit einem Nicken an mir vorbei und ich folgte seinem Blick. Eine kleine Gruppe älterer Herren und Damen stand dort, ein Getränk in der Hand und teuer aussehende Kleidung am Leib.

»Du erkennst sie daran, dass sie sich häufig von der großen Menge abkapseln und sich unter ihresgleichen aufhalten. Die ältere Fraktion. An sich nette Leute, aber es ist schwer an sie heranzukommen.«

»Warum ist das so?«, fragte ich.

»Weil sie häufig der Meinung sind, dass wir jüngeren Leute unser Geld nicht so hart verdient hätten wie sie. Von wegen: Früher haben wir für unser Geld noch was tun müssen. Du weißt schon.«

»Ein Grund mehr, sie vom Gegenteil zu überzeugen.«

Ethan nickte. »Da gebe ich dir recht. Aber kommen wir zu der anderen Gruppe, weshalb das mit dem Überzeugen gar nicht so einfach ist. Die Neureichen. Papas reiche Söhne.« Er zeigte unauffällig zur Bar, an der ein paar junge Männer standen, lauthals lachend, mit gestriegelten Haaren, die unter den Lichtern der Decke nur so glänzten.

»Ah«, sagte ich, »ich glaube, ich verstehe.«

»Diese jungen Herren wurden mit einem goldenen Löffel im Mund geboren. Papas Lieblinge und Erben. Sie mussten also tatsächlich nicht viel für ihr Geld tun, außer es für Frauen, teure Autos und Partys auf den Kopf hauen.« Irgendetwas veränderte sich in seiner Stimme und ich sah Ethan interessiert an. »Und zu welcher Gruppe zählst du dich?«

Ethan räusperte sich kurz und schlagartig wünschte ich mir, ich hätte den Mund gehalten, doch plötzlich begann er zu lachen. »Das verrate ich lieber nicht.«

»Das würde mich aber sehr interessieren«, gab ich zu und lachte ebenfalls.

»Ich würde sagen, ich gehöre eher zu den Superreichen.«

»Weil du auch etwa 65 Jahre alt bist und dein Leben lang hart für dein Geld geschuftet hast«, kicherte ich.

Ethan legte den Kopf schief und sah an mir vorbei. Sein Gesicht war wieder ernst, so wie ich es sonst kannte. »Du hast recht. Vom Alter her passt es nicht, aber ich habe tatsächlich viel und hart gearbeitet. Keine Eltern, die mir das Geld hinterhergeworfen haben, und kein goldener Löffel.« Er stockte einen Moment, als hätte er zu viel gesagt und räusperte sich kurz.

Ihm musste mein verblüffter Gesichtsausdruck aufgefallen sein, denn kurz darauf schmunzelte er schief. »Was denn? Hast du etwa geglaubt, ich gehöre zu denen da?« Er deutete auf die jungen Männer an der Bar. Die Neureichen.

Unbehaglich rutschte ich auf meinem Stuhl hin und her, und da verstummte plötzlich die Band im Hintergrund. Froh, nicht auf Ethans Frage eingehen zu müssen, schaute ich zur Bühne, auf der sich ein älterer Herr gerade ein paar Zettel auf einem Rednerpult zurechtlegte und erwartungsvoll ins Publikum sah.

»Jetzt kommt der langweilige Part«, erklärte mir Ethan leise und lehnte sich auf seinem Platz zurück. Während er lustlos an seinem Glas herumspielte, versuchte ich dem älteren Mann auf der Bühne meine volle Aufmerksamkeit zu schenken. Doch nach etwa einer Minute gelang mir das nicht mehr. Ich verstand kein Wort. Es ging um langweilige Themen wie den Aktienmarkt, da stellte ich meine Ohren direkt auf Durchzug. Dennoch verspürte ich das Verlangen, Ethan ein wenig zu beeindrucken und versuchte mich so gut es ging in die Rede einzufinden. Leider ohne Erfolg. Also grinste ich stumm und applaudierte, wenn die anderen es taten. Das Ganze zog ich ungefähr fünfzehn Minuten lang durch. Ich war heilfroh, als der Mann sich für unsere Aufmerksamkeit bedankte. Endlich hatte ich etwas verstanden und klatschte fröhlich in die Hände.

Kurz darauf wurde uns ein köstliches Essen serviert und ich schmolz schon nach wenigen Bissen von der Vorspeise dahin. Es gab Hühnchenbrust in Pesto auf Rucolasalat und ich schwor mir, dass ich das Rezept unbedingt nachkochen musste.

»Und? Wie hat dir die Rede gefallen?«, fragte Ethan mich, nachdem die Vorspeise durch war und wir auf den nächsten Gang warteten.

»Die von dem Mann vorhin?«

»Ja, von dem Mann, der die Plattform *Tutorials for you* erfunden hat und somit zu den reichsten Männern im Land zählt.«

Mir fielen beinahe die Augen aus den Höhlen. »Du meinst, das war Lawrence Scott? *Der* Lawrence Scott?«

Ich kannte nicht viele Prominente, aber den Erfinder des Tutorial-Portals im Internet kannte selbst ich. Während meines Studiums war ich seiner Plattform immer wieder begegnet. Lawrence Scott bot damit einen Platz für Studenten, die studiengangbasiert Tutorials zu sämtlichen Fächern hochladen und kommentieren konnten. Es war wie ein Netzwerk für alle Studierenden weltweit, die sich damit untereinander austauschen und mit ihren Lernvideos weiterhelfen konnten. Auch ich war dort viel unterwegs gewesen, besonders wenn es um mathematische Aufgaben ging. Es war mehr oder weniger wie Youtube, nur ausschließlich für Studenten. Die App dazu leistete ihr Übriges, um weltweit großen Zuspruch zu erlangen.

Ethan lachte laut und schüttelte amüsiert den Kopf. »Du hast kein Wort von dem, was er gesagt hat, verstanden, richtig?«

Ich spürte, wie meine Wangen heiß wurden. »Hat man das gemerkt?«

»Mh, ich denke, niemand hat was gemerkt.«

»Aber du, wie mir scheint.«

»Selbstverständlich. Ich sitze neben dir und mir ist nicht entgangen, wie du dich erst umgesehen hast, bevor du gelacht oder genickt hast.«

Ich schmunzelte und schaute auf mein Glas Gin Tonic, das ich mit einem letzten Schluck leerte. »Da hast du mich wohl erwischt.«

»Macht nichts«, sagte er dann und lehnte sich etwas zurück, um sich den nächsten Gang servieren zu lassen. »Ich habe genauso wenig zugehört. Ich war ein bisschen abgelenkt«, fügte er leise hinzu.

»Wovon?«, wollte ich wissen, doch da wurden wir schon unterbrochen, denn im Hintergrund setzte nun die Band wieder ein und Ethan wurde von seinem Sitznachbarn in ein Gespräch verwickelt.

Kapitel 17

»Ich könnte ein bisschen frische Luft vertragen«, erklärte Ethan mir, nachdem wir gefühlt einhundert Gespräche mit irgendwelchen reichen Menschen geführt hatten. Und tatsächlich war meine Aufgabe, lediglich zu lächeln, gar nicht so einfach gewesen. Denn die Gespräche langweilten mich zu Tode und ich hoffte, dass der Abend bald ein Ende finden würde. Ich sehnte mich nach meinem Bett und die schwarzen hochhackigen Schuhe drückten mir an den Fersen. Das Einzige, was mich an dem Abend bei halbwegs guter Laune hielt, war Ethan. Auch wenn ich ihn in den letzten Tagen als absolutes Scheusal empfunden hatte, entpuppte er sich als ein angenehmer Begleiter. Er war höflich und konnte sogar entgegen all meinen Erwartungen herzlich lachen. Und zudem musste ich mir eingestehen, dass er dabei umwerfend gut aussah und dadurch noch hübscher wirkte. Von dem eiskalten Mann, dem ich vor ein paar Tagen noch meinen Kaffee übergeschüttet hatte, war nichts mehr zu sehen. Aber vielleicht war es auch nur der gute Schein nach außen, überlegte ich einen Moment.

»Sollen wir uns ein bisschen die Beine vertreten, bevor der Eröffnungstanz eingeläutet wird?«

»Sehr gern«, erwiderte ich dankbar, endlich aus dem überfüllten Saal herauszukommen und ein wenig frische Luft zu atmen.

Ethan hielt mir seinen Arm hin, in den ich mich einhakte, und geleitete mich zu einer großen Glastür, die auf eine Terrasse führte. Draußen kam mir eine angenehme Brise entgegen und ich sog die frische Luft tief ein.

Etwas weiter von uns entfernt unterhielt sich eine Gruppe rauchender Frauen, die gackernde Geräusche von sich gaben. Ich musste schmunzeln und lehnte mich ans Geländer, um in den wunderschönen Hotelgarten zu schauen, der von den Außenlaternen anmutig beleuchtet wurde.

»Ist ganz nett hier, nicht?«, fragte Ethan und stellte sich neben mich.

Ich nickte. »Es wäre schöner, wenn nicht so viele Menschen hier wären.«

Ethan sah mich fragend von der Seite an und ich hob abwehrend die Arme. »Das soll nicht heißen, dass ich ein Einsiedlerleben führe oder so, aber ich bin eher der Typ für entspanntere Veranstaltungen.«

Wieder schmunzelte Ethan neben mir und schaute ebenfalls in den Garten. »Geht mir auch so. Wenn du möchtest, lasse ich dich nach dem Eröffnungstanz nach Hause bringen.«

»Ach nein, das wollte ich damit nicht sagen«, ruderte ich eilig zurück und hoffte, dass er nicht ein falsches Bild von mir bekam. »Ich bleibe natürlich so lange, wie du bleibst. Du kannst doch nicht den ganzen Abend allein tanzen.« Ich spürte, wie mir bei dem Gedanken, eng an Ethan geschmiegt das Tanzbein zu schwingen, die Röte ins Gesicht schoss.

»Da muss ich dich enttäuschen. Ich bin zwar ein halbwegs guter, aber kein leidenschaftlicher Tänzer. Mir reicht der Eröffnungstanz und dann halte ich mich lieber in der Nähe der Bar auf.«

Ich musste lachen. »An der Bar aufhalten klingt gut.«

»Warum kannst du nicht gut tanzen? Hast du das nie gelernt?«

Ich schüttelte kurz den Kopf. »Ich habe ein paar Schritte drauf, aber es reicht vermutlich nicht für so einen edlen Abend.«

»Und dein Abschlussball in der Schule? Hast du da etwa nicht mit deinem Tanzpartner die Schule erobert?«, scherzte er nun und ich kicherte. »Mein sogenannter Tanzpartner war ein damaliger Freund von mir. Wir konnten beide nicht tanzen und ein Lehrer hat es leider volle Breitseite abbekommen.« Ich erzählte ihm von meinem Missgeschick und dem Lehrer, der Bekanntschaft mit dem Büffet gemacht hatte, und erntete ein schallendes Lachen.

»Ist das dein Ernst? Der arme Lehrer. Irgendwie scheinst du einen Hang dazu zu haben, andere Menschen mit Lebensmitteln zu verunstalten.« Er schaute mich direkt an und sein herausfordernder Ausdruck im Gesicht ließ mein Herz unerwartet höherschlagen.

»Tust du das bei deinem Freund auch? Ihn mit Lebensmitteln zu bombardieren?« Ethan grinste frech und ich stockte einen Moment.

»Bei meinem Freund? Weißt du etwa mehr als ich?«

»Sag nicht, dass du keinen hast.« Er sah etwas verwundert drein und ich musste mir ein Lachen verkneifen.

»Nein, wie kommst du denn darauf?«

Achselzuckend löste er seinen Blick von mir und schaute in den Garten vor uns. »Keine Ahnung, war nur so eine Vermutung.« Dann zeichnete sich ein kleines Lächeln auf seinen Lippen ab und ich fragte mich, ob es nur ein Versuch war, herauszufinden, ob ich vergeben war.

Plötzlich löste sich die Gruppe neben uns auf und marschierte in eiligen Schritten nach drinnen.

»Ich denke, es geht gleich los«, erklärte Ethan seufzend und so folgten wir den Damen zurück in den Saal.

Der Redner hatte meiner Ansicht nach den perfekten Job an diesem Abend für sich entdeckt, denn er hörte sich scheinbar gerne selbst reden. Seine Witze waren nicht witzig, seine Rede war ein langweiliger Albtraum. Umso erfreuter, wenn auch hibbeliger, war ich, als der Eröffnungstanz eingeläutet wurde. Die Gäste verteilten sich auf der Tanzfläche und warteten, dass sie einen zum Besten geben konnten.

Ethan zog mich an sich, legte mir eine Hand auf meinen unteren Rücken und griff anschließend nach meiner. Nervös schluckte ich und versuchte, meine Unsicherheit zu verbergen, als ich seine Hand nahm und meine andere auf seine Schulter legte. Es war merkwürdig, ihm so nahe zu sein und doch ein ungewohnt schönes Gefühl. »Bereit?«, fragte er leise und ich nickte nur.

»Keine Sorge, ich führe, du machst mit. Ganz einfach.«

Unsicher pustete ich aus und atmete kurz darauf seinen Duft ein, der mich schon den ganzen Abend auf angenehme Weise umgab.

Dann setzte die Musik ein und Ethan begann, mich mit vorsichtigen, aber bestimmten Bewegungen zu führen. Selbstverständlich war der erste meiner Schritte komplett daneben und nachdem auch der zweite und dritte auf Ethans Fuß landeten, lachte er leise und sprach gegen die Musik an in mein Ohr: »Tief durchatmen. Du bist steif wie ein Besen.«

»Vermutlich bin ich eher der steife Typ«, faselte ich und schüttelte den Kopf. Was redete ich denn da? »Tut mir leid, ich bin nur einfach keine gute Tänzerin.«

Wieder verzog Ethan amüsiert die Lippen und drückte mich etwas fester an sich. »Lass dich von mir führen. Mehr als stürzen können wir nicht. Und wenn, dann landest du wenigstens sanft.« Die Vorstellung verlockte irgendwie.

»Das würde diese förmliche Veranstaltung zumindest ein bisschen auflockern«, scherzte ich und versuchte erneut, mich seinen Schritten anzupassen, und je mehr ich versuchte, mich zu entkrampfen, desto besser schien ich die Schritte zu beherrschen.

»Na also, geht doch«, lobte Ethan mich und ich merkte, wie mir die Nähe zu ihm mit einem Mal gar nicht mehr unangenehm war. Im Gegenteil, es gefiel mir sogar. Ethan kam mir so nahe, dass ich seinen Atem an meiner Wange spürte, und einmal glaubte ich zu merken, wie sein Gesicht meines streifte. Ich schloss hin und wieder die Augen, ließ mich von der Musik und Ethans Schritten treiben und fühlte mich gut dabei. Irgendwie gelöst. Sein fester Griff um mich gab mir ein ungeahntes Gefühl von Sicherheit und Selbstbewusstsein. Auch die Schuhe bereiteten mir keine Probleme mehr. Dennoch war ich froh, als die letzten Töne ausklangen und ich mich von ihm lösen konnte, denn ich war mir sicher, dass das, was ich gerade gefühlt hatte, absolut fehl am Platz war.

Kapitel 18

Etwa zwei Stunden nach dem Eröffnungstanz brummte mir nicht nur der Schädel vom Gin Tonic und dem Wein, den ich mir von Ethan noch zweimal hatte aufschwatzen lassen, sondern auch meine Füße pochten in diesen engen Schuhen. Umso erleichterter war ich, als wir endlich in der Limousine saßen, die mich nach Hause brachte.

»Ich hoffe, der Abend war nicht allzu langweilig für dich«, sprach Ethan neben mir, doch blickte seinerseits aus dem Fenster.

Kopfschüttelnd lächelte ich, doch er sah mich noch immer nicht an. »Alles bestens. Es war mal etwas Neues und ich habe mich gut amüsiert. Wichtig ist doch, dass der Abend für dich erfolgreich war. Immerhin hast du eine ganze Menge für die Kunstwerke bezahlt.«

»Irgendetwas Gutes muss der Abend ja haben«, entgegnete er achselzuckend und irgendwie versetzte mir dieser Satz einen unangenehmen Stich. Daher nickte ich bloß und sah wieder aus dem Fenster. Die Lichter der Stadt zogen an uns vorbei und ich bemerkte, wie wir meinem Zuhause immer näherkamen. Ein Teil von mir wollte insgeheim gar nicht nach Hause, doch seitdem wir wieder im Auto saßen, abgeschieden von der reichen Gesellschaft und den noblen Getränken, war Ethan wieder genauso zurückhaltend, wie ich ihn auf dem Hinweg erlebt hatte. Vermutlich war ich wirklich nur ein Teil seines Jobs gewesen. Natürlich war ich das, schallt ich mich, was auch sonst?

Schweigend fuhren wir den restlichen Weg zu meinem Elternhaus und ich stöhnte innerlich, als ich die Lichter im Wohnzimmer brennen sah. Ich wusste genau, dass Mum dort saß und lauerte.

Unser Fahrer hielt am Straßenrand und ich rieb mir nervös die Beine. »Also dann … «

»Ich danke dir für diesen angenehmen Abend, Louisa«, sagte Ethan plötzlich und sein Gesicht war mir wieder zugewandt. Als wäre es selbstverständlich gewesen, nickte ich schließlich. »Das habe ich gern gemacht. Ich hoffe, ich konnte deine Begleitung gut ersetzen.«

»Sehr gut sogar«, antwortete er leise. Zwar war es dunkel in der Limousine, doch spürte ich seinen Blick auf mir, bevor er sich räusperte. »Okay, dann sehen wir uns morgen. Sag deiner Mutter, dass du die Überstunden selbstverständlich bezahlt bekommst.«

»Ähm«, stammelte ich etwas überfahren und wandte mich ab. »Das mache ich, danke. Bis morgen dann.« Hastig stieg ich aus dem Wagen und marschierte, ohne mich noch einmal umzudrehen, geradewegs in das Haus des Grauens.

»Du kommst aber spät«, überfuhr mich meine neugierige Mutter, noch ehe ich die Tür hinter mir schließen konnte.

Augenrollend schüttelte ich den Kopf. »Ja, Mum. Das haben solche Events nun einmal an sich. Man kommt spät nach Hause.«

»Und wie war es? Ist alles gut gegangen?«

Ich hing meine Sommerjacke an der Garderobe auf, zog mir ächzend die Schuhe von den Füßen und ging an meiner Mum vorbei. »Du meinst, ob ich dich blamiert habe? Nein, keine Sorge. Ich denke Mr Bradford war zufrieden mit meiner Gesellschaft«, entgegnete ich knapp. »Ich bin müde und würde gern ins Bett gehen, immerhin muss ich morgen wieder früh raus. Ich erzähle dir beim Frühstück alles ganz detailliert, in Ordnung?«

Mum schien nicht begeistert zu sein, dennoch nickte sie matt. »Und dafür bin ich extra aufgeblieben.«

Ich lief die Treppe hinauf in mein Zimmer. »Das hättest du wirklich nicht tun müssen, Mum. Ach ja, und die Überstunden bekommst du natürlich bezahlt, soll ich dir ausrichten«, setzte ich genervt hinzu und schloss die Tür hinter mir. Stöhnend ließ ich mich auf mein Bett fallen und starrte an die Decke. Warum war ich so sauer? Irgendetwas störte mich. Natürlich trug Mum ihren Teil dazu bei, aber war das wirklich der Grund? Immerhin war ich nichts anderes als das von ihr gewohnt. Je länger ich da lag und Löcher in die Luft starrte, desto bewusster wurde mir, dass mich Ethans Satz zum Abschied mehr störte, als ich mir eingestehen wollte. *Sag deiner Mutter, dass du die Überstunden selbstverständlich bezahlt bekommst.* Es war also nur ein Job. Natürlich war es nur ein Job! Aber warum traf mich dieser Satz mehr, als ich mir eingestehen wollte?

»Erzähl mir alles!« Überschwänglich setzte sich Thomas an den Küchentisch und schaute mich über seinen Becher Kaffee hinweg an.

Ich war gerade dabei, das Frühstück für Ethan herzurichten und zuckte mit den Achseln. »Es war ein ganz normaler Abend in der Welt der Superreichen, würde ich sagen.«

»Keine Eskapaden? Kein Getränk, das du dem Boss übergeschüttet hast?«

Ich kicherte. »Nein, tatsächlich kann ich mir keine Peinlichkeit vorwerfen.«

»Na, da bin ich aber beruhigt«, seufzte Thomas erleichtert und wir zuckten beide zusammen, als plötzlich die Küchentür aufgestoßen wurde. Ethan sah mir direkt in die Augen. Zwar nicht mit diesem freundlichen Ausdruck, mit dem er mich gestern Abend angesehen hatte, aber auch nicht mit dem ihm typischen Gesichtsausdruck der Verachtung. Er schien einfach … neutral.

»Guten Morgen, ihr beiden. Louisa, würdest du bitte gleich in mein Büro kommen?«

Ich nickte. »Natürlich. Ich wollte dir ohnehin gleich dein Frühstück bringen.«

Ethan zog leicht die Brauen in die Höhe und schaute auf den Teller vor mir, auf dem ich Rührei, Toast und Marmelade arrangiert hatte – genauso, wie er es mochte. Dann kam er auf mich zu. »Das kann ich gleich mitnehmen. Wenn du mir noch einen Kaffee mitbringst, bin ich vollkommen zufrieden.«

Wieder nickte ich und lächelte höflich. Nachdem Ethan die Küche verlassen hatte, spürte ich Thomas' eindringlichen Blick auf mir und ich konnte mir ein Lachen nur schwer verkneifen.

»Sag mal, träume ich?«

»Ich weiß nicht«, erwiderte ich achselzuckend. »Sag du es mir.«

»Hat dich der Boss gerade tatsächlich Louisa genannt? Und hast du ihn tatsächlich geduzt? Was zum Henker habe ich gestern Abend verpasst?« Er erhob sich schwungvoll und stützte sich mit den Händen auf dem Küchentresen ab. Lachend schüttelte ich den Kopf. »Ich weiß es wirklich nicht, Thomas. Ich habe nur meinen Job gemacht und war freundlich. Mehr nicht.«

»Junge, Junge«, staunte Thomas noch einmal. »In all den Jahren, die ich schon für Ethan arbeite, kann ich mich nicht daran erinnern, dass er seinen Angestellten so schnell das Du angeboten hat.«

Ich musste schmunzeln, denn insgeheim freute ich mich über diese Erkenntnis.

»Ich schätze, dass es besser für den Abend war, uns beim Vornamen zu nennen. So war die Atmosphäre etwas entspannter.«

»Wenn du meinst, dass es nur für die Arbeit war ... «, murmelte Thomas vor sich hin, schnappte sich einen Apfel und rieb ihn an seinem Anzugärmel.

»Was soll das denn bitte heißen?« Ich marschierte zur Kaffeemaschine und befüllte einen Becher.

»Das soll heißen, dass er dich scheinbar mag.«

Skeptisch wandte ich mich zu Thomas um. »Es ist nichts Verwerfliches daran, wenn ein Arbeitgeber seine Angestellten mag. Schlimmer wäre es ja wohl, wenn nicht, oder?«

Auf Thomas' Gesicht zeichnete sich ein schiefes Grinsen ab. »Normalerweise würde ich dir recht geben. Aber Ethan ist nicht wie andere Arbeitgeber. Er mag eigentlich niemanden. Außer mich vielleicht. Ein bisschen zumindest. Immerhin darf ich ihn beim Vornamen nennen.«

»Das freut mich für dich. Vielleicht spielen wir beide jetzt in der gleichen Liga«, scherzte ich.

Wieder lachte Thomas und schaute auf seine Armbanduhr. »Ich sollte besser aufbrechen. Ich habe gleich noch einen Termin. Hab einen schönen Tag.« Sein Grinsen wurde breiter.

»Danke«, entgegnete ich und wartete kurz, bis Thomas verschwunden war. Einen kurzen Moment nahm ich mir Zeit, um über seine Worte, die absolut sinnlos waren, nachzudenken. Konnte es wirklich sein, dass Ethan Bradford mich gut leiden konnte?

»Setz dich doch bitte«, winkte mich Ethan herein, als ich mit dem Becher in sein Büro spazierte. Ich stellte ihn auf dem Schreibtisch ab, was er nickend zur Kenntnis nahm, und ließ mich auf dem Stuhl vor ihm nieder.

»Ist irgendetwas passiert?«, fragte ich in die Stille, da er noch über einen Zettel gebeugt saß, von dem er sich augenscheinlich nicht lösen konnte. Als hätte er vergessen, dass ich da war, blickte er auf. »Ach ja, entschuldige bitte. Also«, er schob seinen Zettel beiseite und griff nach dem Kaffee. »Eigentlich wollte ich mich nur bei dir für den gestrigen Abend bedanken.« Ein Schmunzeln stahl sich auf seine Lippen.

»Sehr gern geschehen. Es freut mich, wenn ich meinen Job gut gemacht habe.« Und meine Mum erst, dachte ich.

»Du leistest gute Arbeit und das ist auch ein Grund, weshalb ich dich sprechen wollte.« Ethan klopfte mit seinem Finger auf den Schreibtisch und schien über seine Worte nachzudenken. »Zu Beginn deiner Arbeit habe ich mich dir gegenüber nicht sehr ... freundlich verhalten und daher möchte ich mich bei dir entschuldigen. Ich bin manchmal ein wenig ... forsch.«

Beinahe hätte ich gelacht. Forsch traf es nämlich ziemlich gut! Beschwichtigend hob ich jedoch eine Hand. Dieses Lob war Balsam für meine Seele. »Ist schon in Ordnung. Immerhin habe ich mich auch nicht immer so geschickt angestellt.«

»Du meinst die Sache mit der Vase zum Beispiel?«, fragte er mit hochgezogener Augenbraue, doch ein Schmunzeln verriet mir, dass er sich darüber zu amüsieren schien.

»Du hast die kaputte Vase entdeckt?«

»Wie hätte ich sie nicht entdecken können? Immerhin ist es die Vase meiner Ururgroßmutter und wenn ein billiger Strauß Blumen sie verunziert, merke ich, dass da etwas faul sein muss.«

»Oh Gott, das tut mir wirklich leid!«

Ethan hob eine Hand. »Braucht es nicht. Das Ding ist potthässlich. Mich ärgert es mehr, dass du sie nicht komplett zerstört hast.« Dann lachte er und ich stimmte mit ein. »Ich werde mir nächstes Mal mehr Mühe beim Zerstören von hässlichen Vasen geben.«

»Klingt gut. Also, das war alles, was ich dir sagen wollte. Du leistest gute Arbeit.« Mal sehen, wie witzig er es fand, wenn er seine eingelaufene Wäsche finden würde, dachte ich kurz.

»Danke sehr. Das bedeutet mir viel.« Mit einem fröhlichen Lächeln erhob ich mich und verließ sein Büro. Dass mein Herz merkwürdigerweise plötzlich schneller schlug und ich unten in der Küche angekommen noch immer grinste, bemerkte ich zunächst gar nicht.

Kapitel 19

»Verdammt noch mal, Louisa!«, hörte ich die beflügelnde Begrüßung meiner Mutter, als ich nach einem anstrengenden Arbeitstag das Haus betrat. Kurz überlegte ich, einfach umzukehren, doch Mums Schritte kamen so schnell auf mich zu, dass mir keine Zeit zur Flucht blieb. Plötzlich stand sie vor mir im Flur und schaute mich durch zusammengekniffene Augen an.

»Auch schön dich zu sehen, Mum«, entgegnete ich freundlich.

»Spar dir das, Louisa.«

»Okay, du hast meinen Namen jetzt zwei Mal genannt. Was habe ich falsch gemacht?«

»Es hat heute geregnet«, sagte sie schroff und verschränkte die Arme vor der Brust.

»Das tut mir unheimlich leid, Mum. Wie kann ich das nur wiedergutmachen?«

»Hör auf mit deinen spitzen Bemerkungen«, drohte sie mit in meine Richtung ausgestrecktem Zeigefinger.

Ich seufzte. »Dann sag doch einfach, was los ist.«

»Du hast das Fenster im Badezimmer offen gelassen und jetzt sieht es so aus, als hätten dort oben die Soulfield-Wasserspiele stattgefunden.«

Ich schloss einen Moment lang die Augen und stöhnte. »Oh Mist, das war wirklich keine Absicht. Sag mir am besten, wo ich die Putzsachen finde, dann mache ich es gleich sauber.«

Mum starrte mich an, als hätte ich zwei Köpfe. »Glaubst du etwa, ich hätte die Sauerei da oben einfach so gelassen, nachdem ich sie bemerkt hatte? Louisa, selbst der Teppich im Flur ist nass geworden. Es hat geschüttet wie aus Eimern. Deshalb ist es auch ratsam, dass man Fenster in den Dachschrägen geschlossen hält.«

Ich presste meine Hände aufeinander, als würde ich beten. »Das war keine Absicht, Mum. Es tut mir leid. Ich muss heute Morgen nach dem Duschen vergessen haben, es wieder zu schließen. Und dass es heute regnen sollte, wusste ich nicht. Ich habe den ganzen Tag in der Villa gearbeitet, da habe ich es nicht mitbekommen.«

»Natürlich wusstest du es nicht. Du denkst nicht weiter, als du musst, und hast nur andere Dinge im Kopf!«, wetterte Mum.

»Was meinst du denn damit?«

»Was meine ich wohl damit? Glaubst du etwa, ich habe den Berg an Unterlagen in deinem Zimmer nicht gesehen? Du denkst nur an dein Studium und konzentrierst dich nicht auf das Wesentliche.«

Ich schaute sie an. »Was willst du damit sagen? Für mich ist das das Wesentliche. Ich möchte studieren, mich an der Uni bewerben und nachdem ich mir den Hintern für dich aufgerissen habe, setze ich mich abends an das, was ich wirklich machen will«, entgegnete ich lauter als beabsichtigt. Aber Mums Worte trafen mich tiefer, als sie ahnen konnte.

»Nein, du jagst nur irgendwelchen Träumereien hinterher, Louisa. Das hast du schon immer getan und denkst nicht an deine Mitmenschen. Du bist egoistisch und verantwortungslos.«

»Weil ich ein Fenster offen gelassen habe?«

»Es ist nicht nur das. Es ist dein ganzes Leben«, hielt Mum mir weiter vor und warf verzweifelt die Hände in die Luft. »Erst dein Studium, das du einfach hinter meinem Rücken abgebrochen hast, und dann noch diese Idee mit dem *Kriminalitätsschwachsinn*. Du solltest dich auf ehrliche und richtige Arbeit fokussieren und dich nicht immer nur deinen Träumen hingeben. Dann würdest du auch nicht vergessen, die Fenster zu schließen, so wie ich es dir bei deinem Einzug eingebläut habe.« Mum raufte sich die Haare und ich spürte, wie sich heiße Tränen in meinen Augen sammelten.

»Du nutzt ernsthaft das Fenster als Metapher für mein gesamtes Leben?«

»Du bist wie dein Dad. Und du siehst ja, wohin ihn das getrieben hat.«

»Dad war krank, Mum. Er hatte Depressionen! Und du weißt, wie sehr er das Leben eigentlich geliebt hat. Nur weil man Träume hat und diese verfolgt, ist man nicht gleich egoistisch. Nur weil du nie welche gehabt hast und dich hinter deiner Arbeit versteckst, heißt das nicht, dass andere nicht träumen dürfen und Ziele haben sollten. Und glaub mir, Mum. Mein oberstes Ziel ist es, hier rauszukommen. Weit weg von dir!«, rief ich laut schluchzend. Dann lief ich an ihr vorbei in mein Zimmer. Dabei entging mir ihr bestürzter Gesichtsausdruck nicht, der aussagte, dass sie nicht fassen konnte, dass auch ich mich zur Wehr setzen konnte. Aber ich war nicht mehr Mums kleines Mädchen. Ich war erwachsen. Ja, mein Leben verlief nicht nach Plan, aber jetzt würde ich erst recht alles dafür tun, hier wegzukommen.

Die Nacht hatte ich unruhig geschlafen und mich von einer Seite auf die andere gewälzt. Mums Worte hallten in mir wider wie ein unaufhörliches Echo. Hatte sie etwa recht und ich war wirklich egoistisch? Dachte ich tatsächlich nur an mich und meinen Wunsch nach dem Studium? Wenn Mum eines gut konnte, dann war es das Einreden eines schlechten Gewissens. Weinend drehte ich mich auf die Seite und blickte auf das Foto meines Vaters, welches auf meinem Nachttisch stand. Es zeigte Dad und mich, wie ich im Alter von sechs Jahren auf seinen Schultern saß und wir beide frech in die Kamera grinsten. Einer der schönsten Momente meines Lebens. Wir waren in einen Tierpark gefahren und ich wollte nichts sehnlicher, als so groß zu sein wie ein Bär. Ich hatte es kaum ausgesprochen, da hatte Dad mich auf seine Schultern gehoben und gesagt: »Jetzt bist du sogar noch größer als ein Bär.« Wäre Dad noch hier, würde er mich in dem bestärken, was ich mir vorgenommen hatte, denn mit einem hatte Mum recht: Dad war ebenfalls ein Träumer gewesen. Er fehlte mir so unglaublich, dass es mich innerlich zerriss. Ich war so wütend auf Mum, dass sie es wagte, auf Dad herumzuhacken, obwohl er nicht mehr bei uns war. Auch wenn Dad mit Depressionen zu kämpfen hatte, war er der liebevollste Mensch, den ich kannte. Und er hatte sein Leiden so gut wie möglich versteckt. Die spätere Herzkrankheit konnte er nur nicht mehr so gut verstecken und ich erinnerte mich traurig an die letzten gemeinsamen Momente und an den Satz, den er mir immer wieder gesagt hatte: Verwirkliche deine Träume, mein Engel. Alles andere kann später kommen …

Am nächsten Morgen versuchte ich meiner Mum aus dem Weg zu gehen und das mit Erfolg. Ich war besonders früh aufgestanden und zur Arbeit aufgebrochen, auch wenn ich dort noch gar nicht hätte aufschlagen müssen. Und dass mir den Vormittag über weder Thomas noch Ethan begegnet waren, stimmte mich ganz froh. Meine verweinten Augen musste nun wirklich niemand zu sehen bekommen. Also machte ich mich an den Hausputz und verbrachte meine Mittagspause auf den Terrassenstufen, die von der Küche in den Garten führten. Hier hatte ich schon einige Male gesessen und ich liebte die Aussicht auf den hübsch angelegten Garten und den riesigen Apfelbaum, der inmitten des Grundstücks prangte. Lustlos knabberte ich an meinem Apfel, als ich hinter mir Schritte hörte und plötzlich Ethan neben mir stand. »Louisa, wo hätte ich dich auch sonst finden sollen? Gehört das zum Arbeitsvertrag, die regelmäßigen Pausen?«

Ich wusste, dass Ethan es dieses Mal nicht ernst meinte und konnte seiner Stimme einen amüsierten Unterton entnehmen.

»Du erwischst mich immer in den falschen Momenten, fürchte ich. Aber meine Pause ist ohnehin gleich vorbei.« Gerade wollte ich aufstehen, da legte Ethan mir eine Hand auf die Schulter und ließ sich neben mir auf dem terracottafarbenen Stein nieder. »Bleib sitzen. Ich will deine Pause nicht unnötig verkürzen, sondern auch … Pause machen, wenn es recht ist.«

Ich nickte lächelnd und spürte ein angenehmes Kribbeln in mir, als er mit seinem Arm meinen streifte. Er folgte meinem Blick in den Garten. »Ich kann verstehen, warum du diesen Platz zum Pause machen ausgesucht hast.«

»Es ist einfach so schön hier. Die Ruhe, die Abgeschiedenheit. Kein Straßenlärm und keine Menschen, die mich sehen können«, erklärte ich seufzend.

»Rate mal, warum ich hier wohne.«

Ich lachte leise.

»Die Idylle ist aber nicht der Grund für deine verweinten Augen, nehme ich an.«

Erschrocken schaute ich zu ihm und sah Ethan an.

»Wow, du hast einen guten Blick dafür.«

»Und du eine ganz miese Art, deine Trauer zu verstecken. Und ich vermute, du willst nicht drüber reden?« Ich spürte, wie er mich von der Seite musterte und versteifte mich etwas. Kopfschüttelnd sah ich in den Garten. »Eher nicht. Jedenfalls ist es nicht wichtig genug, um darüber zu sprechen.« Und das war auch so. Ich war Schlimmeres gewohnt, als von meiner Mum angeblafft zu werden. Beispielsweise die Krankheit meines Vaters oder seinen Tod. Aber auch Mums Worte hinterließen allmählich Spuren, die ich bisher immer erfolgreich verwischen konnte. Doch mit der Zeit gelang mir das nicht mehr so gut.

»Dass etwas jemanden zum Weinen bringt, ist meiner Ansicht nach Grund genug, um darüber zu sprechen. Ich bin nicht immer so ein Arschloch, musst du wissen.«

Jetzt sah ich ihn überrascht an. »Wer sagt denn so was von dir?«

»So ziemlich jeder«, entgegnete er, als wäre es das Normalste der Welt.

»Da kann ich dich beruhigen«, schmunzelte ich, »ich tue das nicht.«

»Das solltest du auch nicht, immerhin bezahle ich dich«, feixte er und stieß mich mit seinem Arm leicht in die Seite.

»Nein, du bezahlst nicht mich, sondern meine Mum«, korrigierte ich ihn und merkte wieder dieses unschöne Ziehen in der Brust bei dem Gedanken an meine Mutter.

»Dennoch sind es deine Dienste.«

Ich nickte zustimmend. »Auch wieder wahr.«

Wir verfielen in Schweigen und schauten auf den Garten. Die Sonne schien an diesem Tag so kräftig, dass ich mich am liebsten mitten auf den Rasen gelegt hätte.

»Kann ich dich was fragen?«

Ethan schaute mich von der Seite an. »Klar, schieß los.«

»Ist es egoistisch, wenn man Träume hat, die man auf jeden Fall verwirklichen will?«

»Mh«, zuckte Ethan mit den Achseln. »Warum sollte es egoistisch sein, wenn man träumt? Ich meine, das tut doch niemandem weh. Außerdem ist es wichtig zu unterscheiden, wie jemand seine Träume verwirklichen möchte. Wenn man über Leichen geht, ist es das eine, wenn man hart arbeitet, aber sein Umfeld dabei nicht vergisst oder verletzt, dann ist es absolut nicht egoistisch.«

»Aber es kann den Menschen wehtun, wenn man mehr an sich selbst denkt.«

Ethan lehnte sich vor und stützte seine Arme auf den Knien ab. »Wenn das so ist, hat der andere scheinbar wenig Ziele in seinem Leben verfolgt. Denn ansonsten würde er die Person unterstützen. Wie gesagt, wichtig ist nur, dass niemand zu Schaden kommt.«

Ich schaute Ethan an und sein Gesichtsausdruck war für einen Moment wie versteinert. Als hätte er eine schlimme Erkenntnis gehabt. Doch er fing sich schnell und lächelte mich an. Dann klopfte er mir auf die Schulter und erhob sich. »Lass dir nichts einreden. Du bist nicht egoistisch. Würdest du sonst für deine Mum hier bei mir arbeiten und mir meinen Kaffee hinterherschleppen?«

Ich musste lachen. »Wie du weißt, trinke ich ihn lieber selbst in meinen ach so unzähligen Pausen.«

»Deswegen muss ich ständig neuen kaufen lassen. Also dann, ich muss zurück zur Arbeit.«

Langsam raffte ich mich auf und fühlte mich tatsächlich etwas besser.

»Mach heute mal früher Feierabend, ja? Gönn dir was Schönes, oder geh mit einer Freundin aus«, sagte er, ehe er die Küche verließ und mir über die Schulter hinweg zum Abschied winkte. Einen Moment lang stand ich da und blickte ihm nach. Wann hatte Ethan, der grummelige, wortkarge, eiskalte Typ, der mich mitten auf der Straße wegen eines Getränks angemault hatte, sich zu einem so freundlichen Mann entwickelt? Was war zwischen uns passiert, dass wir so locker miteinander umgehen konnten? Und warum fühlte es sich so gut an?

Kapitel 20

Es waren Marleens ungläubige Augen, die mich beim Trinken meiner Cola innehalten ließen. »Was ist?« Ich setzte das Glas auf dem Tisch vor mir ab. Marleen saß mir direkt gegenüber und grinste mich schief an. »Irgendwie passt das alles nicht zu dir.«

»Was passt nicht zu mir?«

Marleen legte ihre Gabel beiseite und rückte näher an den kleinen Tisch, an dem wir es uns bei unserem Lieblingsitaliener gemütlich gemacht hatten, heran.

»Na, einfach alles. Du bist der Typ, der sich hinter Büchern versteckt. Der sich schlauliest, bis der Kopf platzt. Der sein eigenes Ding macht und unabhängig sein will. Dass du jetzt bei deiner Mum lebst und diesem arroganten Typen die Wäsche hinterherräumst, passt einfach nicht.«

Gedankenverloren setzte ich das Glas an und trank einen Schluck. »Na ja, ganz so ist es eigentlich nicht. Es ist nur vorrübergehend und soll nicht meine Zukunft sein. Und außerdem ist Ethan gar nicht so schlimm, wie ich zu Anfang dachte.«

Marleen wollte sich gerade eine Gabel in den Mund schieben, als sie plötzlich stockte. »Oh, oh.«

»Was ist denn jetzt schon wieder?«, lachte ich nervös und schaute mich um. Die Leute waren alle in Gespräche oder in ihr Essen vertieft und niemand nahm Notiz von Marleens lauter Stimme.

»Ethan? Du nennst ihn beim Vornamen? Schau mal, wie rot du wirst! Du findest ihn heiß!«

»Was?«

»Du findest deinen Boss heiß«, wiederholte sie, als wäre das die Erkenntnis des Jahrtausends. Sie schob sich ihre langen blonden Haare hinter die Schultern und zog ihre vollen Lippen zu einem Lächeln auseinander.

»Großer Gott, nein!«, wehrte ich ab und spürte, wie mir die Hitze ins Gesicht schoss. »Du hast ja 'nen Knall!« Ich lachte schrill, während ich mich meinem Teller widmete. Hoffentlich bekam niemand dieses Gespräch mit.

»Nein, habe ich nicht. Was ich aber habe, ist eine gute Menschenkenntnis, und dich, meine Liebe, kenne ich schon mein halbes Leben. Und wenn du über einen Mann sprichst, ihn in Schutz nimmst und mich dabei nicht einmal direkt ansehen kannst, dann magst du ihn. Außerdem hat die tomatenrote Farbe in deinem Gesicht dich ebenfalls verraten«, fügte sie hinzu und ließ mich nicht mehr aus den Augen.

»Das ist wirklich lächerlich. Natürlich mag ich ihn. Aber nicht mehr. Immerhin ist er, wie du schon richtig bemerkt hast, mein Boss. Und mögen ist ja nichts Schlimmes. Ich mag schließlich auch diesen Italiener hier und will ihn nicht gleich heiraten.«

»Es ist etwas anderes, wenn man dabei aussieht wie ein verknallter Teenager«, neckte meine Freundin mich.«

»Das wird ja immer besser«, lachte ich und schüttelte den Kopf. »Wirklich, Marleen, da ist rein gar nichts. Ich mache lediglich meine Arbeit und finde meinen Chef ganz in Ordnung. Reicht dir das?«

Marleen gab ein fiependes Geräusch von sich, was mir demonstrierte, dass sie mir kein Wort glaubte.

»Natürlich reicht dir das nicht«, stellte ich seufzend fest.

»Du kennst mich. Ich freue mich immer über heiße Neuigkeiten. Mein Leben ist so langweilig.«

Ich sah meine Freundin mitfühlend an. »Es läuft nicht gut zwischen dir und Phil, stimmt's?«

Sie senkte traurig den Blick und ihr feixender Gesichtsausdruck war wie ausgewechselt. »Ist es hart, wenn ich laut ausspreche, dass er mich nervt?«

»Es wäre die Wahrheit und wenn du so empfindest, darfst du es auch laut aussprechen«, redete ich ihr gut zu.

Sie nickte traurig. »Ich weiß auch nicht, Lou. Irgendwie ist es so verdammt eintönig mit ihm. Ich sehe meine Freunde kaum, weil er am liebsten nur noch mit mir auf dem Sofa hockt. Und wenn ich mal unterwegs bin, schreibt er mir ständig. Du hast es ja neulich mitbekommen, als wir uns getroffen haben. Dass er mich heute noch nicht angerufen hat, liegt nur daran, dass ich mein Handy ausgeschaltet habe. Es ist echt anstrengend. Ich will Zeit mit ihm verbringen, aber nicht vierundzwanzig Stunden am Tag dieselbe Luft wie er atmen.«

Sie pustete angespannt aus und schob ihren leeren Teller von sich.

»Hast du schon mit ihm geredet?«

»Klar habe ich das. Dann funktioniert es einen Tag lang, dass er mich nicht verfolgt, als wäre er mein Schatten, und am nächsten Tag geht das Theater wieder von vorne los.«

Betreten blickte ich auf meinen ebenfalls leeren Teller und legte mein Besteck darauf ab. »Das tut mir wirklich leid für euch. Was hast du jetzt vor?«

Marleen sah mich an und in ihren blauen Augen schimmerten ein paar Tränen. »Wenn ich das wüsste. Einerseits liebe ich ihn ja. Glaube ich jedenfalls. Aber dieses Einengen ist einfach nicht meins.«

»Das glaube ich dir aufs Wort. Gerade du warst immer die Ungezähmte von uns«, kicherte ich.

»Ich denke schon häufiger darüber nach, ob wir nicht eine Pause einlegen sollten, und wer weiß, vielleicht vermisse ich ihn ja, wenn ich ihn nicht jeden Tag um mich habe.«

»Könnte funktionieren«, pflichtete ich ihr bei.

»Morgen Abend haben wir uns verabredet. Rate, was wir Spannendes vorhaben. Richtig, einen Filmabend«, stöhnte sie. »Vermutlich ist das der beste Zeitpunkt, um die Karten auf den Tisch zu legen.«

»Ich drücke die Daumen, dass es gut für euch ausgeht«, pflichtete ich ihr bei. »Und wenn du mich brauchst, weißt du ja, wo ich wohne. Nämlich bei meiner Mum. Hach, wir zwei können uns aber auch wirklich glücklich schätzen.«

Marleen lachte und hob ihr Glas. »Wir sollten auf uns anstoßen!«

Ich erhob meine Cola ebenfalls und konnte mir ein Lachen nicht verkneifen. »Auf uns, die, die ihr Leben so super im Griff haben!«

Kapitel 21

Seit dem Streit mit Mum waren drei Tage vergangen und bisher hatte ich großen Erfolg darin gezeigt, ihr bestens aus dem Weg zu gehen. Ich versuchte, so früh wie möglich das Haus zu verlassen, und sobald Mum nach Hause kam, verschwand ich wortlos auf mein Zimmer. Nicht dass sie irgendwie versucht hätte, sich für ihre Worte bei mir zu entschuldigen ...

Kaum zu glauben, aber am liebsten verbrachte ich meine Mum-freie Zeit bei der Arbeit. Marleen würde die Augen aufreißen, wenn sie das hören würde, dennoch war es so. Hier hatte ich meine Ruhe. Konnte meine Aufgaben erledigen, nette Gespräche mit Thomas führen und meine Pause auf der Terrasse mit dem wunderschönen Blick auf den Garten verbringen. Es könnte tatsächlich schlimmer sein. Außerdem war ich seit gestern guter Dinge, denn die Uni, an der ich mich einschreiben wollte, hatte die Zulassungskriterien veröffentlicht und es sah gar nicht so schlecht für mich aus. Zudem hatte ich schon alle möglichen Unterlagen, die ich für die Bewerbung brauchte, beisammen und benötigte lediglich noch das Motivationsschreiben. Und wer könnte eine größere Motivation haben als ich mit meinem Ziel, endlich bei meiner Mutter auszuziehen? Also feilte ich in meiner Pause an den ersten Entwürfen und machte mir Notizen.

Irgendwann war es später Nachmittag und ich räumte gerade ein paar Lebensmittel ein, als Ethan in die Küche spähte. »Ah, Louisa, gut, dass du noch da bist.«

Erschrocken fuhr ich herum und ließ beinahe die Milch fallen, die ich in den Kühlschrank stellen wollte. »Ach, hallo. Ja, ich mache noch die Sachen hier fertig und räume die Küche auf, bevor ich gehe.«

Ethan trat an die Kücheninsel und schnappte sich einen Apfel, den er von einer Hand in die andere gleiten ließ. »Ich habe mich gefragt, ob ich dich heute noch einmal für ein paar Überstunden ausnutzen dürfte?« Er schaute mich fragend an.

»Natürlich.« Wenn das bedeutete, dass ich nicht zu Hause sein müsste, würde ich sogar eine Nachtschicht einlegen.

Ethan lächelte. »Gut, das hilft mir sehr.«

»Worum geht es denn?«

Er stützte sich mit den Armen auf dem Küchentresen ab und beobachtete mich dabei, wie ich die restlichen Einkäufe in die Schränke sortierte.

»Ich habe ein großes Projekt am Laufen. Es handelt sich um eine neue Ausführung unserer Sicherheitskameras. Ein Kunde von mir – Mr Pilgram – hat großes Interesse gezeigt, meint aber, dass unsere Produkte eine Überholung in der App benötigen. Wenn wir ihm ein neues Konzept vorlegen, würde er einen großen Teil unserer neuen Kameras kaufen wollen. Aber eben nur, wenn sie sich von unseren bisherigen Produkten abheben.«

Mir flappte der Mund auf. »Also wenn du willst, dass ich dir eine neue App programmiere, muss ich dich leider enttäuschen. Meine Kenntnisse reichen gerade mal für das Runterladen einer App aus dem Store.«

Ethan lachte und schüttelte den Kopf. »Nein, um Himmels willen. Nimm es mir nicht übel, aber dafür bist du vermutlich nicht die Richtige. Was ich von dir brauche, ist viel wichtiger.«

»Und das wäre?«

»Ich brauche deine Ideen. Ich bin viel zu betriebsblind, aber du kennst dich mit unseren Produkten mit Sicherheit nicht gut aus, habe ich recht?« Er zog amüsiert eine Braue in die Höhe.

»Nun ja, darf man das seinem Arbeitgeber so sagen?«

»In diesem Fall ja«, antwortete er lächelnd. »Ich möchte, dass du dir die App ansiehst, dich ein wenig mit dem Produkt vertraut machst und mir sagst, was du ändern würdest. Was dir fehlt, und so weiter. Das Ganze müssten wir dann ausarbeiten und ein Konzept für meinen Kunden erstellen. Leider will Mr Pilgram es schon morgen Mittag vorgelegt haben, weil es noch andere Anbieter gibt, an denen er großes Interesse zeigt.«

»Also haben wir bis morgen die Chance, ihn davon zu überzeugen?«, schlussfolgerte ich.

»Richtig.«

»Gut, dann bin ich dabei.«

Ethan atmete erleichtert aus. »Ich danke dir. Schon wieder. Also, was magst du lieber? Chinesisch oder Pizza?«

»Da bin ich unkompliziert.«

»Gut«, sagte Ethan und sein Blick fiel auf mein Notizbuch, welches aufgeschlagen auf dem Küchentresen lag. Meine Notizen für ein Motivationsschreiben. »Was ist das?«

»Ach das sind nur ein paar Notizen. Ich habe vor, mich an einer Uni zu bewerben und muss ein Motivationsschreiben anfertigen«, erklärte ich.

Ethan nickte wissend und sah mich anschließend an. »Darum werden wir uns gemeinsam kümmern. In einer halben Stunde oben in meinem Büro?«

Mir wurde mit einem Mal ganz warm und ich strahlte. »Ich werde pünktlich sein.«

Während Ethan in seinem Essen stocherte und mich akribisch beobachtete, schaute ich konzentriert auf mein Tablet und durchforstete die App mit dem Namen *Bradsecure*. Wir hatten es uns auf dem Fußboden in seinem Büro bequem gemacht und saßen jeweils mit dem Rücken an die beiden Sofas gelehnt. Ethan hatte sich gegenüber von mir ausgebreitet, neben ihm ein Stapel voller Mappen, Akten und losen Zetteln und zwischen uns zahlreiche Boxen vom China-Take-Away.

»Habe ich schon mal erwähnt, dass es mir schwerfällt, mich zu konzentrieren, wenn mich jemand beobachtet, als wäre ich eine Amöbe unter einem Lichtmikroskop?« Ich unterdrückte ein Lachen.

Ethan schmunzelte und widmete sich wieder seinen gebratenen Nudeln. »Tut mir leid. Ich will dich nicht ablenken.«

Ich sah zurück auf mein Display und scrollte durch die App. Im Hintergrund tickte die Uhr, die auf Ethans Schreibtisch stand. Sie war neben dem Stochern in seiner Nudelbox das einzige Geräusch im Raum. Nach einer gefühlten Ewigkeit durchbrach ich schließlich die Stille. »Hmm.«

»Hmm?«

»Hmm«, machte ich wieder und legte das Tablet auf meinen Beinen ab.

»Könntest du dein *Hmm* ein wenig ausführen? Dürfte etwas wenig sein, wenn ich das mit ins Konzept aufnehme.«

»Wie ehrlich darf ich sein?«, hakte ich vorsichtig nach.

»So ehrlich du nur sein kannst.«

Ich nickte. »Also gut. Die App ist superlangweilig.«

Ethan sah mich ausdruckslos an. »Und weiter?«

»Na ja, ich finde, dass sie mehr Farbe vertragen könnte. Nicht nur dieses triste Blaugrau.«

»Diese tristen Farben sind nun mal unser Markenlogo«, erinnerte Ethan mich mit einem schiefen Lächeln.

»Mag sein, aber vielleicht müssen wir erst überlegen, ob ich überhaupt die richtige Zielgruppe bin.«

»Natürlich. Gerade Frauen wollen wir von unseren Produkten überzeugen, damit auch sie sich in ihrem Zuhause sicher fühlen können. Es geht nicht nur um Sicherheitssysteme für große Unternehmen und öffentliche Gebäude.«

»Dann sollte die App auch genau *das* widerspiegeln. Etwas mehr Farbe, die dazu anregt, sich mit der App auseinanderzusetzen. Damit es nicht aussieht wie eine langweilige Aneinanderreihung von Funktionen. Ein paar Features für eine individuelle Gestaltung vielleicht, sodass es Spaß macht, das Sicherheitssystem einzurichten«, erklärte ich und suchte nach den richtigen Worten. Ethan richtete sich auf und hörte mir genau zu. Mit einem Nicken forderte er mich auf, weiterzusprechen.

»Diese Sicherheitskameras sollen *mein* Zuhause überwachen. *Meine* sichere Festung, verstehst du? Sie sollen mir ein Gefühl von Sicherheit geben. Mir und niemandem sonst. So denkt der Kunde. Warum sollte dann nicht auch die App nach meinen Wünschen gestaltet sein. Personalisiert, verstehst du?«

»Du meinst also -«

»Dass ich mir wünschen würde, dass ich die App zu meinem täglichen Begleiter mache, den ich gerne bei mir habe. Dass ich die Farben der App anpassen kann. Dass alles ein bisschen lockerer ist. Immerhin besitze ich diese App und das Sicherheitssystem, weil ich mich vor den Gefahren von außen schützen möchte. Dann lassen wir doch das Ganze etwas schöner wirken. Sodass ich nicht mit zittrigen Händen an die Installation der App gehe, weil ich die böse Menschheit aus meinem Haus fernhalten will. Überspitzt gesagt. Ich will mich gerne damit auseinandersetzen und vor allem will ich, dass es nicht kompliziert ist. Fröhliche Farben, personalisierte Oberfläche. Einfach ein gutes Gefühl vermitteln.«

Ethan dachte einen Moment nach und stellte seine Nudelbox neben sich auf dem Boden ab. Dann nickte er. Erst schwach und anschließend immer entschlossener. »Das hört sich gut an. Könnte das Richtige für meinen Kunden sein. Okay, pass auf, wir machen das so: Ich nehme deine Idee schon einmal auf. Schreibe sie in das neue Konzept und du gehst noch einmal die App durch und schreibst mir stichpunktartig alles auf, was dir auffällt, in Ordnung? Angefangen von der Anmeldung bis hin zu den kleinsten Einstellungen.«

Grinsend nahm ich das Tablet wieder zur Hand. »In Ordnung!« Ein gewisser Stolz machte sich in mir breit, und dass ich Ethan ein wenig begeistern konnte, fühlte sich sehr gut an.

Kapitel 22

Ein Blick auf die Uhr auf Ethans Schreibtisch verriet mir, dass es inzwischen nach neun war. Ich unterdrückte ein Gähnen und hörte neben mir ein leises Lachen. »Gar nicht so einfach, oder?«

Ethan sah mich an, doch auch an ihm schien der lange Arbeitstag nicht spurlos vorüberzugehen. Er sah müde aus, aber auch etwas gestresst. Scheinbar hing wirklich viel von diesem Auftrag ab, daher tat ich mein Bestes, ihn dabei zu unterstützen, diesen erfolgreich abzuschließen.

»Irgendwann wird man tatsächlich blind für neue Ideen, aber noch geht es. Ich habe dir jetzt alles Wichtige aufgeschrieben, was mir aufgefallen ist.«

Ich reichte ihm einen Zettel mit einer langen Liste. Er überflog sie und nickte zustimmend. »Das sind gute Einwände. Wirklich, Louisa, damit kann ich gut arbeiten. Ich werde mich morgen früh hinsetzen und sie in das Konzept einarbeiten.«

»Wenn du möchtest, können wir das auch gleich machen«, schlug ich vor. »Dann ist es fertig.«

Er lächelte mich dankbar an, schüttelte aber den Kopf. »Das sollte für heute reichen. Es war ein langer Tag und ich will dich nicht von deinem verdienten Feierabend abhalten.«

»Das tust du nicht. Auf mich wartet schließlich niemand«, platzte es aus mir heraus und ich räusperte mich. »Ich meine, bis auf meine Mum, die aber vermutlich schon ins Bett gegangen ist.«

»Was hältst du dann von einem Feierabendgetränk, ehe ich dich nach Hause fahre?«

»Ein Feierabendgetränk klingt gut«, stimmte ich zu.

Ethan erhob sich und verließ für einen kurzen Moment das Zimmer, ehe er mit zwei Gläsern Weißwein wieder zurückkehrte und mir eins reichte. Dann setzte er sich neben mich und hielt mir prostend sein Glas entgegen. Ich stieß mit ihm an und trank einen Schluck von dem süßlich schmeckenden Wein.

Einen Moment schwiegen wir und lehnten uns gemütlich ans Sofa.

»Das war ein langer Tag«, seufzte Ethan und rieb sich mit Daumen und Zeigefinger die Augen.

»Aber ein sehr erfolgreicher«, rief ich ihm in Erinnerung.

Er lachte. »Das stimmt, dank dir.«

Wieder schwiegen wir, bis Ethan mich plötzlich von der Seite anblinzelte. »Erzähl mir was über dich.«

Überrascht erwiderte ich seinen Blick. »Bitte was? Von mir erzählen?«

Er nickte, als wäre das das Selbstverständlichste überhaupt. »Wir reden den ganzen Tag nur über Arbeit und dann bin ich froh, wenn ich auch mal über was anderes reden kann. Also, was gibt es über Louisa Bennet zu erzählen?«

Kurz dachte ich nach und trank einen großen Schluck. Von meinem abgebrochenen Studium zu erzählen, schien mir nicht so passend. Aber was hatte ich sonst vorzuweisen? Und Ethan war mein Chef, kein Mann, den ich unbedingt beeindrucken musste. Doch irgendetwas in mir verspürte immer wieder diesen Drang dazu. Aber warum großartige Dinge erzählen, die nicht stimmten? Immerhin konnte er es doch in meinem Lebenslauf nachlesen.

»Ich bin eine Studienabbrecherin«, erzählte ich schließlich und ich bemerkte Ethans fragenden Gesichtsausdruck. »Wie meinst du das? Was hast du studiert?«

»Wirtschaftswissenschaften«, entgegnete ich trocken. »Nichts, was mich auch nur im Entferntesten reizt.«

»Und warum hast du es dann studiert?«

»Weil meine Mum es wollte.« Ich stockte und senkte den Blick.

»Und was willst du?«

Ich schüttelte den Kopf. »Ach, das ist nicht so wichtig.«

»Natürlich ist es das!«, rief Ethan und wandte sich mehr in meine Richtung. »Wenn du etwas willst, solltest du auch dahinterstehen. Haben wir nicht erst letztens darüber gesprochen?«

Ich wunderte mich, dass er sich noch an unser Gespräch im Garten erinnern konnte und lächelte traurig. »Sagen wir mal so: Das, was ich gerne machen wollen würde, stößt nicht bei jedem auf Begeisterung. Eher auf Empörung, wenn ich genauer darüber nachdenke.«

»Dann erzähl mal«, forderte mich Ethan erneut auf. »Schockier mich!«

Ich sog tief die Luft ein, vermied aber den Augenkontakt. Ich wollte den Ausdruck auf seinem Gesicht nicht sehen, wenn er erfuhr, was ich wirklich wollte. Sicherlich würde die Reaktion ähnlich wie Mums sein. Ungläubig, stutzig, missbilligend.

»Ich möchte Kriminologie studieren.«

Kurz war es still und ich wartete auf seine Reaktion. Ich wartete auf ein schallendes Lachen oder auf einen Satz wie: *Und jetzt im Ernst: Was willst du wirklich studieren?*

»Kriminologie? Ernsthaft?«

Ich nickte matt. »Siehst du, ich sagte doch, dass es nicht auf Begeisterung stößt ... «

»Wow! Das hätte ich nicht von dir gedacht, aber ich finde das echt beeindruckend.«

Erstaunt sah ich Ethan an und bemerkte erst jetzt, wie nahe wir uns in diesem Moment waren, da er sich zu mir gewandt hatte. »Findest du das echt?«

Er nickte bekräftigend. »Natürlich! Wie kommst du darauf, dass es nicht so ist?«

»Meine Mum findet es völlig absurd. Sie nennt es eine Träumerei und kann überhaupt nichts damit anfangen. Ich solle was Anständiges machen. Beispielsweise für dich arbeiten«, setzte ich scherzend hinzu.

»Aber sie muss es doch nicht studieren«, antwortete Ethan ernst. »Wichtig ist, dass du dich damit auseinandersetzt und deinem Wunsch nachgehst. Deine Mum hat damit gar nichts zu tun.«

Ich lachte dankbar und spürte, wie sich ein kleiner Stein von meinem Herzen löste. »Vielen Dank. Es tut gut so was zu hören.«

»Und wo willst du studieren? Hast du schon einen Platz?«, löcherte mich Ethan weiterhin mit Fragen und je mehr ich anfing zu sprechen, desto mehr Begeisterung brachte ich zum Vorschein. Ich erzählte ihm von meinen Plänen, von meinen Fortschritten, die ich in Sachen Bewerbung an der *Howland* machte und war froh, endlich jemanden vor mir zu haben, der mein Vorhaben nicht belächelte. Auch wenn Marleen mich bestärkt hatte zu tun, was ich wollte, hatte ich manchmal das Gefühl, dass sie sich insgeheim nicht die besten Chancen für meine Zukunft ausrechnete – zumindest in diesem Berufszweig. Ethan war da scheinbar ganz anders. Und sein anerkennender Blick machte mich irgendwie stolz.

Als ich geendet hatte, sah er mich lobend an. »Das klingt nach einem wirklich guten Plan. Ich bin beeindruckt. Ich wünsche dir ganz viel Glück, dass du einen Studienplatz bekommst, auch wenn das für mich heißt, dass ich in Zukunft auf meine eifrige Assistentin verzichten muss.«

Er legte seinen Kopf schief und einen Moment lang sahen wir uns wortlos an. Kurz bevor meine Augen seine Lippen erkunden konnten, schaute ich hastig weg. »Noch bin ich ja da«, sagte ich schließlich. Ich biss mir auf die Unterlippe und schaute wieder auf mein Glas. Wenn ich es nicht besser gewusst hätte, hätte ich beinahe behauptet, dass es für einen kleinen Moment zwischen uns geknistert hatte. Aber ich wusste es besser. Ethan war mein Boss. Ich seine Assistentin, die jetzt besser den Heimweg antreten sollte.

Ein paar Minuten später saß ich in Ethans Auto und blickte durch das Beifahrerfenster. Kurz nach unserem Gespräch hatte ich ihn höflicherweise gefragt, ob ich noch etwas für ihn tun könne, sonst würde ich mich langsam auf den Weg machen müssen. Ich wusste nicht, ob ich es mir nur eingebildet hatte, aber für einen kurzen Moment hatte Ethan ein wenig enttäuscht gewirkt. Jetzt neben ihm im Auto war die Stimmung zwischen uns noch immer ruhig, aber irgendwie verändert. Und auch als ich zu Hause in meinem Bett lag, überlegte ich, inwiefern sich da etwas zwischen uns verändert haben könnte, doch ich kam beim besten Willen nicht drauf. Im Auto schien Ethan nachdenklich gewesen zu sein und ich dachte mir, dass es vielleicht an dem bevorstehenden Auftrag lag. Auch ich war in meinen Gedanken versunken gewesen, die allerdings überhaupt nichts mit dem Auftrag zu tun gehabt hatten. Vielmehr hing ich gedanklich noch immer an Ethans Lippen, seinen eindringlichen Augen und an seinem Blick, mit dem er mich angesehen hatte, während ich ihm von meinen Plänen erzählte. So intensiv wie heute Abend hatte mir ein Mann noch nie zugehört.

Kapitel 23

»Louisa? Kriege ich dich auch mal wieder zu Gesicht?«, rief Mum am nächsten Morgen, als sie mich in der Küche beim Kaffeekochen vorfand. Ich zuckte zusammen. Somit war meine Mission, Mum aus dem Weg zu gehen, gescheitert.

Sie kam in die Küche, trug noch ihren roten Morgenmantel und begann den Tisch zu decken. »Redest du jetzt nicht mehr mit mir?«, donnerte sie weiter, während ich überlegte, wie ich antworten sollte. Freundlich? Abweisend? Gar nicht? Doch ihre patzige Art machte mich wahnsinnig. Mir hatte es besser gefallen, als wir uns nicht gesehen hatten.

»Doch, aber nur, wenn du wieder in einem normalen Ton mit mir sprichst.«

»Ich kann ja gar nicht mehr mit dir sprechen, denn du bist nie zu Hause«, rief sie mir in Erinnerung.

»Dieser Umstand ist dir doch bestimmt am liebsten«, entgegnete ich kühl und sah sie endlich an.

Mum hielt in der Bewegung inne. »Was soll das denn heißen?«

»Jetzt stell dich doch nicht so ahnungslos. Du weißt es ganz genau. Ich stehe dir hier doch nur im Weg. Gehe dir auf die Nerven und mein Leben bekomme ich auch nicht auf die Reihe. Das hast du mir deutlich klargemacht. Aber wenn du wissen willst, wo ich die letzten

Tage war, kannst du beruhigt sein. Ich war arbeiten. Habe Geld verdient. Für dich. Für deine Firma. Du kannst Mr Bradford gerne fragen.« Ich atmete laut aus. Es fühlte sich gut an, Mum vorzuhalten, dass ich alles andere als faul gewesen war. »Und wenn du mich jetzt bitte entschuldigst«, sagte ich und marschierte an ihr vorbei. Ihr Mund stand verdutzt offen. »Dann würde ich mich jetzt wieder auf den Weg zur Arbeit machen. Nicht dass dir noch Klagen kommen.« Ich griff nach meiner Tasche und meinem Cardigan und ließ meine Mutter mit geöffnetem Mund in der Küche stehen.

Eigentlich hätte ich mich schlecht fühlen sollen, dass ich meine Mutter so angefahren hatte, aber das Gegenteil war der Fall: Es fühlte sich gut an. Ich war nicht eingeknickt, hatte mich nicht kleinmachen lassen, sondern sie sprachlos dastehen lassen. Wie hätte der Tag besser starten können? In der Villa angekommen, schaute ich als Erstes auf mein Tablet und spürte einen ungewohnten Stich im Magen, als ich eine Nachricht von Ethan las, in der er schrieb, dass er den ganzen Tag nicht da sein würde, weil er und Thomas sehr beschäftigt seien. Er hinterließ mir eine Liste mit Aufgaben.

Nach dem gestrigen Abend war irgendetwas anders, ich konnte nicht mit Sicherheit sagen, warum ich mich irgendwie ... gut fühlte. Ich musste ständig lächeln und nicht einmal meine Mutter konnte mir das austreiben. Um meine Energie rauszulassen, machte ich mich direkt an die Arbeit.

Ich war gerade dabei, die Teppiche zu säubern, als ich merkte, dass meine Mühe umsonst war. Der Staubsauger hatte an jeglicher Kraft verloren und nach einem

Blick auf den Beutel, war mir klar warum. Er war rappelvoll. Kurz überlegte ich und mir fiel ein, dass Thomas mir zu Beginn gesagt hatte, wo ich Haushaltskram finden konnte. Unten im Keller befand sich seinen Angaben nach ein Abstelllager mit sämtlichen Putzutensilien. Also machte ich mich auf den Weg eine Etage tiefer und suchte in den ersten zwei Räumen vergeblich. Meine Güte, dachte ich, und fragte mich, wie man nur einen so riesigen Keller haben konnte. Immerhin hätte hier eine achtköpfige Familie genügend Platz gefunden. Als ich schließlich hinter der dritten Tür einen Besen und ein paar Putztücher in einem der Regale fand, betrat ich den Raum. Ich staunte nicht schlecht, als ich die vollen Kartons, ordentlich gestapelt vor mir im Regal entdeckte. Wie konnte eine Person nur so viel benötigen, wunderte ich mich und machte mich auf die Suche nach den Staubsaugerbeuteln. Mit flinken Fingern schaute ich in ein paar der Kisten. Manche waren leer, andere wiederum gefüllt mit Servietten und Handtüchern, was mir komisch vorkam, da ich dachte, dass es sich hier um den Raum mit den Reinigungsutensilien handelte. Als ich weiter oben im Regal nach einer Kiste griff, die deutlich schwerer war, als ich erwartet hatte, begann diese gefährlich über meinem Kopf zu wackeln, sodass ich ihr einen Stoß zurück ins Regal versetzte.

»Das war knapp«, murmelte ich und atmete tief durch. Dabei bemerkte ich ein kleines Funkeln. Ich trat einen Schritt zurück, um eine bessere Sicht auf den Karton zu bekommen. Da fiel es mir wieder auf. Dieses kurze, kaum wahrnehmbare Aufleuchten. Neugierig sah ich mich um und fand einen kleinen Tritthocker in der Ecke des Raumes. Ich zog ihn heran und kletterte darauf. Jetzt war ich auf Augenhöhe mit der Kiste und konnte sehen, was meine Aufmerksamkeit geweckt hatte: Es war eine Kette. Zumindest ein Teil davon, der über den Rand des Kartons hing. Als könnte mich jemand beobachten, sah ich über die Schulter und vergewisserte mich, dass ich allein war. Dann griff ich nach der Kette und hielt sie in den Händen. Eigentlich wäre daran nichts Ungewöhnliches gewesen, doch das Preisschild, das sich daran befand und mir eine horrende Summe anzeigte, ließ mich stutzen. Wer legte eine so sündhaft teure Kette wahllos in einen Karton? Zudem mit Preisschild? Vorsichtig spähte ich wieder in die Kiste und fand schließlich eine kleine Schatulle. Als könnte ich mich daran verbrennen, griff ich mit zwei Fingern danach und öffnete sie. »Was zum … ?«, stammelte ich, nachdem mir klar wurde, was ich da in meiner Hand hielt. Es war ein kleines Armband, das so wertvoll aussah, als würde Mum ihr Haus verkaufen müssen, um es zu besitzen. Auch hier befand sich ein Preisschild an einem der feinen Glieder und ich strich vorsichtig mit dem Finger darüber. Wenn ich schon dachte, die Kette wäre teuer gewesen, wurde ich eines Besseren belehrt. Das Armband in meinen Händen war fast doppelt so viel wert! Die Diamanten in der Fassung schimmerten und unterstrichen dies nur noch umso mehr. Ich versuchte erneut in den Karton zu spähen, doch hörte hinter mir plötzlich einen dumpfen Knall. Erschrocken sah ich mich um und legte den teuren Schmuck hastig zurück. Auch den Tritthocker schob ich beiseite und huschte so schnell ich konnte aus dem

Raum. Ich konnte nicht genau sagen warum, aber irgendwie hatte ich das Gefühl, als hätte ich diese Schmuckstücke nicht sehen dürfen. Unauffällig schlängelte ich mich aus dem Zimmer und schloss die Tür hinter mir. Dann schlich ich ein paar Schritte weiter zur nächsten Tür und zuckte zusammen, als ich hinter mir eine Stimme hörte. »Louisa?«

Ich wirbelte herum und starrte Ethan direkt in seine fragenden Augen. »Ethan!«, entgegnete ich.

Er kam einen Schritt auf mich zu und legte den Kopf schief. »Suchst du etwas Bestimmtes?«

»Ich?«, quiekte ich unnatürlich hoch. »Nein, ich … suche nur … also ja, ich suche etwas … Staubsaugerbeutel.«

»Staubsaugerbeutel«, wiederholte er skeptisch und verschränkte die Arme vor der Brust. Da fiel mir seine Sporttasche auf, die er in den Händen hielt.

»Ja, genau. Ich wollte die Teppiche absaugen, aber der Beutel ist voll.« Meine Stimme hörte sich merkwürdig an und Ethans Ausdruck nach zu urteilen, glaubte er mir kein Wort. Dennoch nickte er an mir vorbei in Richtung der Tür auf der gegenüberliegenden Seite. »Solche Sachen findest du dort.«

Ich folgte seinem Blick. »Super, danke.« Dann versuchte ich unbeschwert zu schauen und deutete auf seine Tasche. »Und du? Gehst du baden?«

Wieder zog er eine Braue in die Höhe. »Ich wollte ein paar Runden schwimmen gehen, ja. Ich habe heute Nachmittag einen wichtigen Termin und muss mich vorher ein bisschen bewegen.«

»Klingt super. Ich hole dann mal die Staubsaugerbeutel«, erklärte ich, zeigte mit dem Daumen hinter mich und wartete, bis Ethan seinen Weg fortsetzte.

Als er an mir vorbeilief, hielt er einen Moment inne und sah mich erneut an. »Louisa?«

»Ja?«, fragte ich schrill.

»Vergiss bitte nicht den Teppich in meinem Büro. Heute Abend habe ich ein Gespräch mit einem Kunden und da hätte ich es gerne sauber.«

Ich atmete kaum merklich aus. »Natürlich. Kein Problem.«

»Ach und Louisa?«

»Ja?« Mein Herz bebte.

»Solltest du ein Empfehlungsschreiben für deine Bewerbung brauchen, sag mir gerne Bescheid.«

Ich atmete die angestaute Luft aus. »Das ist sehr nett, vielen Dank.«

Er schenkte mir ein schiefes Lächeln und verschwand schließlich im Poolraum. Ich raste währenddessen mit klopfendem Herzen in den Lagerraum und schüttelte den Kopf über mich selbst. »Gehst du baden?« Dümmer hätte ich meine Frage auch nicht stellen können. Schließlich entdeckte ich das Paket mit den Staubsaugerbeuteln, fingerte einen heraus und lief hastig nach oben, um möglichst viel Abstand zwischen mich und den Fund im Keller zu bringen.

Kapitel 24

»Du hast was?«, fragte Marleen mit geweiteten Augen und sah mich an, als wittere sie eine Top Story.

»Psst, nicht so laut! Nicht dass dich jemand hört«, warnte ich sie eindringlich und blickte mich im überfüllten Café um, in dem uns niemand weiter beachtete. Unser Gespräch ging im Stimmenwirrwarr der anderen Gäste und der Hintergrundmusik unter.

»Also, erzähl noch mal: Du hast in einem Karton teuren Schmuck gefunden? Einfach so? Ohne dass er irgendwo verschlossen in einem Tresor liegt?« Marleen schien verwirrt. Ich verstand es genauso wenig. Nach meiner Entdeckung hatte ich darüber nachgedacht, ob ich die Sache nicht einfach vergessen sollte. Doch es war dieser eine Moment, der mir ein seltsames Gefühl bescherte: Nämlich der, als mich ein neuer Bericht im Radio aufhorchen ließ.

Vergangene Nacht hat es erneut einen Raubüberfall gegeben. Dieses Mal traf es den Juwelier in Portsville, etwa eine halbe Stunde von Soulfield entfernt. Erneut wurde ein mehrstelliger Wert entwendet. Die Polizei hat die Ermittlungen bereits aufgenommen, doch von den Tätern oder dem Täter fehlt bisher jede Spur.

Weiter hatte ich nicht zugehört, denn in meinen Ohren begannen meine inneren Alarmglocken zu schrillen. Doch diesen aufkeimenden Gedanken schüttelte ich hastig wieder ab. Ethan konnte ja wohl nichts mit dem Ganzen zu tun haben. Vermutlich hatte ich nur sündhaft teuren Schmuck in einem seiner Kartons gefunden, den er seiner Mutter zum Geburtstag schenken wollte, und interpretierte zu viel hinein. Dennoch, je mehr ich versucht hatte, mich mit Hausarbeit im Haus meiner Mum abzulenken, desto unruhiger wurde ich. Es gab keine andere Erklärung. Ich hatte mit jemandem darüber sprechen müssen. Und diesem jemand blickte ich in diesem Moment in die sensationslüsternen Augen.

Achselzuckend rührte ich in meinem Kaffee, obwohl sich der Zucker darin schon längst aufgelöst hatte. »Ich weiß auch nicht. Vielleicht hat es auch nichts zu bedeuten, aber als ich heute Morgen die Nachrichten gehört habe, da … «

»Du glaubst doch wohl nicht, dass dein Boss etwas mit den Raubüberfällen in der letzten Zeit zu tun hat, oder?«

Abwehrend hob ich die Hände, seufzte aber kurz darauf. »Ich denke nicht. Es war irgendwie so ein komischer Zufall, der mich einen Moment stutzig gemacht hat.«

»Na ja, es könnte ja auch sein«, dachte sie laut nach und zwirbelte eine blonde Haarsträhne mit ihren Fingern. Schließlich grinste sie breit und sah mich wieder direkt an. »Du bist doch unsere Spürnase. Warum machst du dich nicht auf die Suche nach mehr Hinweisen? Immerhin bist du beinahe jeden Tag da.«

Ich schüttelte entschieden den Kopf. »Auf gar keinen Fall. Ich habe schon ein schlechtes Gewissen, weil ich überhaupt so neugierig war. Da werde ich bestimmt nicht sein Haus durchsuchen!«

Marleen rückte näher an mich heran und sprach mit gesenkter Stimme: »Überleg doch mal. Vielleicht bist du da etwas ganz Großem auf der Spur. Dich nur ein bisschen genauer umzusehen, kann doch sicherlich nicht schaden. Komm schon, Lou. Ich weiß, wie sehr dich das Thema reizt. Ich sehe es dir an. Es kribbelt dir in den Fingern! Warum willst du sonst zur Kriminalpolizei? Weil du eine Schnüfflerin bist.« Sie lachte und warf sich ihre langen Haare hinter die Schultern. Dann legte sie den Kopf schief und lächelte mich gewinnend an. »Gib es zu. Du willst auch mehr herausfinden.«

Erneut seufzte ich und blickte mich unschlüssig im Café um. Natürlich reizte es mich, mehr über den Schmuck in Ethans Haus herauszufinden. Immerhin fühlte ich mich dazu geradezu berufen! Aber das Haus meines Chefs durchsuchen? Das ging gar nicht. Oder? War es ein Durchsuchen, wenn ich ein paar Räume betrat und ein wenig aufmerksamer war als sonst? Außerdem glaubte ich nicht daran, dass es eine Verbindung zwischen Ethan und den Raubüberfällen gab, also würde ich sowieso nichts finden. Lieber hielt ich an meiner Theorie fest, dass es sich um Schmuck für seine Mutter handeln musste. Ganz schön teurer Schmuck, den er da verschenkte, wie ich fand. Aber er hatte ja auch das nötige Kleingeld dafür.

»Alsoooo?«, unterbrach Marleen meine Gedanken und war noch ein bisschen nähergekommen, sodass ich zusammenzuckte. Stöhnend rollte ich mit den Augen, um ihr zu demonstrieren, dass sie nervte. »Ach, ich weiß nicht. Es fühlt sich nicht richtig an.«

»Aber gar nichts zu tun auch, oder nicht?«

Marleen und ihre Hartnäckigkeit. Ich wand mich und überlegte hin und her. Mein pochendes Herz versuchte ich zu ignorieren. Ich sagte mir innerlich, dass ich sowieso nichts finden würde, daher konnte ich meine Augen ja ein bisschen offener halten. »Na gut, ich kann mich ein klein wenig umsehen.«

Und so wurde ich am kommenden Montagmorgen von einem unguten Gefühl auf dem Weg zur Arbeit begleitet. Aber dieses Gefühl wurde immer wieder von einem kleinen Antrieb gedämpft. Immerhin hatte Marleen nicht ganz Unrecht gehabt, denn schließlich liebte ich kleine Abenteuer. Und wenn es lediglich bedeutete, dass ich noch einmal in den Karton schauen würde, war da ja nichts Großes dabei. Nachdem ich das Haus betrat und merkte, dass ich ganz allein war, atmete ich erleichtert aus. Immerhin würde das meine Suchaktion ein wenig einfacher gestalten. So machte ich mich an die Arbeit, entfernte unauffällig zwei Zimmerpflanzen, die in den vergangenen Tagen an Leben verloren hatten, und landete ganz zufällig eine Weile später unten im Keller. Ich dachte mir, dass ein erneuter Blick auf den Schmuck sicherlich nicht schaden könnte, vielleicht hatte ich ja eine Grußkarte an seine Mutter übersehen. Als ich gerade den Griff der Tür umfasste, merkte ich allerdings, dass er sich nicht bewegte. Die Tür war abgeschlossen. Fragend trat ich einen Schritt zurück und sah mich um. Hatte ich mich vielleicht in der Tür geirrt? Nein, sicher nicht. Das war der Raum. Eindeutig. Erneut griff ich nach der Klinke, doch es ließ sich nichts machen. Ich zog mein Smartphone aus der Tasche und suchte nach Marleens Nummer. Es tutete einmal, da nahm sie schon ab. »Hast du noch mehr gefunden?«, fiel sie über mich her und ich sah mich kurzerhand im Flur um. Ich war allein. »Gefunden kann man nicht gerade sagen. Vielmehr herausgefunden, denn irgendetwas ist merkwürdig. Die Tür, wo ich den Schmuck gefunden habe, ist verschlossen«, flüsterte ich.

»Verschlossen?«

»Ja, was seltsam ist.«

»Hast du eine Ahnung, wo ein Schlüssel dafür sein könnte?«, wollte meine Freundin wissen und ich schüttelte den Kopf. »Alle Schlüssel, die ich bekommen habe, habe ich bereits benutzt und ich weiß, dass keiner für diese Tür hier bestimmt ist. Deshalb ist es ja auch so seltsam, dass sie erst offen war.«

»Tja, da hat wohl jemand etwas zu verbergen«, sinnierte Marleen am anderen Ende des Hörers.

»Oder an dem Tag, an dem ich den Schmuck gefunden hatte, einfach nur nicht daran gedacht abzuschließen«, überlegte ich. »Na ja, wie dem auch sei. Hier gibt es jedenfalls nichts mehr zu gucken.«

»Dann knöpf dir die anderen Zimmer vor.«

Ich lachte leise und marschierte wieder nach oben. »Ich werde aufmerksam sein, in Ordnung? Reicht dir das?«

»Nicht ganz, aber gut. Halt mich auf dem Laufenden«, befahl sie mir noch, bevor ich auflegte. Gerade wollte ich mich in die Küche begeben und auf mein Tablet schauen, da wurde hinter mir die Haustür aufgemacht und Ethan kam herein. »Guten Morgen«, sagte er, und irgendwie schien er ein wenig überrascht, mich zu sehen.

»Morgen«, antwortete ich und fühlte mich mit einem Mal wieder ertappt. Ich schob es auf die eingegangenen Pflanzen, die ich vor seinen Blicken gerettet hatte.

»Ich habe nur etwas im Büro liegen gelassen«, erklärte er und machte sich auf den Weg zur Treppe. Kurz darauf kam er zurück. »Ach, bevor ich es vergesse, Louisa. Ich brauche heute Nachmittag noch einmal deine Hilfe.«

»Wobei denn?«

»Es gibt ein paar liegen gebliebene Akten, die sortiert werden müssten.«

»Oh«, entfuhr es mir und meine Finger wurden kribbelig. Hieß das etwa, ich durfte in sein Büro gehen? Allein? Vielleicht würde ich mich etwas umsehen können und einen Hinweis auf den Schmuck erhaschen. »Ich kann direkt anfangen, wenn du das möchtest.«

»Nein, nein«, winkte er ab. »Ist nicht eilig. Heute Nachmittag, wenn ich wieder zu Hause bin, reicht vollkommen aus.« Er lächelte knapp und sein Blick blieb ein bisschen länger auf mir haften, als dass es sich normal anfühlte. Also nickte ich und spürte eine gewisse Vorfreude, wenn ich daran dachte, wieder mit ihm gemeinsam arbeiten zu können. »Okay, alles klar. Ich helfe gerne.«

»Gut, dann bis später.« Kurz darauf verschwand er aus dem Haus. Ich sah ihm nach und überlegte. In mir breitete sich ein merkwürdiges Gefühl aus. Warum musste er unbedingt dabei sein, wenn ich doch jetzt Zeit hatte, seine Akten zu sortieren? War das so kompliziert, dass ich es nicht allein hinbekommen könnte? Oder hatte er vielleicht doch etwas zu verbergen?

Kapitel 25

Es war ein Hin und Her in meinem Kopf. Mir ging die Sache mit der verschlossenen Tür nicht aus dem Sinn. Und als Ethan sich so merkwürdig verhalten hatte, nachdem ich ihm vorgeschlagen hatte, die Akten sofort zu sortieren, war ich erst recht stutzig geworden. Aber all meine Vermutungen und Grübeleien zerschlugen sich, als ich nichts Auffälliges mehr in seinem Haus finden konnte. Ich hatte die Räume mit meinen Augen gescannt. Hier und da genauer hingesehen und vielleicht auch unauffällig die eine oder andere Schublade im Wohn- und Esszimmer geöffnet. Aber nichts. Die ganze Idee, dass Ethan etwas mit den Überfällen zu tun haben könnte, war so dämlich wie mein Verhalten selbst. Also versuchte ich, alle Überlegungen so gut es ging beiseitezuschieben, als Ethan schließlich nach Hause kam. Er rauschte ins Haus und strahlte mich merkwürdig an, während ich einen Korb voller Wäsche durch die Villa balancierte.

»Lass die Wäsche stehen und komm bitte ins Büro«, rief er mir entgegen und lief die Treppe zwei Stufen auf einmal nehmend nach oben. Ehe ich etwas antworten konnte, stellte ich den Korb ab und folgte ihm. In seinem Büro schaute ich mich skeptisch um, konnte aber auf den ersten Blick nichts Verräterisches entdecken.

Schluss jetzt, schallt ich mich innerlich für meine Hirngespinste.

»Ist alles in Ordnung?«, hakte ich vorsichtig nach, weil ich sein strahlendes Lächeln eher angsteinjagend fand. Hatte ich ihn überhaupt schon einmal so fröhlich erlebt?

Er ließ sich auf seinen Bürostuhl sinken und deutete auf den Platz vor seinem Schreibtisch. »Setz dich, Louisa.«

Ich tat, wie mir geheißen, und setzte mich auf die äußerste Kante des Stuhls. Ich beobachtete, wie er neben sich eine Schublade öffnete und eine Flasche Sekt zutage förderte. Ich gluckste überrascht auf. »Darf ich fragen, wo du den Sekt herhast? Hast du den etwa in deinem Schreibtisch gelagert?«

Ethan lachte, drehte sich mit dem Stuhl in Richtung Kommode hinter sich und angelte nach zwei Gläsern aus einer der Schranktüren.

»Man muss immer vorbereitet sein, falls es etwas zu feiern gibt«, erklärte er fröhlich und schenkte beide Gläser halbvoll ein.

»Und dieser Moment ist jetzt?«

Er nickte ausladend und reichte mir ein Glas, welches ich verwirrt entgegennahm.

»Louisa, du bist ein Genie!«

»Bin ich?«

»Bist du.«

»Warum?«

»Das fragst du noch?«

»Na ja, schon. Weil ich das ehrlich gesagt nicht sehr oft höre«, gestand ich.

»Der Käufer, Mr Pilgram, hat angebissen! Der, für den wir die *Bradsecure-App* ausgebaut haben.«

Ungläubig riss ich die Augen auf. »Ach wirklich? Das ist ja großartig!«, jubelte auch ich jetzt und spürte eine enorme Freude in mir aufsteigen.

»Natürlich ist es das! Ich hatte deine Ideen genauso vorgestellt, wie du sie mir ausgeführt hast, und er war begeistert davon. Es war genau das, was er sich gedacht hatte. Wir haben mit diesem Kunden einen richtig dicken Fisch an Land gezogen, und das nur durch deine Hilfe. Das war wirklich gut, Louisa«, setzte er noch hinzu und hielt mir prostend das Glas entgegen. »Ich hoffe, du hast heute Abend noch nichts vor, denn das sollten wir auf jeden Fall feiern.«

Etwa eine Stunde und zwei Gläser Sekt später, saßen wir auf Ethans Terrasse und stießen noch einmal auf diesen großartigen Erfolg an. Ich musste zugeben, dass ich mich schon ein klein wenig beschwipst fühlte, aber in diesem Moment war es mir tatsächlich egal. Immerhin hatte Ethan mir den Sekt mehr oder weniger aufgedrängt und geschmeckt hatte er auch noch. Irgendwann war es dann seine Idee gewesen, die Räumlichkeiten zu wechseln, weshalb wir uns draußen an den Tisch setzten und auf den traumhaft schönen Garten blickten. Die Sonne schien und es war angenehm warm. Zudem hatte ich inzwischen nicht mehr das Gefühl, dass ich mich mit meinem Boss unterhielt, sondern vielmehr mit einem Freund. Er wirkte so unbeschwert und heiter und brachte mich immer wieder zum Lachen. Als er dann über einen Vorfall auf seiner Arbeit erzählte, bei dem es darum ging, dass er zwei seiner Mitarbeiter im Kopierraum bei einem Techtelmechtel erwischt hatte, begann sich ein seltsames Gefühl in mir breitzumachen. Eines, das ich nicht kannte, das sich aber unglaublich gut anfühlte.

»Ich bin einfach reingegangen und habe erst gar nicht verstanden, was die beiden da gemacht haben«, lachte er. Ich hielt kichernd die Hände vor meine Augen. »Oh Gott, das muss doch so unangenehm gewesen sein, oder?«

»Eher für die beiden als für mich. Denn schließlich hat sie sich so erschreckt, dass sie direkt vom Kopierer gefallen ist.«

Ich prustete vor Lachen und schüttelte den Kopf.

»Diesen Arbeitstag werden die beiden sicherlich nicht so schnell vergessen. Hast du sie rausgeschmissen?«

Ethan verzog schelmisch den Mund. »Hältst du mich für so gemein? Natürlich habe ich sie nicht gefeuert. Ich habe ihnen erklärt, dass diese Sache unter uns bleibt – deshalb darf ich dir auch keine Namen nennen – und dass sie sich nächstes Mal einen anderen Platz suchen sollten.«

»Das war ja sehr kollegial von dir«, pflichtete ich ihm bei.

»Die beiden wollten ein bisschen Spaß haben und wenn sich dadurch ihre Arbeitsmotivation steigert, warum nicht?«, scherzte er und wieder musste ich prusten. Dennoch entging mir nicht, wie mir die Röte ins Gesicht stieg. Es war merkwürdig, mit meinem Boss über Sex am Arbeitsplatz zu sprechen, vor allem, weil er mich mit diesem unwiderstehlich schiefen Lächeln anblickte. Er lehnte sich in seinem Stuhl zurück und ich betrachtete ihn einen Moment. Er wirkte so locker, so gelöst mit seinem leicht geöffneten Hemd und seinen Haaren, die vom lauen Wind nicht so akkurat lagen wie sonst. Es war einfach schön ihn anzusehen.

»Vielleicht merkst du dir diesen Benefit für die nächsten Einstellungsgespräche«, schlug ich dann heiter vor. Ethan schaute nachdenklich in den Garten. »Wie formuliere ich das am besten? Ein Raum zum Dampfablassen, für eine bessere Arbeitsatmosphäre?«

Ich kicherte. »Dampfablassen hört sich so an, als könne jeder dieses Zimmer nutzen. Auch allein, verstehst du?«

Ethan sah mich an und schmunzelte verschmitzt. »Aber es hat ja nicht jeder einen Partner zum Dampfablassen.«

»Guter Einwand«, sagte ich und trank nachdenklich einen Schluck. Dann lachte ich laut auf, weil mir eine gute Idee kam. »Du könntest am Anfang eine App zur Verfügung stellen. Ähnlich wie Tinder. Nur mit allen Single-Mitarbeitern und dann kann man sich dort einen Partner für gewisse Momente aussuchen.«

»Wieder so eine großartige Idee, Louisa. Du solltest wirklich überlegen, ob du nicht als App-Entwicklerin irgendwo einsteigen solltest. Vorzugsweise bei *Bradford-Security*.« Er lachte und beobachtete mich über den Rand seines Glases hinweg.

»Keine Chance. Nichts für Ungut, aber diese Art von Arbeit ist nichts für mich. Ich hatte dir ja erzählt, was ich gerne machen würde.«

»Und das finde ich nach wie vor beeindruckend«, pflichtete er mir prostend bei. Nachdem er auf seine Uhr schaute, lehnte er sich in seinem Stuhl zurück und verschränkte die Arme hinter dem Kopf. Meine Augen wanderten unwillkürlich auf seine Brust, die durch sein graues Hemd stark zum Vorschein kam. Hastig riss ich den Blick davon los und setzte mich ein wenig bequemer hin.

»Ist schon ganz schön spät geworden. Was hältst du davon, wenn ich uns eine Pizza bestelle?«

»Du bestellst Pizza?«, hakte ich ungläubig nach.

»Was denkst du denn? Dass ich mich nur von Kaviar und Weinbergschnecken ernähre?«

»Nein«, lachte ich, »aber ich bin deine Angestellte. Du müsstest mich eigentlich dazu verdonnern, dass ich etwas zu essen mache. Oder Rosita anrufen, dass sie etwas kocht.«

Nachdenklich verzog Ethan den Mund. »Du hast vollkommen recht. Kannst du denn überhaupt kochen?«

Ich lehnte mich auf meinem Stuhl nach vorne und sah ihn forsch an. »Wieso glauben eigentlich alle, dass ich das nicht kann?«

»Wer glaubt das denn noch?«

Ich prustete und trank noch einen Schluck Sekt. »Meine Mum. Sie denkt ohnehin, dass ich nichts kann.«

»Ich denke schon, dass du viele Talente hast«, gab er mit einem verschmitzten Lächeln zu. »Und von deinen Kochkünsten lasse ich mich gerne überzeugen.«

»Gut, das ist die Antwort, auf die ich gehofft habe. Du wirst dich noch wundern, wie gut ich wirklich was zu essen zaubern kann«, gab ich von mir, erhob mich mit meinem Glas und verschwand hastig in der Küche.

Kapitel 26

»Wahnsinn, Louisa. Du kannst wirklich ausgezeichnet kochen. Noch so ein Talent«, staunte Ethan, nachdem er seinen leeren Teller von sich schob. Ich grinste zufrieden, denn auch ich war ganz schön überrascht gewesen, wie gut mir das Rindersteak gelungen war. Ich hatte mir alle Sachen, die ich in der Vorratskammer finden konnte, gegriffen und ein herrliches Steak mit Rosmaringewürz zubereitet. Dazu gab es einen kleinen Salat mit Fetakäse und Nudeln, die ich in einer selbstgemachten Pesto Sauce zubereitet hatte. Vielleicht nicht alles aufeinander abgestimmt, aber superlecker. Wir hatten auf der Terrasse zu Abend gegessen und dazu eine Flasche leckeren Weißwein getrunken. Die Sonne verschwand allmählich und machte Platz für den bevorstehenden Abend. Gerade wollte ich einen Schluck aus meinem Glas trinken, da spürte ich ein leichtes Frösteln. Ethan schien das zu bemerken, denn er blickte mich fragend über den Tisch hinweg an.

»Ist dir kalt?«

»Jetzt, wo die Sonne sich langsam verabschiedet, schon ein bisschen. Aber ist nicht schlimm. Ich sollte mich ohnehin allmählich auf den Weg machen.«

»Du möchtest schon gehen?«

»Na ja, morgen muss ich wieder früh raus. Ich habe einen Job, musst du wissen«, scherzte ich.

»Das ist schade«, seufzte Ethan. »Dann kann ich dir ja gar nichts von meinem Spezialnachtisch anbieten.«

Ich verzog skeptisch das Gesicht. »Spezialnachtisch?«

»Du kannst vielleicht hervorragend kochen, aber in Sachen Desserts bin ich der wahre Meister«, brüstete er sich und erhob sich schwungvoll von seinem Stuhl.

Er reichte mir seine Hand, die ich vorsichtig ergriff, um mich von ihm in die Küche ziehen zu lassen. »Setz dich«, befahl er mir und deutete auf den Hocker vor dem Küchentresen. Langsam ließ ich mich darauf sinken und beobachtete, wie er mit ein paar geschickten Handgriffen etwas Schokoladiges zusammenmixte. Interessiert schielte ich zu ihm hinüber. Es gefiel mir, wie er sich bewegte, und noch mehr gefiel es mir, dass ich ihm dabei zusehen konnte, wie er sich außerhalb seines Jobs benahm. Ethan war überhaupt nicht mehr der zornige Typ, den ich anfangs kennengelernt hatte. Im Gegenteil. Er hatte Humor, war freundlich und zuvorkommend. Charmant und … heiß. Himmel, der Wein musste mir wirklich zu Kopf gestiegen sein, dachte ich und versuchte mich wieder zu besinnen. Ethan war mein Boss und ich seine Angestellte.

»Darf ich fragen, was das wird?«, hakte ich neugierig nach, während er die schokoladige Masse in zwei Förmchen goss und anschließend in den Ofen schob.

Er klatschte kurz in die Hände und sah mich stolz an. »Meine Spezialität: Warmer Schokoladenkuchen mit flüssigem Kern.«

»Oh mein Gott«, schwärmte ich schon jetzt. »Ich liebe Schokokuchen.«

Ethan kam lachend um den Tresen herum und setzte sich zu mir. »Willst du immer noch nach Hause?«

»Nicht, bevor ich diesen Kuchen verputzt habe.«

»Gute Entscheidung. Möchtest du noch ein kleines Gläschen?«

Ich schielte auf mein leeres Glas und nickte schließlich. »Warum nicht. Aber nur ein kleines.«

Ethan goss uns beiden nach und lächelte ungläubig, als könnte er noch immer nicht wahrhaben, dass der Tag heute so erfolgreich gewesen war. »Louisa, ich muss mich wirklich noch einmal bei dir bedanken. Du hast wahnsinnig gute Arbeit geleistet. Ich habe selten einen so begeisterten Kunden erlebt.«

Ich wurde rot und biss mir verlegen auf die Unterlippe. Von den ganzen Komplimenten, die Ethan mir an diesem Tag entgegengebracht hatte, wurde mir beinahe schwindelig.

»Ehrlich, Ethan. Das waren doch nur ein paar langweilige Ideen, sonst nichts.« Ich wiegelte das Ganze mit einer Hand ab.

»Sehr gute Ideen, die mir ein großes Projekt eingebracht haben. Wirklich, du solltest dich ruhig ein bisschen mehr darüber freuen. Du kannst stolz auf dich sein.«

»Vielleicht bin ich das sogar ein bisschen«, gab ich grinsend zu und reckte ein wenig das Kinn vor. Ethan musste lachen und schaute mich wieder so unwiderstehlich an. Dann raffte er sich auf und lief zum Backofen. Zum Glück, dachte ich, denn wenn er mich so ansah, wurde mir irgendwie anders. Aber auf eine angenehme Art.

Kurz darauf servierte er mir den wohl leckersten Schokoladenkuchen, den ich jemals gegessen hatte. Ich stöhnte genüsslich und schloss einen Moment die Augen. »Meine Güte, Ethan. Der ist wirklich lecker, da hast du nicht übertrieben.«

»Gut oder?«

»Das Rezept muss ich unbedingt haben!«

»Ist von meiner Oma«, erklärte er mit einem stolzen Lächeln.

»Dann musst du mir ihre Nummer geben«, kicherte ich und schob mir noch ein Stück Kuchen in den Mund.

Ethans Gesicht wurde ernst und er räusperte sich. »Besser nicht.«

Ich räusperte mich kurz. »Oh, entschuldige. Ich wollte nicht ... «

Er hob abwehrend eine Hand und versuchte unbeschwert dreinzuschauen, doch abkaufen konnte ich ihm das nicht. »Schon gut. Wir haben nur keinen so guten Kontakt mehr. Das ist alles.«

Ich nickte langsam. »Das tut mir sehr leid«, stammelte ich verlegen und aß meinen Kuchen. Als wir fertig waren, lehnte Ethan sich auf dem Hocker zurück und endlich sah sein Lächeln wieder unbeschwert aus. »Und? Bereust du es, dass du zum Nachtisch geblieben bist?«

»Keineswegs. Er war unglaublich.«

»Das freut mich«, sagte er dann leiser und seine Augen funkelten leicht. Irgendwas lag in der Luft und das war nicht nur der hinreißende Duft des Kuchens. Es war eine Spannung zwischen uns. Eine vertraute Spannung, die mir ein wenig unangenehm wurde. Vielleicht lag es auch daran, dass ich einfach nicht damit umgehen konnte, wenn mich ein gutaussehender Mann etwas eindringlicher ansah.

»Gut«, stotterte ich und schob mir ein paar Haare hinter die Ohren, »ich sollte mich nun wirklich auf den Weg machen. Immerhin muss ich morgen früh wieder arbeiten.«

Ethans Grinsen wurde breiter – sogar ein wenig amüsiert. Als ich mich erheben und vom Hocker gleiten lassen wollte, spürte ich jedoch, dass mich etwas am Fuß blockierte, und noch ehe ich verstand, was passierte, verlor ich das Gleichgewicht. Mit einem Ruck fiel ich nach vorn und spürte noch während des Falls, dass mich zwei Arme schlagartig festhielten.

»Hey, hey«, lachte Ethan und zog mich zu sich hoch. »Dass der Kuchen lecker war, weiß ich ja, aber dass er dich so vom Hocker haut, hätte ich nicht erwartet.«

Ich spürte die Hitze in meinen Wangen und hielt mich an seinen Schultern fest. Bis ich wieder klar denken konnte, brauchte ich einen Moment. Dann kicherte ich nervös. »Das tut mir total leid. Ich muss mit dem Fuß hängen geblieben sein«, faselte ich und schaute Ethan ins Gesicht. Erst jetzt bemerkte ich, wie nahe wir uns waren, und mein Herz machte einen Satz. Wir blickten uns an und ich atmete seinen Duft ein, den er schon bei der Benefizveranstaltung aufgetragen hatte. Sein Griff um meine Taille hatte sich verstärkt und plötzlich ging alles ganz schnell. Im Film wäre das der Moment in Zeitlupe gewesen, aber in echt wusste ich nicht einmal mehr, wer den ersten Schritt gemacht hatte. Nur wenige Sekunden später lagen unsere Lippen aufeinander und wir küssten uns. Ethans Lippen schmeckten süßlich nach Schokolade und fühlten sich an, als wären sie wie für meine gemacht. Ich spürte die Hitze seiner Hände durch den Stoff meines T-Shirts.

Meine Hände lagen fest auf seinen Schultern, die sich stark und muskulös anfühlten. Endlich konnte ich sie eingehender betasten. Der Kuss war langsam und vorsichtig. Und auch, wenn sich unsere Zungen nur kurz berührten, entfachte der Kuss ein Feuer in mir, das ich so noch nie gespürt hatte. Es war unglaublich. Wunderschön. Einmalig. Als wir vorsichtig voneinander abließen, lockerte sich auch sein Griff um meine Hüfte und ich nahm meine Hände von seinen Schultern. Mein Gesicht glühte und ich trat, als hätte ich mich an etwas Heißem verbrannt, einen Schritt zurück. Heiß war es tatsächlich gewesen. »Mein Gott, entschuldige«, murmelte ich und schaffte es nicht, ihn anzusehen.

»Schon okay«, antwortete Ethan und räusperte sich, aber er hörte sich nicht mehr so sorglos an wie noch vor wenigen Sekunden. Ich sah mich hektisch nach meiner Tasche um. »Ich ... ich sollte jetzt gehen. War echt lecker. Also der Kuchen. Der war lecker ... « Peinlich berührt sah ich auf den Boden, als würde ich nach etwas suchen, während Ethan sich nicht vom Fleck rührte.

Hastig wandte ich mich ab und flüchtete zur Tür. Dort angekommen, klopfte mir das Herz bis zum Hals, aber ich nahm all meinen Mut zusammen und schaute Ethan, der nun im Türrahmen zur Küche stand und mir hinterhersah, in die Augen. »Hör zu, wenn du mich feuern willst, dann kann ich das gut verstehen ... «

»Stopp!«, wandte Ethan eilig ein und hob eine Hand. »Ich werde dich nicht feuern, in Ordnung? Sagen wir, es war ein kleiner Ausrutscher.«

Ein wenig erleichtert ließ ich meine Schultern nach unten sacken. »Okay.« Ich griff nach dem Türknauf.

»Danke. Also dafür, dass du mich nicht feuerst. Tut mir wirklich leid.« Meine Güte, was redete ich denn da? War mein Hirn nun völlig vernebelt?

»Muss es nicht. Ist schon gut. Vergessen wir es einfach.« Er lächelte mir aufmunternd zu. »Soll ich dich nach Hause fahren? Es ist schon dunkel und recht spät.«

Nachdrücklich schüttelte ich den Kopf. »Nein, nicht nötig, danke. Ich glaube, ein kleiner Spaziergang tut mir ganz gut, und wenn ich mich beeile, bekomme ich noch meinen Bus. Bis morgen.«

»Bis morgen«, antwortete Ethan, während ich fluchtartig aus der Villa verschwand.

Kapitel 17

Die Nacht hatte ich in einem Mix aus Unruhe und Hysterie hinter mich gebracht. Ich hatte die ganze Zeit wachgelegen, bekam kein Auge zu und drehte beinahe durch bei dem Gedanken, dass ich meinen Boss geküsst hatte. Oder er mich. Wie auch immer. Wenn Mum davon erfahren würde, würde sie mir den Hals umdrehen und mich enterben. Der Gedanke an meine Mutter war der Grund, weshalb ich hysterisch wurde. Außerdem hatte ich unglaubliche Angst davor, Ethan am nächsten Tag zu begegnen. Was würde passieren, wenn wir uns wieder gegenüberstanden? Was hat sich zwischen uns geändert? Wie konnte es überhaupt so weit kommen? Es war zum Haare raufen. Konnte ich nicht einmal im Leben etwas richtig machen? Es hatte alles so super funktioniert. Ich hatte meinen Job gut gemacht, meine Bewerbung für meinen Studienplatz bestens vorbereitet und musste lediglich meine Zeit im mütterlichen Knast absitzen. Aber nein, meine Lippen mussten ein Eigenleben führen. Immer wieder überlegte ich, Marleen anzurufen und ihr zu erzählen, was passiert war, doch das Ganze laut auszusprechen, schien mir unerträglich. Dann würde ich mich mit gesprochenen Worten damit auseinandersetzen müssen und nicht nur in meinen Gedanken. Also beließ ich es erst einmal dabei und hoffte, dass Ethan und ich noch einmal darüber sprechen konnten, um die Sache wirklich beiseitezuschaffen. Ich könnte es auf den Wein schieben. Oder auf den blöden Hocker, in dessen Strebe sich mein Fuß verfangen hatte. Aber wer würde mir das glauben?

Nachdem ich mich eine beinahe endlose Nacht von einer Seite auf die andere gewälzt hatte, hatte ich es tatsächlich irgendwann geschafft, ein wenig Schlaf zu finden, wenn auch unruhig und nur kurz.

Mein Herz klopfte auf dem Weg zur Arbeit und ich fragte mich, wie lange ein Herz so etwas mitmachen konnte, bis es kollabierte. In der Villa angekommen, herrschte eine beruhigende Stille. Kurz stand ich mitten im Eingangsbereich da und horchte aufmerksam, aber ich konnte nichts hören. Also machte ich mich an die Arbeit. Ein schneller Blick auf mein Tablet zeigte mir keine Nachrichten an – auch nicht von Ethan. Ich machte mich daran, das Frühstück wie gewohnt für ihn vorzubereiten. Doch ich sah immer wieder zu der Stelle, an der er und ich uns noch vor wenigen Stunden geküsst hatten. Mein Magen zog sich leicht zusammen und ich erwischte mich dabei, wie ich vor mich hin schmunzelte, als ich an diesen Moment dachte. Daran, wie sich seine Lippen perfekt auf meine gelegt hatten. An seine Berührung. Das Kribbeln meiner Haut. Das Klopfen meines Herzens. Und wer weiß, vielleicht hatte es ihm ja auch gefallen? Konnte es sein, dass ich mir die ganze Zeit zu viele negative Gedanken über den Kuss gemacht hatte? Durfte ich mir vielleicht ein wenig Hoffnung machen? Mein Lächeln wurde breiter und an diesem Morgen gab ich mir besonders viel Mühe bei der Zubereitung seines Frühstücks.

Kurze Zeit später öffnete sich die Küchentür und Ethan trat herein. »Guten Morgen.«

Mein Herz stand einen Moment lang still und ich versuchte mich so neutral wie möglich zu geben. »Oh, guten Morgen.«

Mein Grinsen musste komplett aufgesetzt wirken und ich ermahnte mich, dass ich unbedingt vor dem Spiegel üben sollte, wie man neutral guckte. Ich war gespannt, ob Ethan etwas wegen dem gestrigen Abend sagen würde, doch er richtete nur seinen Hemdkragen und schaute auf den Küchentresen. »Würdest du mir bitte einen Kaffee hochbringen? Das Frühstück lasse ich heute ausfallen.«

In mir zerfiel etwas und ich versuchte nicht allzu enttäuscht auszusehen. »Natürlich. Ich bringe ihn dir gleich.« Den fertigen Teller mit seinem Frühstück schob ich unauffällig beiseite.

Zum Dank nickte Ethan und wandte sich zum Gehen. Doch kurz bevor er den Raum verließ, sah er mich noch einmal an. »Ach, Louisa?«

»Ja?«, quiekte ich und räusperte mich kurz.

»Ich habe einen Stapel mit Post auf die Kommode gelegt. Du müsstest diesen bitte dringend wegbringen, in Ordnung?«

»Na klar. Ich kümmere mich gleich nach deinem Kaffee darum«, gab ich angespannt zurück und beobachtete, wie er aus der Küche verschwand. Endlich konnte ich meinem Gesicht freie Bahn lassen und sah ihm mit einer Mischung aus Enttäuschung und Wut hinterher. Wie konnte er diesen atemberaubenden Kuss einfach

so beiseiteschieben? Enttäuscht blickte ich auf das
Frühstück meines Bosses und nahm mir eine Tomate
vom Teller, die ich genervt in den Mund stopfte. Vielleicht hatte ich mir wirklich falsche Hoffnungen gemacht, dachte ich und schüttelte den Kopf über mich
selbst und meine Naivität. Aber gut, wenn er so tun
konnte, als hätte es diesen Kuss niemals gegeben, dann
konnte ich das auch!

»Du hast nicht ernsthaft deinen Boss geküsst!«

Mit jedem Wort, das über ihre Lippen kam, sank ich
auf meinem Stuhl ein Stückchen tiefer.

Marleen sah mich eingehend an. Ich hatte ehrlich gesagt mit einer anderen Reaktion gerechnet, nämlich
damit, dass sie ganz verzückt schauen und sich für
mich freuen würde. Aber dass sie mich ansehen würde,
als wäre ich eine Verrückte, hatte ich nicht geahnt.

»Nun sag schon was«, forderte sie mich auf, als ich
stumm auf meiner Unterlippe knabberte.

»Was soll ich dazu sagen? Ja, es ist passiert und ja, es
war äußerst dämlich. Zumal mir Ethan deutlich gezeigt
hat, dass er kein Interesse an mir hat.«

»Natürlich hat er das nicht. Solche Männer nehmen
sich nur das, was sie gerade brauchen, und lassen die
Frauen dann einfach links liegen.«

»Und das weißt du, weil du regelmäßig diese Klatsch-
blätter liest?«, hakte ich skeptisch nach, doch Marleen
reagierte nicht darauf, erhob sich von ihrem Küchenstuhl und holte einen Rieseneisbecher aus dem Kühl-
fach und zwei Löffel aus der Schublade. Einen reichte
sie mir und stellte das Eis in die Mitte des Tisches. Das
mit dem Eis war eine Tradition zwischen uns, die schon
seit unserer Kindheit Bestand hatte. Immer wenn eine

von uns Probleme hatte, war Eis die beste Lösung. Ich schaufelte mir einen großen Löffel Schokoladeneis in den Mund. Auch Marleen nahm einen Löffel voll, als könnte sie das davon abhalten, mich zu schütteln. »Also wirklich, Lou. Ich habe dir ja einiges zugetraut, aber deinen Boss zu vernaschen ... «

»Es war nur ein Kuss«, fiel ich ihr ins Wort. »Und mehr nicht. Ein Kuss hat nichts mit vernaschen zu tun.«

»Und wie geht es nun weiter?«, fragte sie nach einer Weile. »Willst du immer noch hinter ihm her schnüffeln? Ich meine, der Typ könnte verdächtig sein. Du hast selbst gesagt, dass er sich merkwürdig verhält.«

»Ja, aber das heißt nicht automatisch, dass er Raubüberfälle begeht.«

Marleen zuckte mit den Achseln. »Das vielleicht nicht, aber trotzdem. Ich mag den Typen nicht.«

»Du kennst ihn nicht einmal.«

»Aber er hat dir wehgetan«, beharrte sie.

Fragend schob ich mir einen Löffel in den Mund. »Was meinst du damit?«

Marleen lehnte sich auf ihrem Stuhl zurück und verschränkte die Arme. »Dich hat es ganz schön erwischt und er tritt das mit Füßen.«

Einen Moment wurde es still und ich sah meine Freundin verwundert an, ehe ich ein Wort hervorbrachte. »Mich hat es erwischt? Wie meinst du das?«

Sie zog eine Augenbraue in die Höhe, als wüsste ich genau, was sie meinte. »Du bist in ihn verknallt.«

Ich lachte laut auf. »Verknallt? Du bist ja irre.«

»Ach ja? Nun hör mir mal zu«, begann sie und lehnte sich ein Stückchen über den Tisch. Seufzend ließ ich mich auf dem Stuhl in die Lehne sinken. Ich wusste, was nun kam. Eine lange Rede meiner besten Freundin, die der Meinung war, dass sie mich besser kannte als ich mich selbst.

»Du bist meine allerbeste Freundin und das schon seit Ewigkeiten. Ich weiß, wann du in einen Mann verknallt bist und wann nicht. Und ich weiß auch, dass du einen Mann nicht ohne Gefühle küssen würdest. Das passt einfach nicht zu dir. Dein Herz muss schon einen Tick schneller schlagen als normalerweise. Und außerdem sehe ich es in deinem Blick. Du bist enttäuscht und traurig, dass er dich heute so links hat liegen lassen. Das gehört sich nicht und allein deshalb mag ich ihn nicht. Wäre er ein richtiger Mann und nicht auf den Kopf gefallen, würde er dir hinterherlaufen wie ein sabbernder Hund.«

Ich kicherte. »Ich bin ganz froh, dass er es nicht tut. Könnte komisch aussehen.«

Marleen strafte mich mit einem ernsten Ausdruck und ich hob beschwichtigend die Hände. »Na schön. Vielleicht hast du ein klein wenig recht. Ja, er gefällt mir. Ich mag ihn. Mochte ihn. Ab heute definitiv nicht mehr.« Es tat weh, wenn ich an unsere erste Begegnung nach dem Kuss mit ihm dachte. Wir hatten ihn nicht ein einziges Mal erwähnt und Ethan tat so, als wäre nie etwas zwischen uns gewesen. Alles war wie zu Beginn unserer Zeit. Er war der Chef, ich seine Angestellte, die ihm hinterherräumte. Punkt. Und dabei hatte ich wirklich gedacht und auch ein wenig gehofft, dass er mich auch mögen würde. Dass ihm der Kuss so gut gefallen hatte wie mir. Nicht nur der Kuss. Der ganze gestrige Abend. Aber so behandelt zu werden, als wäre nichts passiert, tat unheimlich weh. Und es wurde nicht besser, je mehr ich darüber nachdachte.

Ich spielte mit dem Löffel am Rand des Eisbechers und seufzte. »Ich streiche das Ganze wohl besser aus meinen Gedanken.«

Marleen nickte, dieses Mal verständnisvoller. »Vielleicht ist es das Beste. Ich möchte nicht, dass du verletzt wirst. Und er hat dir schon wehgetan, bevor es überhaupt angefangen hat.«

Sie hatte recht. Noch war ich zu retten. Immerhin war ich ihm nicht verfallen, nur ein bisschen verknallt, wie Marleen es so schön auf den Punkt gebracht hatte. Es würde sicherlich nicht schwer sein, den Kuss ganz schnell wieder zu vergessen und die Schwärmerei für Ethan beiseitezuschieben.

»Ich mache einfach meine Arbeit, bis ich mich in der Uni eingeschrieben habe. Lange dauert es nicht mehr. Es sind nur noch ein paar Wochen, das bekomme ich schon hin.« Zuversichtlich lächelte ich und stopfte mir einen weiteren Löffel in den Mund. Blieb nur zu wünschen, dass ich mich nicht selbst belog. Schade auch, dass Ethan sich bereit erklärt hatte, mir ein Empfehlungsschreiben aufzusetzen. Darauf würde ich nun doch lieber verzichten.

Kapitel 28

Dafür, dass mein Boss und ich uns geküsst hatten, lief mein darauffolgender Arbeitstag gar nicht so übel. Immerhin war ich allein in der Villa und konnte meine Arbeit in Ruhe erledigen. Es machte mich traurig, dass ich Thomas schon eine ganze Weile nicht mehr gesehen hatte. Ethan versuchte ich bestmöglich aus dem Weg zu gehen und ihm nur zu begegnen, wenn er etwas von mir brauchte. Und die Aufgaben, bei denen ich ihm eventuell hätte begegnen können, schob ich so lange vor mir her, bis er außer Haus war. So wie an diesem Tag. Ethan hatte nach seinem Frühstück die Villa verlassen und mir nur mit einem freundlichen Nicken im Vorbeigehen erklärt, dass er einen wichtigen Termin hätte und den Tag über nicht zu Hause sein würde. Er wirkte abgehetzt und müde. So hatte ich ihn schon eine Weile nicht mehr gesehen. Am liebsten hätte ich ihn gefragt, was los war, aber es war besser, die Distanz zwischen uns zu wahren. Also nutzte ich meine Chance und bezog in seinem Schlafzimmer das Bett. Es war merkwürdig hier drin zu sein und als ich die Tür hinter mir schloss, fühlte ich mich wie ein Fremdkörper. Jemand, der nicht hier sein durfte. Ehrfürchtig schaute ich mich um. Der Raum war genauso, wie ich es mir vorgestellt hatte. Bei meiner ersten Tour durch die Villa hatte ich nur einen flüchtigen Blick hineingeworfen.

Ein großes, schweres Bett aus dunklem Holz, dazu die passenden Nachtschränke auf jeder Seite. Links neben mir befand sich eine Kommode, auf der ein paar Bilderrahmen standen. Meine Augen wanderten kurz über die Fotos. Sie zeigten Ethan als Kind, gemeinsam mit einem anderen Jungen, der vermutlich wenige Jahre jünger war als er. Vielleicht sein Bruder? Hatte Ethan einen Bruder? Ich wusste es nicht einmal. Wie konnte mein Herz für einen Menschen höherschlagen, über den ich eigentlich überhaupt nichts wusste? Schnell schaute ich zur Seite und marschierte zu seinem Bett. Ich wollte so wenig Zeit wie möglich in diesem Raum verbringen. Auf dem Nachtschrank parkte ich die frische Bettwäsche und schob den darauf stehenden Bilderrahmen beiseite. Dabei fiel mein Blick auf einen deutlich jüngeren Ethan, in seinem Arm ein großer schwarzer Labrador, der treu in die Kamera hechelte. Ich musste lächeln bei dem Gedanken, dass Ethan dieses Bild als Letztes sah, wenn er abends ins Bett ging. Vielleicht war es ein Hund aus Kindheitstagen? Wie gern hätte ich ihn danach gefragt. Kopfschüttelnd versuchte ich mich auf meine Aufgabe zu konzentrieren. Es brachte nichts, mir weiter Gedanken um einen Mann zu machen, der augenscheinlich kein Interesse an mir hatte. Doch es versetzte mir einen leichten Stich, wenn ich daran dachte, dass Ethan hier seine Nächte verbrachte und ich nicht mehr über ihn und sein Leben erfahren würde als das, was ich bisher von ihm mitbekommen hatte. Über einen Kuss würde es niemals hinausgehen. Auch wenn es dämlich war, aber der Gedanke, dass er mit anderen Frauen schon hier drin war, in diesem Bett mit ihnen geschlafen hatte, traf mich heftiger als erwartet. Und jetzt würde ich ebendieses Bett berühren. Die Laken, die Decken, alles, was er berührte. Ich fühlte mich wie ein Eindringling, aber es war nun mal meine Aufgabe, also musste ich über meinen Schatten springen. Meine Gefühle, die in diesem Moment deutlich spürbar waren, beiseiteschieben. Immerhin brauchte ich diesen Job und das Geld. Es würden nur noch ein paar Wochen sein, dann würde ich auf eigenen Beinen stehen. Endlich wieder. Und dafür würde ich alles tun. Und wenn ich mich dafür selbst belügen und mir einreden musste, dass meine Gefühle für Ethan doch nicht so stark waren.

Ich brachte das Bettenbeziehen schnell hinter mich und versuchte nicht großartig nachzudenken. Um alles möglichst so zu hinterlassen, wie ich es in seinem Zimmer vorgefunden hatte, schüttelte ich die Decke ordentlich auf und schnappte mir anschließend die schmutzige Bettwäsche, die ich auf dem Fußboden verteilt hatte. Dabei stieß ich allerdings gegen seinen Nachtschrank, von dem das Bild mit dem Hund mit einem dumpfen Knall zu Boden fiel. Erschrocken blickte ich mich um. »Mist!« Ich griff nach dem Bild und atmete erleichtert auf, als ich sah, dass es unversehrt war. Vorsichtig stellte ich es wieder auf den Nachttisch zurück. Dabei berührten meine Finger auf der Rückseite des Bildes etwas Metallisches. Neugierig wendete ich den Bilderrahmen und schluckte. Auf der Rückseite klebte ein Schlüssel. Meine Finger begannen leicht zu kribbeln und ich verspürte den Drang herauszufinden, was es mit ihm auf sich hatte. War es vielleicht der Schlüssel für die Kellertür, hinter der ich den Schmuck gefunden hatte? Hastig stellte ich das Bild zurück. Nein, so weit würde ich nicht gehen. Ich hatte mich schon schuldig gefühlt, als ich damals im Keller den Schmuck in der Hand gehalten hatte. Einfach den Schlüssel zu nehmen und damit auf Erkundungstour zu gehen, würde mein Gewissen nicht verkraften.

Ich umklammerte die Bettwäsche fest mit meinen Armen und verschwand mit wenigen Schritten aus dem Zimmer. Vermutlich war es das Beste, diesen Schlüssel schnellstmöglich zu vergessen. Um tunlichst viel Distanz zwischen meinen Fund und mich zu bringen, flüchtete ich geradezu in den Keller, um die Bettwäsche in die Waschmaschine zu stecken. Auf halbem Weg jedoch krachte ich beinahe mit Ethan zusammen, der mir auf der Treppe begegnete. »Ethan!«, quiekte ich überrascht und wich einen Schritt vor ihm zurück.

»Hallo, Louisa«, begrüßte er mich mit einem leichten Lächeln auf den Lippen und ich schmachtete ihn innerlich an.

»Du bist aber schnell unterwegs«, stellte er schließlich fest und musterte mich, wie ich noch immer seine Bettwäsche eng an mich gedrückt hielt. Ich folgte seinem Blick. »Ach, ich habe nur schnell die Wäsche in die Waschmaschine bringen wollen, bevor ich mich auf den Weg zur Post mache.«

Manchmal fand ich meine aus der Not heraus geborenen Lügen gar nicht schlecht.

»Gut, ich muss auch wieder weiter«, entgegnete er lediglich und streifte meine Hand kaum merklich, als er an mir vorbeizog. Wie verloren stand ich da und sah ihm hinterher, wie er hastig die Treppe hochlief und im ersten Stock verschwand. Kurz darauf machte ich mich auf den Weg zur Post und freute mich, ein wenig frische Luft tanken zu können. Als ich die Villa verließ, fiel mir Ethans Wagen auf, der in der Einfahrt stand. Eigentlich hätte es mich nicht weiter interessiert, doch es war dieser schwarze Koffer, der auf seinem Rücksitz lag und mir im Vorbeigehen ins Blickfeld geriet. Normalerweise war so ein Koffer bei einem schwerreichen Geschäftsmann nichts Unübliches, doch was mich stutzig werden ließ, war die Farbe. Ethan nutzte immer eine edle Laptoptasche aus hochwertigem hellbraunen Leder. Dieser Koffer hier wirkte altmodisch und war schwarz. Es war ganz sicher nicht sein Koffer. Ich drehte mich zur Villa um, doch Ethan war nirgends zu sehen. Also trat ich näher an das Auto heran und entdeckte zwei weitere Reisetaschen auf der Rückbank. Wollte Ethan vielleicht verreisen? Doch das hätte ich mitbekommen müssen, immerhin verwaltete ich seinen Kalender und war schließlich diejenige, die seine Termine buchte. Von einer Reise war nirgendwo etwas zu sehen gewesen. Um nicht zu auffällig herumzustehen, wandte ich mich ab und machte mich auf den Weg zur Post. Da es bis zur Poststelle nicht weit war, kehrte ich schon nach ein paar Minuten wieder zurück. Ethans Auto stand noch immer in der Einfahrt und meine Neugierde bewegte mich dazu, erneut im Vorbeigehen auf die Rückbank zu schauen. Doch die Reisetaschen und der Koffer waren verschwunden. Ich blinzelte einige Male und schaute noch einmal genauer hin. Die Rückbank war leer. Stutzig ging ich zurück zum Haus und machte mich direkt auf den Weg in die Küche, um auf mein Tablet zu sehen. Vielleicht hatte ich einen wichtigen Termin übersehen? Aber ich hatte mich nicht geirrt. Der Kalender zeigte nichts, was Ethan dazu hätte veranlassen können mit größerem Gepäck zu verreisen. Plötzlich hörte ich aus dem Eingangsbereich eine laute Stimme. Ethans Stimme. Er schien zu telefonieren, was mich eigentlich nicht weiter interessiert hätte, doch sein scharfer Tonfall ließ mich aufhorchen.

»Nein, sagte ich! Hörst du mir denn nicht zu? Ich mache das allein.«

Ich spitzte neugierig die Ohren und trat etwas näher an die Küchentür. Ich verbot mir sogar beinahe das Atmen, um möglichst unauffällig zu bleiben. Ethan schien mit jemandem zu streiten.

»Es ist mir egal, wie du das findest. Ich habe gesagt, dass ich es tun werde, also tue ich es auch. Und du hältst den Ball flach, verstanden?«

Als ich seine schnellen Schritte über den gefliesten Fußboden hallen hörte, entfernte ich mich rasch von der Tür und griff nach meinem Tablet, um möglichst beschäftigt auszusehen. Doch anstatt dass die Küchentür aufflog, fiel die Eingangstür ins Schloss und kurz darauf ertönte der Motor von Ethans Wagen. Ich rauschte aus der Küche, erhaschte einen Blick durch das kleine Fenster neben der Eingangstür und verfolgte, wie Ethan mit quietschenden Reifen die Einfahrt verließ. Es dauerte nur wenige Sekunden, ehe ich entschlossen die Stufen zu seinem Schlafzimmer hochstürmte. Noch bevor ich darüber nachdenken konnte, was ich eigentlich tat, hatte ich auch schon den Schlüssel in der Hand, der sich hinter dem Foto mit dem Hund befand. Um nicht zu viel Zeit zu verlieren, raste ich die Treppe wieder herunter und machte mich auf den Weg in den Keller. Vielleicht lag ich mit meinen Vermutungen falsch, aber irgendetwas ließ meine Alarmglocken schrillen. Ethan hatte was zu verheimlichen und ich war mir ziemlich sicher, dass es mit dem Schmuck, dem Kellerraum und den ominösen Koffern aus seinem Auto zu tun haben musste. Schließlich verhielt er sich merkwürdig, stritt am Telefon und das vermutlich nicht mit einem Kunden. Vielleicht ein Mitarbeiter aus der Firma? Aber was hatte das zu bedeuteten: *»Es ist mir egal, wie du das findest. Aber ich habe gesagt, dass ich es tun werde, also tue ich es auch. Und du hältst den Ball flach, verstanden?«*

Die vernünftige Stimme in meinem Kopf riet mir, die Sache auf sich beruhen zu lassen. Immerhin hatte ich eine lebhafte Fantasie und Ethans Telefonat hätte alles Mögliche bedeuten können. Außerdem ging mich sein Leben nichts an. Aber die Schnüffler-Stimme, die, die immer lauter war als die vernünftige, schrie mich geradezu an, dass ich endlich versuchen sollte, den Schlüssel ins Türschloss zu stecken. Also tat ich es. Wenn ich mich irrte, umso besser. Dann konnte ich in Ruhe weiter meiner Arbeit nachgehen und mich auf meine Zukunft konzentrieren. Und vermutlich irrte ich mich auch. Ethan konnte zwar geheimnisvoll und unnahbar wirken, aber einen Einbruch könnte er ganz sicher nicht begehen. Ich schob den Schlüssel ins Schloss und atmete einerseits erleichtert und andererseits bedauernd aus. Der Schlüssel passte. Innerlich betete ich, dass sich meine verrückten Vermutungen nicht bewahrheiten würden, und betrat vorsichtig die Abstellkammer. Neben mir betätigte ich den Lichtschalter und atmete erleichtert auf, als ich sah, dass der Raum sich nicht in eine illegale Geldwäscherei oder Ähnliches verwandelt hatte. Alles sah aus wie immer. Auch die Kartons standen unberührt in den Regalen. Meine Augen wanderten nach unten und plötzlich wurde mir ganz anders. Unter einem Regal blitzten die schwarzen Reisetaschen und der Koffer hervor. In der Hoffnung, es mir nur eingebildet zu haben, blinzelte ich, doch auch daraufhin lagen die Koffer noch da. Langsam schritt ich auf sie zu und wusste, dass ich hineinblicken musste. Ich griff nach einer Tasche und stellte mit einem ächzenden Geräusch fest, dass sie ziemlich schwer war und leise klimperte.

Mein Mund war wie ausgetrocknet und ich musste einige Male schlucken, bevor meine Finger nach dem Reisverschluss griffen und ihn quälend langsam aufzogen.

Kapitel 20

»Das ist gar nicht gut«, murmelte Marleen, als ich ihr von meinem Fund in Ethans Keller erzählt hatte. Wir saßen in ihrer kleinen Küche und tranken ein Bier. Sie hatte es mir direkt vor die Nase gehalten, nachdem ich ihr am Telefon atemlos mitgeteilt hatte, dass wir uns unbedingt sehen mussten.

»Du meinst also, dass das, was in den Taschen war ... « Marleen sprach den Satz gar nicht zu Ende aus, da nickte ich schon. »Vermutlich, ja. Ich denke, dass Ethan hinter den Einbrüchen steckt. Beide Taschen waren randvoll mit wertvollem Schmuck. Und entschuldige bitte, aber ich denke nicht, dass das sein persönliches Schmuckkästchen war. Niemand bewahrt so sündhaft teuren Schmuck in einer schwarzen Reisetasche auf und verwahrt ihn in einem abgeschlossenen Raum!«

»Wahnsinn, dann lagen wir also richtig«, stöhnte Marleen fassungslos und ließ sich ermattet auf den Küchenstuhl zurücksinken. Ich starrte hingegen auf meine Flasche und konnte noch immer nicht glauben, was ich da in Ethans Keller entdeckt hatte. Der Moment, als mir die leuchtenden Schmuckstücke entgegenfunkelten, die Panik, die mir durch den Körper fuhr, als ich die Tasche zitternd von mir gestoßen hatte.

»Und was war in dem Koffer?«, fragte Marleen. »Immerhin hattest du gesagt, dass du auf der Rückbank auch einen Koffer gesehen hattest.«

Ich schüttelte den Kopf. »Der war verschlossen. Aber ich nehme mal an, dass sich darin Ähnliches befand.«

»Unglaublich.«

Wir schwiegen einen Moment und hingen unseren Gedanken nach, bis Marleen das Schweigen wenig später durchbrach. »Und was machen wir jetzt?«

Fragend sah ich sie an. »Ich habe keine Ahnung.«

»Sollten wir zur Polizei gehen?«

Vermutlich hätte ich genau das tun sollen. Und gleichzeitig war es genau das, was ich absolut nicht wollte. Was, wenn Ethan unschuldig war und es sich nur um ein Missverständnis handelte? Aber wie missverständlich konnte der Schmuck in einem abgeschlossenen Kellerraum schon sein? Irgendetwas in mir wollte es einfach nicht wahrhaben. Ethan ein Krimineller? Einer, der Juweliere überfiel? Mein Herz schlug bei dem Gedanken schmerzhaft schneller. »Nein, ich werde nicht zur Polizei gehen. Klar ist das, was ich da unten im Keller entdeckt habe, mehr als verdächtig, aber noch nicht eindeutig. Vielleicht ist es nur ein Missverständnis.«

»Ach du meinst, es handelt sich vielleicht nur um ein paar Requisiten, die er für ein heimliches Theaterstück braucht?«, fragte Marleen sarkastisch.

»Nein, das nicht. Ach, ich weiß auch nicht«, murmelte ich. »Irgendwie will ich das einfach nicht glauben. Es könnte doch wirklich sein, dass wir uns nur täuschen und das alles nur dumme Zufälle sind. Stell dir vor, was wir lostreten würden, wenn wir ihn falsch beschuldigen.« *Und wie sauer Ethan auf mich wäre*, fügte ich gedanklich noch hinzu.

»Dann wären es aber sehr dumme Zufälle«, pflichtete mir Marleen bei und trank einen Schluck aus ihrer Flasche. »So oder so, ich glaube nicht, dass du das unkommentiert lassen solltest. Wenn du da einem Kriminellen auf der Spur bist, sollten doch gerade bei dir die Alarmglocken läuten, meinst du nicht auch? Immerhin willst du eines Tages bei der Polizei arbeiten«, rief sie mir ins Gedächtnis. »Dich für das Gesetz starkmachen. Die Verbrecher hinter Gitter bringen ... «

»Marleen, ich weiß«, unterbrach ich sie. »Immerhin liegt die Bewerbung für das Studium zu Hause auf meinem Schreibtisch! Aber ... «

»Du willst nicht, dass es wahr ist. Ich weiß. Du magst Ethan. Und du möchtest nicht, dass er in so eine Sache verwickelt ist.«

Ich nickte traurig. »Stimmt. Ich will es nicht.«

»Aber ich fürchte, dass er nicht unschuldig ist und allmählich fange ich an, mir Sorgen um dich zu machen, wenn du täglich bei ihm im Haus bist. Wer weiß, wozu der Mann fähig ist?«

Ich sah meine Freundin scharf an. »Jetzt halt aber mal den Ball flach. Ethan ist doch kein Killer oder so was.«

»Weißt du das?«

»Ja, immerhin wasche ich seine Wäsche und da klebte bisher noch kein Blut dran.«

Marleen kicherte und schließlich musste auch ich lachen. »Ist das nicht alles irgendwie total verrückt?«

»Du sagst es«, antwortete ich. »Eben noch reinige ich sein Haus und plötzlich habe ich das Gefühl, etwas ganz Großem auf der Spur zu sein.«

»Was wirst du jetzt tun? Kündigen?«, fragte Marleen irgendwann, nachdem mir mein Lächeln wieder vergangen war.

»Wenn ich das wüsste. Aber nein, kündigen kann ich auf keinen Fall. Mum würde den Grund wissen wollen«, murmelte ich und starrte auf meine Bierflasche, aus der ich bisher kaum einen Schluck getrunken hatte. »Ich werde noch ein paar Tage abwarten, ehe ich mich in irgendetwas stürze, das vielleicht gar nicht da ist. Verstehst du? Immerhin steht hier auch mein Job auf dem Spiel. Stell dir mal vor, ich gehe zur Polizei und verpfeife Ethan. Und dann stellt sich heraus, dass er gar nichts damit zu tun hat. Und das Donnerwetter, das mich bei meiner Mum erwarten würde, wäre verheerend.«

Marleen nickte schließlich und stimmte mir zu. »Deine Mutter würde ausflippen.«

»Genauso ist es. Bevor ich voreilige Schlüsse ziehe, sollte ich mich lieber noch einmal vergewissern, ob Ethan nicht doch heimlich irgendwo Theater spielt.«

So zu tun, als wäre alles normal, war mir noch nie leichtgefallen. Was war schon normal? Die Beziehung zwischen meiner Mum und mir jedenfalls nicht und wie mein Leben verlief, war auch nicht unbedingt das Gelbe vom Ei. Aber als am nächsten Tag Thomas auf mich zukam, während ich gerade die Blumen auf der Terrasse bewässerte, erschrak ich so heftig, dass ich wie eine wild gewordene Katze ausgesehen haben muss.

»Hey, hey! Welche Laus ist dir denn über die Leber gelaufen?«, lachte Thomas und blieb in der Terrassentür stehen.

Ich hielt mir mein Herz und stellte die Gießkanne ab, dessen Inhalt ich mir dummerweise über die Schuhe gekippt hatte.

»Ach, ich war nur in Gedanken«, sagte ich und atmete laut aus.

Thomas gluckste lachend und verschränkte die Arme vor der Brust. »Das habe ich gemerkt. Eigentlich bin ich nur hier, um dir zu sagen, dass ich für zwei Tage verreisen werde.«

Fragend schaute ich ihn an. »Ach wirklich? Wohin geht's denn?«
»Ein Geschäftstermin.«

»Und Ethan?«, hakte ich beiläufig nach und nestelte nebenbei an einer Rose herum, deren Kopf traurig nach unten hing.

»Der kommt natürlich mit. Du kannst also heute früher Feierabend machen, soll ich dir ausrichten.«

»Sollst du mir ausrichten, okay.« Ich versuchte ganz normal zu lächeln und so zu tun, als wäre das eine schöne Sache. Leider hieß es für mich, bei meiner Mutter im Haus zu hocken und ihr Gemecker über mich ergehen lassen zu müssen. Und auch, dass Ethan es mir nicht persönlich mitgeteilt hatte, traf mich mehr, als ich zugeben wollte. »Das klingt super. Ich mache hier nur noch meine nötigsten Sachen fertig und dann verschwinde ich.«

Thomas nickte. »Super, wir sehen uns dann in zwei Tagen wieder. Ach, und morgen musst du auch nicht kommen. Es ist ja niemand da und Ethan meinte, dass du dir einen Tag freinehmen sollst. Verdienterweise«, fügte Thomas augenzwinkernd hinzu.

»Super«, brachte ich gepresst hervor und bemühte mich um ein heiteres Lachen. »Dann habt eine gute Reise und richte ihm meinen Dank aus«, fügte ich ein wenig spitz hinzu, sodass Thomas mich mit einem Stirnrunzeln ansah. »Alles in Ordnung zwischen euch?«

Ich nickte etwas zu eilig. »Natürlich. Alles bestens.«

Thomas schien mir kein Wort zu glauben, denn sein schiefes Lächeln bewies das Gegenteil. »Dann ist ja gut. Dir einen schönen freien Tag und wenn ich dir einen Tipp geben darf«, sagte er ein wenig leiser und schaute sich um, um sicher zu gehen, dass wir allein waren, »du solltest aufhören, unserem Boss so sehr den Kopf zu verdrehen.« Er schmunzelte und mir schien sämtliche Gesichtsfarbe zu entweichen. Doch ehe ich antworten konnte, wandte er sich ab und ging beschwingt ins Haus. Was hatte das denn zu bedeuten? Hatte Ethan ihm etwa von dem Kuss erzählt? Das konnte ich mir kaum vorstellen. Immerhin redete er noch nicht einmal mit mir darüber. Im Gegenteil: Er tat so, als wäre es niemals passiert! Diese ganzen Fragen würden meinen Schädel eines Tages noch zum Explodieren bringen und irgendwie war ich froh, dass ich mir den Rest des Tages freinehmen konnte. Mum musste davon ja nichts wissen und ich könnte mir die Zeit ein wenig beim Bummeln durch die Stadt vertreiben. Diese Idee erschien mir als die Beste, die ich seit Langem hatte. Also goss ich die Blumen zu Ende, schnappte mir meine Tasche und verschwand eine halbe Stunde später aus dem Haus.

Die Sonne knallte an diesem Tag ordentlich und ich durchstöberte die Läden von Soulfield, wie ich es seit Ewigkeiten nicht mehr getan hatte. Meine erste Station war ein Buchladen, in dem ich mir einen neuen Krimi zulegte, den ich anschließend in einem Café bei einem selbstgemachten Eistee zu lesen begann. Kurz darauf machte ich noch einen gemütlichen Spaziergang durch den Stadtpark und genoss das Leben um mich herum. Mit einer Sonnenbrille auf der Nase und meinem neuen Buch setzte ich mich auf eine der Bänke und beobachtete in aller Seelenruhe das Treiben. Für einen Moment konnte ich abschalten und dem Alltag entfliehen. In meiner Unizeit hatte ich mir solche Auszeiten von dem Lernstress und meinen Mitstudenten im Wohnheim häufiger genommen und dadurch immer gut zur Ruhe kommen können. Heute war es ein wenig anders, denn immer wieder musste ich an den Mann denken, der es mir laut meiner besten Freundin ziemlich angetan hatte. Um nicht wieder meinen Zweifeln zu verfallen, verbannte ich meine Gedanken ins Nirwana und vertiefte mich in mein Buch. Als es schließlich auf den Abend zuging und ich mich noch in einigen Modegeschäften ausgetobt und mir zwei neue Jeanshosen geleistet hatte, wollte ich kurz auf mein Smartphone schauen, welches ich den ganzen Nachmittag absichtlich nicht herausgeholt hatte. Doch als ich meine Tasche danach durchwühlte, wurde mir bewusst, dass ich es gar nicht bei mir hatte. »Mist«, murmelte ich, als mir einfiel, dass es noch in der Villa liegen musste. Ich hatte es auf dem Küchentresen liegen gelassen. Seufzend blickte ich mich auf dem Bürgersteig um. Mein Handy zu holen würde bedeuten, dass ich einen

Riesenumweg machen müsste, aber es half nichts. Bis übermorgen würde ich nicht warten wollen, also entschied ich mich, es noch schnell zu holen. Zuhause erwartete mich ohnehin nur eine mürrische Mutter, also konnte ich mir auch Zeit lassen.

Etwa zwanzig Minuten später war es bereits dunkel und ich hastete die Einfahrt zur Villa entlang. Dort angekommen wunderte ich mich allerdings, dass die Tür nicht verschlossen war. Kopfschüttelnd über diese Fahrlässigkeit trat ich leise ein. Obwohl ich wusste, dass ich allein im Haus war, fühlte ich mich ein wenig wie ein Eindringling, also beschloss ich, hastig in die Küche zu huschen und mein Handy zu schnappen. Ich würde in weniger als dreißig Sekunden wieder draußen sein. Gerade als ich die Tür zur Küche öffnen wollte, erhellte sich das oberste Stockwerk und eine Tür wurde geschlossen. Wie ein aufgescheuchtes Huhn glitt ich durch die Tür und presste mich mit dem Rücken dagegen. Wer war hier bitte im Haus? Es hieß doch, dass Ethan und Thomas gemeinsam auf Geschäftsreise wären. Mit angehaltenem Atem lauschte ich und hörte die vertrauten Schritte von Ethans Schuhen auf der Treppe. Als ich seine Stimme hörte, atmete ich erleichtert aus. Also doch kein Einbrecher. Der einzige Einbrecher war ich. Gerade wollte ich mich erkennbar machen, nicht, dass er dachte, dass ich hier umhergeisterte, wenn er nicht im Haus war, doch da hörte ich wieder seine Stimme und wusste sofort, dass er telefonierte. Vermutlich mit derselben Person wie gestern, denn er klang so angespannt wie beim letzten Telefonat. »Ein letztes Mal: ich mache das allein! ... Ja, ich habe alles … Natürlich weiß ich, wo … Dieser Schuppen hinter dem Tätowierer … Es ist alles abgemacht, keine Sorge … Ja, natürlich habe ich daran gedacht. Sie werden nichts merken.« Dann das Knallen einer Tür und wenige Sekunden später ein startender Motor. Mein Herz schlug mir bis zum Hals. Was zum Teufel war hier los? Ich konnte gar nicht genau erklären, was eigentlich in mich gefahren war, aber in dem Moment fackelte ich nicht lang, schnappte mir mein Smartphone und verließ im Laufschritt das Haus.

»Sei bloß vorsichtig! Soll ich nicht doch zu dir kommen?«, wimmerte meine beste Freundin am anderen Ende des Telefons. Ich schüttelte entschieden mit dem Kopf. »Nein, keine Sorge, mir passiert schon nichts. Ich sitze in Mums Auto und starre eine alte Kneipe an«, erklärte ich ihr und lehnte mich auf dem Fahrersitz leicht zurück.

»Hat deine Mutter keine Fragen gestellt?«, hakte Marleen nach.

»Ich habe ihr gesagt, dass ich zu dir fahren will und ihr Auto brauche. Sie hat nicht weiter nachgehakt, weil sie über einem Haufen Papiere hing. Dann ist sie ohnehin nicht ansprechbar.« Nachdem Ethan das Haus verlassen hatte, war ich schnellstmöglich nach Hause gestürmt und hatte mir das Auto geschnappt. Ich war froh, dass ich den Tätowierer in Soulfield kannte und daher wusste ich auch, welche Bar Ethan am Telefon gemeint hatte.

»Und was passiert gerade?«, fragte Marleen interessiert und ich konnte mir lebhaft vorstellen, wie sie am Handy hing, die Augen weit aufgerissen vor lauter Auf-

regung. Ich beobachtete währenddessen den Hintereingang der Kneipe. Die Gegend in Soulfield war nicht
die schönste, und die unmöglichsten Menschen trieben
sich hier um, aber im Auto fühlte ich mich halbwegs sicher. Über der Hintertür flimmerte ein neonfarbenes
Schild, dessen Name kaum noch lesbar war, da nur
noch drei von sieben Buchstaben leuchteten. Auf dem
Schotterparkplatz standen wenige Autos und eine
streunende Katze lungerte auf einer der Motorhauben
herum. Ein einzelnes Fenster neben der Hintertür war
mit einem Gitter verriegelt und erinnerte an ein Gefängnis. Ich fragte mich, was Ethan hier wollte. Nicht
einmal sein Auto, was ich etwas abseits hatte stehen sehen, passte hierher. Immer mehr erhärtete sich der
Verdacht, dass Ethan etwas mit den Überfällen zu tun
haben musste, und allmählich gingen mir die Argumente für mögliche Zufälle aus.

»Es ist ruhig. Ethans Auto ist leer, daher vermute ich
mal, dass er da drin ist.«

»Und was hast du vor, wenn er wieder rauskommt?«

Ich seufzte schwer. »Um ehrlich zu sein, habe ich
keine Ahnung. Weiß auch nicht, vielleicht wollte ich
nur sehen, was er hier treibt. Immerhin hatte Thomas
mir gesagt, dass er auf Geschäftsreise ist. Es war, als ob
sie mich geradezu loswerden wollten, und als ich mein
Handy geholt und gesehen habe, dass er doch zu Hause
ist, kam mir das merkwürdig vor. Auch das Telefonat,
was er geführt hat. Ich mache das allein ... es ist alles
abgemacht ... was soll das bedeuten?«

»Dass er in großen Schwierigkeiten steckt. Und du übrigens auch, wenn du dich erwischen lässt.«

»Tue ich ja nicht«, beruhigte ich Marleen. »Vielleicht sollte ich mal durch das Fenster schauen und … «

»Auf gar keinen Fall! Das lässt du schön bleiben!«, rief meine Freundin aufgebracht in den Hörer. »Du bleibst gefälligst im Auto sitzen und verriegelst die Türen.«

»Ist ja gut, ist ja gut«, versicherte ich ihr. »Ich bleibe, wo ich bin.«

»Das will ich auch hoffen. Schlimm genug, dass du dich allein so in Gefahr begibst.«

»Ich schwebe doch nicht in Gefahr«, lachte ich und stellte mir Marleens besorgtes Gesicht vor. »Beruhige dich wieder. Ich warte einfach hier und will sehen, was Ethan macht, wenn er wieder rauskommt. Deshalb lege ich jetzt auch besser auf. Wer weiß, vielleicht sitze ich noch ein paar Stunden hier, weil er sich da drin volllaufen lässt«, spekulierte ich.

»Mag sein. Pass bitte auf dich auf und halte mich auf dem Laufenden«, bat sie mich.

»Natürlich, das mache ich. Bis dann erst mal.« Ich legte auf und verstaute mein Smartphone in der Mittelkonsole. Ausatmend kuschelte ich mich in den Sitz und schaute auf die Hintertür, die still dalag.

Als ich beinahe sämtliche Fingernägel abgeknibbelt hatte und die Aussicht, dass hier irgendetwas Spannendes passierte, bereits halb aufgab, öffnete sich plötzlich die Tür. Mit angehaltenem Atem ließ ich mich noch tiefer in den Sitz sinken und beobachtete, wie ein schwarz gekleideter Mann hinaustrat und sich eine Zigarette anzündete. Definitiv nicht Ethan. Die massige Statur, das Tuch, das er wie ein Rocker um den Kopf gebunden trug, und die schwarze Sonnenbrille, obwohl es dunkel war, deuteten eindeutig darauf hin, dass es nicht Ethan sein konnte.

Der Typ rauchte seine Zigarette beinahe in einem Zug, schielte zwischendrin immer wieder auf sein Smartphone und schaute sich verdächtig um. Meinen Rücken fest in den Sitz gedrückt, linste ich über das Lenkrad und wartete. Als er plötzlich genau in meine Richtung sah, zuckte ich erschrocken zusammen und hielt den Atem an. Hatte er mich etwa gesehen? Unmöglich aus dieser Entfernung, oder? Außerdem hatte ich mich so klein gemacht, dass er mich mit Sicherheit nicht sehen konnte. Kurz überlegte ich den Motor zu starten und wegzufahren, doch da steckte der Mann sein Handy in die Hosentasche, schmiss seine Kippe auf den Parkplatz und marschierte wieder durch die Tür. Erleichtert blies ich die angestaute Luft aus meinen Lungen und ließ mich in den Sitz fallen. Ich blieb eine Weile so sitzen und entspannte mich für wenige Sekunden, dabei stierte ich unverwandt geradeaus auf die Tür. Nichts tat sich. Plötzlich knallte es gegen meine Scheibe und ich schrie erschrocken auf. Als ich zur Seite blickte, traute ich im ersten Moment meinen Augen kaum.

Kapitel 30

»Louisa?«, hörte ich Ethans gedämpfte Stimme durch die Scheibe und bekam beinahe einen Herzinfarkt bei seinem erstaunten Gesicht. Nur langsam ließ ich die Scheibe runter und versuchte ein unbeschwertes Gesicht zu machen. »Hey, Ethan … was tust du denn hier?«

»Was ich hier tue? Verdammt noch mal, was um alles in der Welt tust du hier? Verfolgst du mich etwa?«

Sein aufgebrachter Blick ließ mich kurz innehalten, doch dann stieg ich aus dem Wagen.

»Ethan, es ist nicht so, wie es aussieht«, stammelte ich verlegen und wagte es kaum, ihm in die Augen zu sehen.

»Das sieht aber ziemlich merkwürdig aus. Warum stehst du hier vor der Kneipe und beobachtest den Hintereingang?«, fragte er erneut und funkelte mich wütend an. Mir fiel auf, dass er anders gekleidet war als sonst. Er trug kein schickes Hemd, keinen Anzug, sondern eine schwarze Jeans, einen Pullover und darüber eine schwarze Lederjacke. Auch seine Haare saßen nicht so akkurat wie gewohnt. So gefiel er mir eigentlich noch besser. Aber ich musste meine Schwärmerei in den Griff kriegen, denn Ethan sah ganz und gar nicht glücklich aus.

»Ich … ich habe mir Sorgen gemacht«, brachte ich schließlich hervor und Ethan sah mich an, als wären mir Hörner gewachsen. »Bitte was? Sorgen gemacht? Wovon sprichst du?«

»Davon, dass ich glaube, dass hier irgendwas läuft, was nicht ganz legal ist«, gab ich schließlich zu.

»Scheiße, Louisa, bist du vollkommen irre geworden? Meine Angelegenheiten gehen dich erstens nichts an und zweitens weißt du überhaupt, wie gefährlich diese Gegend hier für Frauen ist?«

»Ich saß ja bloß im Auto«, begann ich, doch Ethan fiel mir ins Wort. »Und trotzdem wurdest du gesehen! Ich saß da drinnen und wurde gefragt, ob ich dieses Auto und die Person kennen würde, die den Schuppen da drüben beschattet. Hast du eine Ahnung, was dir hier passieren könnte?«

»Es ist ja nichts passiert«, versuchte ich ihn zu beruhigen und war sogar ein wenig angetan von der Fürsorge. Doch sein wütender Blick ließ mich schlagartig verstummen. »Jetzt erklär mir sofort, was du hier überhaupt treibst!«

»Es kam mir komisch vor, dass du zu Hause warst, obwohl Thomas meinte, dass ihr auf einer Geschäftsreise seid«, erklärte ich so sachlich wie möglich, doch Ethans Augen fielen ihm beinahe aus den Höhlen. »Du warst bei mir zu Hause? Was hast du da getrieben?«

»Nichts!«, rief ich eilig und hob abwehrend die Hände. »Ich hatte lediglich mein Handy in der Küche liegen lassen und da habe ich gehört, dass du da bist und du hast telefoniert und ... «

»Da dachtest du, dass du das Recht hast, mich einfach zu verfolgen und mir nachzuspionieren.« Ethan schüttelte fassungslos den Kopf und mein Herz zog sich schmerzhaft zusammen. »Das darf doch alles nicht wahr sein. Kann ich mich nicht einmal mehr in meinem eigenen Haus sicher fühlen, ohne dass mir jemand hinterherschnüffelt? Das erklärt auch, warum du in den letzten Tagen so merkwürdig drauf warst«, sinnierte er.

»Bitte was?«, entgegnete ich. »Ich war merkwürdig drauf? Wenn sich einer komisch verhalten hat, dann sicherlich nicht ich. Immerhin bin ich nicht diejenige gewesen, die den Kuss zwischen uns einfach so abgetan hat, als wäre nichts gewesen.«

Ethan stöhnte genervt und schaute hilfesuchend über mich hinweg. »Großer Gott, jetzt geht das los. Verdammt noch mal, ich habe nichts dazu gesagt, weil es nichts dazu zu sagen gibt. Himmel, wir haben uns geküsst und das war's, in Ordnung? Warum ein großes Fass deshalb aufmachen? Das Ganze wird mir wirklich zu bunt. Du hast nicht das Recht, hinter mir her zu schnüffeln, und erst recht nicht, mich zu verfolgen. Mein Leben geht dich nichts an! Es ist zu ... gefährlich«, fügte er leise hinzu und ich war mir sicher, dass es nicht so von ihm gewollt war.

»Ich habe nur gedacht, dass du womöglich in Schwierigkeiten steckst, wegen der ... « Ich hielt die Luft an und schluckte die restlichen Worte hinunter. Beinahe wäre mir die Sache mit dem Schmuck herausgerutscht und dann hätte er definitiv gewusst, dass ich ihm nachspioniert hatte.

»Wegen der was?«, hakte er mit hochgezogener Braue nach.

»Ach, nicht so wichtig«, ächzte ich. »Ethan, es tut mir wirklich leid. Ich wollte dir nicht nachfahren. Ich habe mir wie gesagt nur Sorgen gemacht.« Ich hoffte, ihn mit meinen Worten zu erreichen, doch ich wusste, dass es aussichtslos war.

»Du solltest dir lieber Sorgen machen, wie du deiner Mutter erklärst, dass du einen neuen Auftrag brauchst.«

»Was meinst du?« Ich sah ihn fassungslos an und ein Kloß machte sich in meinem Hals bemerkbar.

Wieder schüttelte er den Kopf, als wäre ich schwer von Begriff. »Dass du dir einen neuen Job suchen solltest. Für mich wirst du jedenfalls nicht länger arbeiten, Louisa. Jemand, der mir hinterherspioniert und mich verfolgt ... so jemanden kann ich nicht gebrauchen. Außerdem scheint das mit uns sowieso etwas kompliziert geworden zu sein.« Er stockte kurz, als hätte er selbst kaum glauben können, was er da eigentlich sagte.

»Du ... du wirfst mich raus?«, fragte ich ungläubig und schluckte gegen den Kloß in meinem Hals an. Tränen brannten mir in den Augen, die ich versuchte wegzublinzeln. Das Letzte, was ich wollte, war vor Ethan loszuheulen.

»Ja«, seufzte er und die Wut war aus seiner Stimme gewichen. Jetzt hörte er sich nur noch müde an. »Fahr nach Hause, Louisa«, sagte er, wandte sich ab und ging mit raschen Schritten zu seinem Auto. Schluchzend blickte ich ihm nach. Das konnte doch alles nur ein schlechter Witz sein. Ich hatte es geschafft und wieder einmal alles vermasselt.

Kapitel 31

»Bist du von allen guten Geistern verlassen? Wie konntest du es nur so vermasseln? Oh Mann, Louisa!«, wetterte meine Mutter in ihrem Büro, nachdem sie das Kündigungsschreiben von Ethan auf dem Schreibtisch liegen hatte. Am Morgen hatte ich mich noch bedeckt gehalten, mich unter der Bettdecke versteckt in der Hoffnung, Mum würde glauben, dass ich schon aus dem Haus wäre. Doch schon zwei Stunden später kam ihr Anruf und sie hatte mich sofort in ihr Büro zitiert. Mit rotgeränderten Augen saß ich vor ihr und knibbelte schweigend an meinen Fingernägeln. Die ganze Nacht über hatte ich nicht schlafen können, sondern nur leise vor mich hin geweint und mich und mein Leben verflucht. Mums Salz, das sie jetzt großzügig in die Wunde streute, trug nichts zur Besserung meines Wohlbefindens bei.

Mum hatte sich vor mir aufgebaut, die Hände auf dem Schreibtisch abgestützt, und blinzelte mich wütend an. »Weißt du eigentlich, was hier alles auf dem Spiel steht? Meine Existenz. Unsere Existenz! Ich kann mir keine Fehltritte erlauben. Jedenfalls fällt alles, was meine Mitarbeiter verbocken, auf mich zurück. Auf meine Firma. Und Mr Bradford war einer der größten Aufträge, die ich je hatte. Deine einzige Aufgabe war, deine Arbeit zu machen. Und da komme ich heute Morgen in mein Büro und habe diese Mail mit dem Kündigungsschreiben im Postfach. Was zum Teufel ist denn passiert? Er wird dich doch nicht ohne Grund rausgeschmissen haben.« Mum wurde mit jedem Satz lauter und mit jedem Wort sackte ich tiefer auf meinem Plastikstuhl zusammen. Was sollte ich ihr sagen? Die Wahrheit? *Ach Mum, alles halb so wild. Ethan hat mich nur rausgeschmissen, weil ich ihn verfolgt habe und glaube, dass er mit den Überfällen auf die Juweliere zu tun hat. Dabei hat er mich erwischt, nichts weiter. Ach ja, und geküsst haben wir uns auch noch.*

Großer Gott, wie konnte es nur so weit kommen? Da musste ich Mum tatsächlich einmal recht geben.

»Kannst du mir jetzt erklären, warum er deine Dienste nicht mehr benötigt?«, hakte sie weiter nach, während ich noch nach den richtigen Worten suchte.

»Was genau hat er geschrieben?«, fragte ich stattdessen.

»Kaum was. Nur, dass deine Dienste nicht länger benötigt werden. Aber das kaufe ich ihm nicht ab. Warum so plötzlich? Bei der Suche nach einer Assistentin hatte sich das nach etwas Längerfristigem angehört. Irgendetwas *muss* ja passiert sein. Hast du irgendwas angestellt, Louisa?« Mum kniff ihre Augen zusammen. Ich wunderte mich, dass sie mich überhaupt noch sehen konnte und rutschte auf meinem Stuhl hin und her. Immerhin hatte Ethan sich mit seiner Begründung bedeckt gehalten. Das war schon mal etwas. Also stellte ich mich unwissend. »Ich weiß es wirklich nicht, Mum. Für mich kommt das genauso unerwartet wie für dich«, log ich. »Außerdem schien es, auch wenn du dir das beim besten Willen nicht vorstellen kannst, als wäre er mit meiner Arbeit immer sehr zufrieden gewesen.«

»Offensichtlich ja nicht, sonst läge hier keine Kündigung vor mir«, bellte sie und schüttelte verzweifelt den Kopf. Völlig ermattet ließ sie sich auf ihrem Stuhl nieder und wischte sich über das Gesicht. Wahnsinn, dachte ich, wann war meine Mum so stark gealtert? Nachdem sie ein paarmal durchgeatmet hatte, sah sie mich an und pustete resigniert aus. »Also gut, jetzt ist es nun mal, wie es ist. Das Geld, das mir Mr Bradford gezahlt hat, war dennoch eine gute Stütze. Allerdings werden wir zusehen, dass du dich erst einmal um kleinere Aufträge kümmerst. Von solchen großen Projekten lässt du besser vorerst die Finger. Irgendwie müssen wir weitermachen und das Vorstellungsgespräch mit diesem ... diesem Schulabbrecher hat auch nichts gebracht. Wir sind weiterhin allein.«

»Mum«, sagte ich jetzt laut, denn allmählich mischte sich zu meiner Trauer auch noch Wut. »Ich habe nichts falsch gemacht. Ja, du glaubst mir das nicht, aber das könntest du ruhig. Wenn er den Job gekündigt hat, hatte er vielleicht seine Gründe. Schon mal darüber nachgedacht, dass andere Firmen ihre Arbeitskräfte günstiger anbieten?«

»Tatsächlich kam mir das in den Sinn«, stimmte Mum mir mit hochgezogener Braue zu. »Allerdings bin ich ein alter Hase auf dem Markt und habe meine Augen und Ohren überall. Daher kann ich auch mit Gewissheit sagen, dass ich einer der günstigsten Anbieter von Dienstleistern hier in der Umgebung bin. Dich damit rauszureden, funktioniert also nicht. Pass auf«, murrte sie und hob einen Stapel Akten aus der Schublade ihres

Schreibtisches hervor. »Das hier sind Aufträge, die in den kommenden Tagen anstehen. Kleine, wohlbemerkt. Dabei handelt es sich hauptsächlich um Botengänge. Das hier ist ein ganz guter, bei dem selbst du nicht viel falsch machen kannst.« Sie schob mir eine Akte entgegen, die ich mit einem lauten Seufzen entgegennahm. »Das ist Mr Pierce. Ein guter Zahler, wenn du mich fragst. Braucht nur jemanden für Kurierfahrten. Also Pakete bei ihm abholen und woanders abliefern.«

»Warum bringt er sie nicht zur Post?«, fragte ich verwirrt.

»Weil er jemand Zuverlässigen will. Es handelt sich nicht nur um einen einzelnen Auftrag, sondern um mehrere Botengänge. Er sucht jemanden, der die Pakete verlässlich und pünktlich am gewünschten Ort ausliefert. Schaffst du das?«, fragte Mum spitz und beugte sich noch ein Stückchen über den Tisch.

Ich nickte schließlich. »Wenn du mir eine Stadtkarte gibst, vielleicht«, konnte ich mir nicht verkneifen, doch da zeigte Mum schon mit ihrem manikürten Zeigefinger auf mich. »Du wirst dich zusammenreißen, junges Fräulein, hast du mich verstanden? Dir ist der Ernst der Lage wohl nicht bewusst, aber das wirst du merken, wenn wir unser Haus verkaufen müssen und auf der Straße leben.«

»Genau, wir landen direkt auf der Straße«, atmete ich genervt aus und erhob mich. »War's das? Dann kann ich mir schon mal die Straßen von Soulfield einprägen, damit ich zur Abwechslung mal etwas richtig mache.«

Ich wandte mich zum Gehen, doch da hörte ich Mums zeternde Stimme. »Treib es nicht zu weit! Und hier, nimm die Unterlagen mit. Da stehen die Termine drin, wann du wo sein sollst.«

Wortlos nahm ich die Akte und verstaute sie in meiner Handtasche. Ohne mich zu verabschieden, stürmte ich aus dem Büro und versuchte, so viel Distanz wie nur möglich zwischen meine Mutter und mich zu bringen. Draußen angekommen, sog ich gierig die warme Sommerluft ein und schaute auf die überfüllte Straße. Tränen brannten mir in den Augen, aber ich würde hier keine davon verdrücken. Ich würde stark sein, erhobenen Hauptes nach Hause gehen und mich unter meiner Bettdecke verkriechen und in Ruhe weiterheulen.

Kapitel 32

Als ich meinen allerersten Job für Mr Pierce antrat, dachte ich zuerst, ich hätte mich in der Straße geirrt. Aber nach mehrmaligem Prüfen der Adresse wusste ich, dass ich richtig sein musste. Ich betrat den Hinterhof eines abgelegenen Grundstücks und lief den sandigen Weg zur hinteren Haustür entlang. Vor ihr standen zahlreiche Kartons und Tonnen mit Müll. Die Fenster des mausgrauen Hauses waren von innen mit alten Stoffen behangen. Ich schüttelte mich und sehnte mich nach Ethans traumhafter Villa. Und nach ihm. Hastig schob ich diesen Gedanken an ihn beiseite, der ohnehin in wenigen Minuten wieder über mich einbrechen würde wie schon die Tage zuvor. Zögerlich klopfte ich an die morsch wirkende Holztür und trat eilig einen Schritt zurück. Kurz danach öffnete ein älterer Mann die Tür und schaute mich finster an.

»Ja? Was wollen Sie?«, fauchte er.

»Mr Pierce? Mein Name ist Louisa Bennet und ich komme im Auftrag von … «

»Ach, Sie sind das«, fiel er mir ins Wort und trat aus dem Schatten der Tür, sodass ich einen vollständigen Blick auf ihn erhaschen konnte. Ich stellte fest, dass er gar nicht so furchteinflößend aussah, wie ich anfangs geglaubt hatte. Er musste um die sechzig sein, hatte

schütteres Haar, das er sorgfältig nach hinten ge-
kämmt trug, und einen ordentlichen grauen Schnauz-
bart.

»Ja, ich soll hier ein Paket abholen«, erklärte ich bemüht freundlich und straffte die Schultern, um möglichst seriös zu wirken.

Er nickte wissend und ließ mich einen Moment allein, ehe er mit einem kleinen Päckchen in der Hand
zurückkam. Stutzig nahm ich es entgegen. Ich verstand
noch immer nicht, warum er es nicht einfach zur Post
bringen konnte wie jeder normale Mensch, doch behielt die Frage lieber für mich. Immerhin war es leicht
verdientes Geld.

Er drückte es mir in die Hand und legte einen Zettel
auf das Paket. »Hier. Das ist die Adresse, bei der Sie das
Päckchen abliefern sollen.«

Ich erkannte einen leicht italienischen Akzent in seiner Stimme und dachte unwillkürlich an einen Mafi-
aboss.

»Und das war's?«, fragte ich. Er nickte. »Kommen Sie
in zwei Tagen wieder. Da habe ich ein weiteres Paket
für Sie.«

»In Ordnung. Wann genau soll ich denn wiederkom-
men? Also, welche Uhrzeit? Passt es Ihnen am Vormittag oder eher gegen Nachmittag? Ich kann auch am frü-
hen Abend«, listete ich ihm meine freien Termine auf
und bemerkte ein genervtes Augenrollen seinerseits.
»Kommen Sie einfach am Nachmittag wieder.« Er
wandte sich ab und ließ mich mit verwirrtem Blick zurück. Grummelnd umschlang ich das Päckchen etwas
fester und machte mich schleunigst auf den Weg. Sehr

merkwürdiger Mann, dachte ich, aber dennoch arbeitete ich lieber mit ihm zusammen als mit meiner Mutter, die mich seit zwei Tagen anfunkelte wie eine Schlange ihre Beute. Ich musste diesen Job, und war er noch so mickrig, einfach gut machen, um ihr Vertrauen in mich wiederherzustellen. Schließlich war ich nicht auf den Kopf gefallen und an dem Rausschmiss aus Ethans Villa gab ich mir nur bedingt die Schuld. Immerhin war die Arbeit, die ich geleistet hatte, gut gewesen. Und je besser ich meine Aufträge erledigte, desto mehr würde Mum mich am Ende des Monats entlohnen und desto eher könnte ich ein wenig Geld für ein eigenes Studentenzimmer beiseitelegen. Also biss ich die Zähne zusammen und fuhr mit Mums Auto weiter, um das Paket abzugeben.

Doch meine Motivation zerstreute sich, noch ehe ich beim Empfänger klingeln konnte, denn es gab keine Klingel. Es gab nicht einmal ein Klingelschild oder einen Namen! Immer wieder überprüfte ich die Adresse auf dem Zettel, doch auch hier war ich richtig gewesen. Ich stand vor einer alten Fabrikhalle, die vermutlich schon seit Jahren leer stand. Meines Wissens nach wurden hier vor zehn Jahren Schuhe hergestellt. Doch jetzt war sie vollkommen verlassen. Suchend schaute ich mich um, aber außer Absperrzäunen und ein paar Krähen, die ihre Runden über dem Schotterparkplatz zogen, gab es nichts zu sehen. »Hallo?«, rief ich laut, als ich an einer Tür ankam. Nichts regte sich. Unentschlossen, was ich nun mit diesem Päckchen in meiner Hand tun sollte, stand ich da. War ich nicht vor kurzem noch motiviert gewesen, meinen Job gut zu machen? Jetzt scheiterte es an der Auslieferung eines blöden Pakets!

Genervt ließ ich meine Faust erneut gegen die Tür sausen und hörte schließlich ein gedämpftes Rumpeln. Ruckartig trat ich zurück, als die Tür vor mir aufgerissen wurde und mich ein kahlköpfiger Mann mit breiten Schultern anstarrte. »Wer sind Sie?« Seine Augen wanderten zu dem Paket in meinem Arm und sein Blick hellte sich etwas auf. »Ich habe hier eine Lieferung von Mr Pierce.«

»Mr Pierce? Äh ja, stimmt. Mr Pierce … danke, das nehme ich dann an mich.« Er zog mir das Päckchen regelrecht aus den Händen und entfernte sich mit einem freundlichen Grinsen. Nachdem er die Tür hinter sich ins Schloss fallen ließ, versuchte ich schnellstmöglich von hier wegzukommen. Dass sich selbst so ein dämlicher Auslieferungsauftrag als so ein nervenaufreibender Akt entpuppen würde, hätte ich nicht gedacht.

Auch zwei Tage später wurde es mit der Empfängeradresse nicht besser. Nachdem ich die Lieferung bei Mr Pierce abgeholt hatte, landete ich am Eingang einer dubios wirkenden Spielhalle. Nach mehrmaligem Hinsehen erkannte ich allerdings, dass es vermutlich keine gewöhnliche Spielhalle war. Die roten Lichter, die hinter den schwarzen Jalousien hervorschimmerten, und die nackten Frauen auf der Getränkekarte an der Eingangstür wiesen eindeutig darauf hin. Kopfschüttelnd nahm ich mein Schicksal so hin und war dankbar, dass es hier immerhin eine Klingel gab. Die rabenschwarze Holztür öffnete sich kurz darauf und ein Mann im Morgenmantel trat hervor. Da mich inzwischen nichts mehr schockte, stellte ich mich knapp vor und drückte dem Mann mit Leopardenmuster auf den Hauspuschen das Paket in die Hand. Seitdem hatte ich von Mr

Pierce nichts weiter gehört und das war auch gut so. Auch wenn Mum der Ansicht war, dass es an mir liegen musste, dass keine weiteren Jobs von ihm reinkamen, in dem Moment war es mir herzlich egal. So egal, wie mir inzwischen alles andere auch war, denn dass Ethan sich nicht mehr bei mir gemeldet hatte, setzte mir mehr zu, als ich mir eingestehen wollte. Ich vermisste ihn. Ich vermisste sogar die Arbeit in seiner Villa. Und Thomas vermisste ich auch. Immer wieder schielte ich auf mein Smartphone, ob Ethan sich vielleicht bei mir gemeldet hatte, und hin und wieder überlegte ich, ob ich ihn nicht einfach besuchen und mich bei ihm entschuldigen sollte. Aber was hätte das gebracht? Gegen diesen Kummer half meiner Meinung nach nur eines. Ich zückte mein Handy und wählte die Nummer meiner besten Freundin.

Am Abend traf ich bei Marleen ein und freute mich auf einen ausgiebigen Filmabend mit Popcorn und dem ganzen klischeehaften Drum und Dran. Doch leider hatte ich die Rechnung ohne meine langjährige Freundin gemacht. Als sie mir die Tür öffnete, sah ich sie entsetzt an, denn sie bot einen absoluten Kontrast zu meiner Erscheinung. Während ich mit bequemen Leggings und langem Shirt, das ideale Outfit für einen Filmabend, vor ihrer Tür stand, steckte sie in einer engen Jeans, schwarzen High Heels und einer schicken roséfarbenen Bluse, die ihren üppigen Vorbau stark betonte. Ihre lange blonde Mähne hatte sie zu großen Locken gedreht. Verwundert blinzelte ich sie an. »Hab ich mich in der Tür geirrt, oder im Tag? Wir waren doch heute Abend verabredet, oder nicht?«, fragte ich misstrauisch.

»Ja, das sind wir«, trällerte Marleen fröhlich und zog mich am Arm in ihre Wohnung.

Ich stellte meinen Rucksack ab, indem sich zahlreiche Packungen Mikrowellenpopcorn und Gummibärchen befanden. »Verrätst du mir, warum du dich extra für mich so aufgebrezelt hast? Ich verrate dir ein Geheimnis: Leonardo DiCaprio kann dich durch den Bildschirm nicht sehen«, erklärte ich neckisch, doch Marleens Grinsen wurde nur breiter. »Leo muss ohne mich auskommen, denn wir beide gehen heute Abend aus.«

»Das Einzige, wohin ich heute höchstens noch gehe, ist die Tankstelle, um Nachschub an Popcorn zu holen«, insistierte ich, doch ich bemerkte, wie Marleen entschieden die Arme vor der Brust verschränkte. »Tut mir leid, aber heute kommst du mit deiner Vorliebe zum langweiligen Rumsitzen nicht durch.«

»Was soll das heißen?«, fragte ich verwundert. »Wir lieben doch langweilige Abende?«

»Du liebst langweilige Abende und hin und wieder mache ich für dich eine Ausnahme. Lou, es ist Freitagabend und wir sitzen immer nur rum oder gehen Kaffeetrinken. Wir haben tolles Wetter draußen und dieses Outfit hat mich geradezu angeschrien, dass es heute getragen und ausgeführt werden will.« Sie zog einen Schmollmund.

»Du willst gar nicht wissen, was mein Outfit mir gesagt hat«, erwiderte ich und deutete auf meine ausgetragenen Leggings. Marleen musterte mich mit hochgezogener Braue. »Du hast recht, das will ich wirklich nicht wissen. Also komm, wir schauen mal, was ich für dich noch Schönes im Schrank habe.« Wieder griff sie nach meinem Arm und zog mich mit sich. Stöhnend folgte ich ihr. »Marleeeen, mir ist heute nicht nach ausgehen.«

»Das ist dir nie. Und wenn wir dann doch gehen, haben wir immer eine Menge Spaß.«

Seufzend ließ ich mich in ihrem Schlafzimmer aufs Bett sinken und wartete auf die Flut an Kleidung, die gleich auf mich einbrechen würde. »Komm schon, wir gehen nur ein bisschen was trinken und danach können wir immer noch einen Film sehen«, versuchte sie mich zu ermutigen, doch ich trauerte schon längst meinem geliebten Popcorn hinterher. Wir würden heute Abend garantiert keinen Film mehr schauen, denn wenn wir erst einmal unterwegs waren, konnte der Abend sehr lang werden.

»Kannst du mir nächstes Mal nicht einfach am Telefon Bescheid geben, was du für Pläne hast? Dann hätte ich meine eigenen Klamotten mitgebracht.«

»Du hättest aber niemals zugestimmt«, erklärte Marleen, während sie einen prüfenden Blick in ihren Kleiderschrank warf und eine Jeans aus dem obersten Fach angelte. »Hier, nimm die. Die dürfte passen. Oh, und das Oberteil finde ich super an dir.«

»Ich hatte es noch nie an«, rief ich ihr in Erinnerung und nahm die Sachen entgegen. »Aber ich habe ein Auge für so was und dich schon darin gesehen.«

Kopfschüttelnd nahm ich die Kleidungsstücke an mich. »Du machst mir Angst.«

»Es wird noch schlimmer, wenn du dich nicht langsam umziehst. Also los, du weißt, wo das Bad und vor allem, wo meine Haarbürste ist.«

Etwa eine Stunde später betraten wir den angesagten aber leider einzigen Club in Soulfield. Es war eine Weile her gewesen, seit Marleen und ich gemeinsam hier waren, und trotz all meiner Bedenken war es ein schönes Gefühl wieder hier zu sein und unter Leute zu kommen. Immerhin konnte ich so meine Gedanken an Ethan einmal beiseiteschieben. Zu meiner Überraschung war auch schon einiges los. Die Musik dröhnte leise im Hintergrund vor sich hin und überall standen Menschen verteilt und unterhielten sich, tranken und lachten lauthals. Erst jetzt, inmitten der Massen, merkte ich, wie sehr ich das vermisst hatte. Marleen grinste mich von der Seite an. »Ich hatte eine gute Idee, oder?«

»Ja, tatsächlich muss ich zugeben, dass es ganz nett ist hier zu sein.« Sie stieß mich lachend in die Seite. »Ach komm schon, gib es ruhig zu. Es ist besser als vor der Glotze zu hängen.«

»Ich hätte nichts gegen einen netten Film einzuwenden gehabt«, konnte ich mir nicht verkneifen und gemeinsam suchten wir uns einen Platz etwas abseits, wo man sich unterhalten konnte, ohne sich anzuschreien. Die Musik würde erst zu späterer Stunde voll aufgedreht werden.

»Was sagt eigentlich Philipp dazu, dass du heute Abend ausgehst?«, wollte ich wissen, nachdem Marleen jedem von uns einen fruchtigen Cocktail von der Bar geholt hatte und sich mir gegenübersetzte. Achselzuckend schaute sie auf ihren Drink und ihre Miene verhärtete sich etwas. »Er weiß nicht, dass ich heute Abend unterwegs bin.«

»Du hast es ihm nicht gesagt?«, fragte ich verblüfft.

»Er ist arbeiten und ich habe ihm einen Zettel hinterlassen. Er wird es also herausfinden, wenn er nach Hause kommt. Außerdem hatten wir gestern Abend einen großen Streit und ich war heute nicht in der Verfassung, mit ihm persönlich zu sprechen«, erklärte sie traurig. Ich beäugte meine Freundin und sah, wie sehr ihr die Auseinandersetzung zusetzte. »Worum ging es denn bei dem Streit? Hattet ihr nicht neulich erst ein Krisengespräch?«

Achselzuckend trank sie einen Schluck. »Schon, aber das war harmlos. Es ging um das Übliche. Er engt mich ein, nimmt mir die Luft zum Atmen und soll mir meine Freiheiten lassen.«

»Also der Klassiker, hm?«

»Jap und heute hatte ich entschieden, etwas auf eigene Faust zu unternehmen, ohne ihn erst zu informieren, wann, wo und wie ich nach Hause komme.«

»Darf ich fragen, wie nett du die Nachricht geschrieben hast, die er zu Hause vorfinden wird?«

Marleen schmunzelte. »Keine Sorge, ich habe ihm einen kleinen Brief hinterlassen, in dem ich ihm deutlich mache, dass etwas passieren muss, sonst wird es mit uns nicht mehr lange gut gehen. Mal sehen, vielleicht erwacht er ja aus seinem eifersüchtigen Schlaf.«

Ich räusperte mich. »Auch, wenn ich derzeit gegen jeden Mann auf der ganzen Welt bin, in Philipp setze ich tatsächlich noch Hoffnungen. Wenn sich einer ändern könnte, dann er. Immerhin liebt er dich so sehr.«

In Marleens Augen schimmerten ein paar Tränen und sie nickte traurig. »Ja, das tut er und das weiß ich auch. Das macht es alles so unheimlich schwer. Aber lass uns bitte nicht die ganze Zeit von ihm reden, immerhin will ich mich ablenken und den Abend mit meiner besten Freundin, die ebenfalls Herzschmerz hat, verbringen.« Sie schaltete wieder in den vertrauten unbeschwerten Modus und erhob zum Anstoßen ihr Glas. Ich tat es ihr gleich und lenkte die Gespräche auf unkompliziertere Themen. Und schneller als wir dachten, verging die Zeit. Der Club wurde voller, die Musik lauter und unsere Getränke immer schneller leer. »Himmel, ich muss mich bewegen«, prustete Marleen nach dem dritten Cocktail und ich war dankbar für die anschließende Tanzeinlage. Auf der Tanzfläche angekommen, begannen wir zu tanzen und ließen uns von der Musik und vom Bass, der auf uns einwummerte, treiben. Mit geschlossenen Augen versuchte ich alles Schlechte um mich herum zu verdrängen und gab mich ganz der Musik hin. Immer wieder lachten wir, sangen lauthals mit, fielen uns gegenseitig um den Hals, um dem jeweils anderen mitzuteilen, wie glücklich wir waren, dass wir uns hatten. Was die Menschen um uns herum davon hielten, war uns komplett egal. Bis morgen früh jedenfalls.

Nach einer gefühlten Ewigkeit stieg mir der Alkohol jedoch etwas zu Kopf und ich sehnte mich nach einem Glas Wasser.

»Wollen wir mal ein Wasser trinken?«, brüllte ich meiner Freundin zu, die gerade die Arme in die Luft warf und eine Laolawelle zu machen schien. Ich war mir ehrlich gesagt nicht sicher, was sie da tat. Doch schließlich nickte sie keuchend, als wäre sie gerade einen Marathon gelaufen, und wir machten uns auf den Weg zur Bar. Gott sei Dank waren zwei Plätze frei und wir ließen uns lachend und außer Atem darauf nieder. »Hat das Spaß gemacht!«, jubelte Marleen und ich musste kichern. »Besonders deine Tanzkünste zu beobachten hat mir Spaß gemacht.«

»Du bist nicht besser. Ich erinnere dich daran, dass nicht jeder es cool findet, seine Freundin zu bespringen und die Hebefigur von Dirty Dancing nachzumachen.« Wieder lachten wir und bestellten kurz darauf eine Flasche Wasser, die wir uns teilten. Das erste Glas stürzten wir runter, als hätten wir seit Tagen nichts getrunken, und allmählich entschleunigte sich unser beider Puls. »Ich muss zugeben, mal wieder auszugehen und zu feiern war die beste Idee seit langem«, bestätigte ich meiner Freundin strahlend, doch ihr Gesicht veränderte sich schlagartig, als sie an mir vorbeischaute. Erschrocken folgte ich ihrem Blick und sah plötzlich zwischen all den Menschen, wie Philipp sich seinen Weg zu uns bahnte. »Ach du alles«, stammelte ich und sah meine Freundin prüfend an, die unsicher zwischen mir und Philipp hin und her schaute.

»Was macht der denn hier?«, murmelte sie unsicher.

»Wenn es Streit geben sollte, bin ich da«, sagte ich schnell, bevor er uns erreichte und Marleen versöhnlich und auch ein wenig schüchtern ansah.

»Hallo, ihr beiden«, sprach er gegen die Musik an und strich sich unsicher ein paar dunkelbraune Haare aus der Stirn.

»Was tust du denn hier?«, fragte Marleen stattdessen, doch irgendetwas in ihrem Gesichtsausdruck zeigte mir, dass sie sich insgeheim über sein Auftauchen freute.

»Können wir … können wir vielleicht reden?«, fragte Philipp und warf mir einen fragenden und gleichzeitig entschuldigenden Blick zu.

»Was, jetzt?«, wollte Marleen verwundert wissen.

»Wenn du nichts dagegen hast und du«, er sah zu mir, »natürlich auch nicht. Ich möchte euren Abend wirklich nicht stören.«

»Nein, schon gut«, warf ich hastig ein und hob abwehrend die Hände. »Redet ihr zwei ruhig.«

»Louisa.« Marleen sah mich irritiert an, doch ich schüttelte bekräftigend den Kopf. »Nein, wirklich. Ihr beide solltet reden.«

»Und du? Ich lasse dich doch hier nicht einfach so allein!«

»Ich trinke mein Wasser noch aus und rufe mir dann ein Taxi, in Ordnung? Es ist alles bestens.«

Marleen schien einen Moment lang zu überlegen, doch sie hob abwehrend die Hände. »Das geht nicht, Lou. Wir sind gemeinsam hergekommen, um uns zu be … um Spaß zu haben«, korrigierte sie sich rasch und ich verkniff mir ein Lachen. »Es ist wirklich in Ordnung.« Ich sah sie eindringlich an, um ihr zu verdeutlichen, wie wichtig es war, dass sie und Philipp sich endlich richtig aussprachen. »Na los! Geht schon! Ich trinke noch aus und fahre dann nach Hause.«

»Mit einem Taxi«, betonte sie noch einmal und ich bemerkte, wie sie mit sich rang. Doch mein aufmunterndes Grinsen schien sie schließlich zu überzeugen. So griff sie nach ihrer Handtasche und drückte mich ganz fest. »Du bist die Beste«, sagte sie leise in mein Ohr.

»Wenn es ausartet, rufst du mich an«, gab ich ihr mit auf den Weg, ehe sie sich abwandte und gemeinsam mit ihrem Freund den Club verließ.

Lächelnd sah ich den beiden nach und war mir sicher, dass zwischen ihnen schon bald wieder alles gut sein würde. Ich wandte mich wieder meinem Glas zu und trank einen Schluck. Im Augenwinkel bemerkte ich, wie sich jemand auf dem Platz niederließ, auf dem vor wenigen Sekunden noch meine beste Freundin gesessen hatte.

»Ich dachte, du hältst nichts von großen Tanzeinlagen«, hörte ich plötzlich eine mir bekannte Stimme und zuckte unwillkürlich zusammen. Mein Kopf rauschte herum und ich starrte direkt in Ethans wunderschöne Augen. »Ich halte zumindest nichts davon, wenn man sich einfach so anschleicht«, gab ich knapp von mir und widmete mich wieder meinem Wasser. Augenblicklich wünschte ich mir, dass sich darin etwas anderes befände.

»Das sah für mich vor einigen Tagen aber noch anders aus«, grinste Ethan und rückte noch etwas näher. Ich erkannte, dass er ein dunkles Hemd trug, dessen Ärmel er locker hochgekrempelt hatte. Er bedeutete dem Kellner, dass er ein Bier trinken wollte, und wandte sich wieder an mich. Dummerweise fiel mir nichts Schlagfertiges ein und so umklammerte ich mein Glas noch fester.

»Komm schon, Louisa. Du bist doch sonst nicht so auf den Mund gefallen. Oder verschlage ich dir gerade die Sprache?«

Mein Herz, das wie wild pochte, schrie, dass ich ihm neutral begegnen sollte, doch mein Mund machte ganz andere Sachen. »Mir hat es die Sprache verschlagen, als du mich einfach so rausgeworfen hast, obwohl ich mir nur Sorgen um dich gemacht habe.«

»Zwischen sich um jemanden Sorgen machen und jemanden verfolgen und ihm nachstellen, liegt meiner Meinung nach ein gewaltiger Unterschied.«

Ich seufzte. »Was willst du, Ethan?«

»Mich mit dir unterhalten.«

Fragend schaute ich ihn an. »Du wolltest noch vor wenigen Tagen nichts mehr von mir wissen und jetzt hast du Lust auf einen netten Plausch? Entschuldige, aber dafür bin ich dann doch ein wenig zu nachtragend.«

Er lachte ein raues Lachen und mein Magen zog sich zusammen.

»Okay«, sagte er schließlich, nahm das Bier, welches der Kellner ihm reichte, entgegen und beugte sich näher zu mir herüber. »Ich denke, ich muss mich für meinen Ausraster entschuldigen.«

»Nur dafür?« Ich starrte ihn wütend an. Er wusste, dass ich auf den Kuss anspielte und ein Schmunzeln umspielte seine Lippen. Ich schmolz dahin, versuchte aber stark zu bleiben. »Gut, du hast ja recht. Ich war nicht ganz fair zu dir und habe dich nach dem Kuss mies behandelt.«

»Du hast getan, als wäre nichts passiert«, rief ich ihm in Erinnerung und warf trotzig meine Haare hinter die Schultern.

»Vielleicht, weil ich nicht wusste, wie ich damit umgehen sollte«, gab er schließlich zu.

»Dann sind wir schon zwei. Dennoch wäre es einfacher gewesen, wenn wir mal darüber gesprochen und nicht so getan hätten, als hätten wir lediglich über das schöne Wetter geplaudert. Weißt du, wie verboten es sich anfühlt, wenn man seinen Chef küsst und am nächsten Tag ignoriert wird? Ist nicht unbedingt das, was man sich unter einem angenehmen Arbeitsklima vorstellt, weißt du?«

Er lachte wieder. »Du hast recht. Zu meiner Verteidigung muss ich aber sagen, dass es mir noch nicht so häufig passiert ist, dass ich eine Angestellte geküsst habe.«

»Dann besuch doch mal ein Seminar«, schlug ich schnippisch vor. »Eines, wo du lernst, wie man als Arbeitgeber damit umgeht.«

»Du hast recht, es war wirklich nicht in Ordnung von mir. Nimmst du meine Entschuldigung an?« Er reichte mir seine Hand, die ich argwöhnisch betrachtete. »Du gibst mir die Hand, um dich für einen Kuss zu entschuldigen?«

»Nein, nur für mein Verhalten. Für den Kuss entschuldige ich mich nicht.«

»Oh, okay«, stammelte ich und ergriff zögerlich seine Hand. »Was tust du überhaupt hier? Sollten so reiche Geschäftsmänner wie du nicht in angesagteren Schuppen feiern gehen?«

Ethan sah sich achselzuckend um. »Mir gefällt es hier.«

Mir gefiel es bis vor wenigen Minuten auch, konnte ich mir gerade noch verkneifen zu sagen und trank stattdessen einen Schluck.

»Bist du etwa allein hier?«, fragte Ethan mich dann.

»Meine Freundin ist vor ein paar Minuten gegangen und ich mache mich auch gleich auf den Weg. Und du?«

»Ich bin mit einem Freund hier. Aber der hat sich gerade an einer der Partymäuschen hier festgebissen. Im wahrsten Sinne des Wortes«, erklärte er und schaute erschrocken an mir vorbei. »Und wie ich sehe, lässt er mich in diesem Moment sitzen.«

Ich schaute in die Richtung, in die Ethan blickte, und sah nur, wie ihm ein blonder Mann mit einem breiten Grinsen im Gesicht und mit einer aufgetakelten Brünetten im Arm zuwinkte und den Club verließ. Ich musste laut lachen. »Was ist so lustig?«, wollte er dann wissen, konnte sich ein Lachen aber kaum verkneifen.

»Irgendwie ereilt uns heute Abend das gleiche Schicksal. Meine Freundin ist wegen ihres Freundes ebenfalls gegangen. Aber ihre Beweggründe sind mit Sicherheit nachvollziehbarer als die deines Freundes. Immerhin steht ihre Beziehung auf dem Spiel.«

»Witzig«, warf Ethan mit sarkastischem Unterton ein und deutete mit einem Kopfnicken auf seinen Freund. »Wenn seine Freundin das erfährt, steht seine Beziehung ebenfalls auf dem Spiel.«

»Oh«, machte ich nur und sog scharf die Luft ein.

Einen kurzen Moment saßen wir einfach nur da und jeder widmete sich schweigend seinem Getränk.

»Ich sollte auch nach Hause gehen«, sagte ich schließlich und betete, dass er nicht merkte, wie nervös er mich machte. »Soll ich dich nach Hause bringen?«

»Nicht nötig«, wiegelte ich ihn hastig ab und griff nach meiner Handtasche. »Ich nehme mir ein Taxi.«

Für einen kurzen Moment erkannte ich einen Schatten über Ethans Gesicht huschen, doch dann grinste er wieder so charmant, wie ich es mochte. »War schön dich wiederzusehen, Louisa.«

Mit erzwungenem Lächeln nickte ich lediglich und wandte mich zum Gehen. Mit jedem Schritt, den ich mich von ihm entfernte, wurde mein Herz schwerer. Als ich nach draußen trat, sog ich tief die Luft ein und blinzelte die Tränen in meinen Augen weg. Der Abend war so schön gewesen, meine Gedanken an Ethan hatte ich zumindest für ein paar Stunden unter Kontrolle gehabt, doch jetzt war alles wieder wie vorher – oder eher noch schlimmer, denn wie sollte ich dieses wunderschöne Schmunzeln, das er mir zum Abschied geschenkt hatte nur so schnell wieder vergessen?

Hatte ich eben noch mit dem Gedanken gespielt, mir ein Taxi zu nehmen, so entschied ich mich im letzten Moment anders und hoffte, dass die kühle Nachtluft mir den Kopf freipusten könnte. Also drängelte ich mich durch die draußen stehenden Menschen hindurch und setzte meinen Weg in Richtung Zuhause fort.

»Louisa!«, hörte ich kurz darauf jemanden meinen Namen rufen und wandte mich überrascht um. Mein Herz schlug direkt einen Takt schneller, als ich sah, wie Ethan dastand, mitten auf dem Bürgersteig und mich entschuldigend anlächelte.

»Louisa, darf ich dich bitte ein Stück begleiten?«, fragte er, während er auf mich zukam. Wie angewurzelt stand ich da und beobachtete, wie sein Lächeln breiter wurde. »Ich dachte, du nimmst dir ein Taxi.«

»Hab's mir anders überlegt. Ein bisschen frische Luft tut mir sicherlich ganz gut.«

»Dann ist es umso mehr meine Pflicht, dich nach Hause zu bringen.«

»Ich möchte keinesfalls eine Pflicht für dich sein«, zischte ich und bemerkte, wie Ethan leicht zusammenzuckte. Seufzend schüttelte er den Kopf. »Louisa, hör mir bitte zu. Ich bin einfach nicht gut in so was.«

»In was? Darin freundlich zu sein?«, lachte ich bitter.

»Nein, im Umgang mit dir.«

Verwirrt blickte ich ihm in die Augen. »Mit mir? Warum?«

Ethan steckte seine Hände in die Taschen seiner Jeans und sah sich hilfesuchend um. Ich konnte ganz genau erkennen, wie sehr er nach den richtigen Worten suchte, und war überrascht, dass Ethan Bradford mal nicht wusste, was er sagen sollte.

»Würdest du mich bitte noch mit zu mir begleiten? Ich würde dir gerne etwas erklären.«

»Mit zu dir? Jetzt?« Ich warf einen Blick auf meine Armbanduhr.

»Wäre es dir lieber, wenn wir uns im Haus deiner Mutter unterhalten?«, lachte er jetzt und ich schluckte bei dem Gedanken daran, wie Mum reagieren würde, wenn ich ihren besten Kunden mitten in der Nacht zu uns nach Hause schleppte. Ungeduldig trat ich von einem Bein aufs andere und schnaufte schließlich. »Gut, in Ordnung. Gehen wir zu dir.«

Kapitel 33

»Was möchtest du lieber trinken? Einen Wein, Bier oder doch lieber Wasser?«, rief Ethan aus der Küche, während ich im Wohnzimmer auf der Couch saß und darüber sinnierte, dass ich noch nie auf seinem Sofa gesessen hatte.

»Ich denke, ich sollte besser beim Wasser bleiben«, sagte ich und kurz darauf erschien Ethan und ließ sich neben mir auf den freien Platz sinken. Mein Herz raste wie wild. Immerhin hätte ich niemals erwartet, dass ich noch einmal die Chance bekommen würde mit Ethan in Ruhe zu sprechen. Und schon gar nicht in so intimer Atmosphäre. Er reichte mir ein Glas mit eiskaltem Wasser, welches ich dankend annahm.

»Also«, begann ich schließlich, als mir die Stille um uns herum zu unangenehm wurde, »du wolltest reden. Vielmehr wolltest du mir etwas erklären.« Fragend musterte ich ihn von der Seite und bemerkte seine Unruhe. Er biss sich nachdenklich auf die Unterlippe, so wie ich es immer tat, wenn ich in Gedanken versunken war, und musste schmunzeln.

»Bevor ich anfange, mich zu entschuldigen und dir zu sagen, was für ein Riesenarsch ich gewesen bin, musst du mir eine Sache erklären. Wenn möglich, bitte ehrlich.« Er wandte sich in meine Richtung.

»Was denn?«

»Als du mir gefolgt bist, zu der Kneipe, was war der wirkliche Grund?«

Ich stockte. »Der wirkliche Grund? Also ... « Nervös begann ich an meinen Fingern zu knibbeln. Was sollte ich ihm darauf antworten? Dass ich ihm tatsächlich hinterhergeschnüffelt hatte? Dass ich seinen Schlüssel aus dem Schlafzimmer genommen und den Keller nach Diebesgut durchsucht hatte? Ethan würde mich für komplett durchgeknallt halten und ich würde mir diesen Moment mit ihm zerstören. »Ich habe dir doch gesagt, weshalb ich dir gefolgt bin«, begann ich schließlich. »Ich hatte mir Sorgen gemacht.«

Über Ethans Gesicht huschte ein kleiner Schatten. Er glaubte mir nicht. Doch sein schiefes Lächeln beruhigte mich etwas. »Nun zu dir«, wich ich ihm aus. »Du wolltest mir sagen, was für ein Riesenarsch du warst.«

Lachend rutschte er auf seinem Platz hin und her. »Und du willst wirklich zur Polizei gehen? Du bist eine ziemlich schlechte Lügnerin. Und im Beschatten bist du nebenbei bemerkt auch nicht unbedingt die Beste.«

»Nun lenk nicht von dem ab, was du mir eigentlich sagen wolltest«, schnitt ich ihm die Worte ab.

»Also schön. Es tut mir leid, wie ich dich nach unserem Kuss behandelt habe.«

Ich nickte wissend, denn dass es ihm wirklich leidtat, konnte ich in seinem Gesicht sehen. Irgendetwas quälte ihn und schien so tief in ihm zu sitzen, dass er es einfach nicht rauslassen konnte.

»Ich hätte nicht so tun dürfen, als wäre nichts gewesen, das war dir gegenüber nicht fair. Aber du ... « Er schüttelte den Kopf, als könnte er nicht die richtigen

Worte finden. »Du machst es mir unheimlich schwer, mich normal zu verhalten.«

»Wie meinst du das? Ich tue doch gar nichts.« Mit fragendem Blick musterte ich ihn und er rutschte ein Stück näher an mich heran. Ich konnte seinen Duft einatmen, der mir schon häufiger die Sinne vernebelt und den ich so sehr vermisst hatte. Seine dunklen Augen ergründeten mein Gesicht und auf seinen Lippen zeichnete sich wieder dieses wunderschöne Lächeln ab, als wollte er sagen, dass ich ganz genau wüsste, was er meinte. Seinen Arm auf der Rückenlehne des Sofas abgelegt, kam er noch näher und es war wie ein magisches Band, das uns zueinander führte. Als wäre er ein Magnet, der mich anzog. Auch ich rutschte näher und sah auf seine Lippen, die er leicht geöffnet hatte. Mein Herz raste wie wild. »Du tust es schon wieder«, raunte er und schließlich legten sich seine Lippen auf meine. Es war, als entfachte sich in mir ein Feuerwerk und alles um mich herum schien mit einem Mal still zu stehen. Die schlechten Gedanken, die ich ihm gegenüber hatte, die Überfälle, der Schmuck, meine Mum, mein Leben, das so chaotisch verlief wie ich es nie für möglich gehalten hätte – alles war wie weggeblasen. Ich spürte seine vollen Lippen auf meinen, seine Hand in meinem Nacken, die mich vorsichtig, aber gleichzeitig bestimmend näher an sich heranzog. Ich atmete seinen Duft, spürte seine Wärme, seine andere Hand, die sich auf mein Bein legte und es leicht massierte. Augenblicklich rutschte ich näher und hieß seine Zunge in meinem Mund willkommen. Ein Stöhnen durchfuhr ihn, als der Kuss energischer wurde, und so zog er mich mit einem Ruck auf seinen Schoß. Seine Hände legten sich auf meinen unteren Rücken und fuhren auf und ab, während ich mich an seinem durchtrainierten Oberkörper entlangtastete. Schließlich ließ er von meinem Mund ab und begann an meinem Hals weiterzumachen. Er küsste mich am Schlüsselbein, seine Finger gruben sich in meine Hüften. Als ich mich mutig genug fühlte, wanderten meine Hände unter sein Hemd und ein Seufzer entfuhr mir, als ich seinen festen Bauch erfühlte. »Louisa Bennet, du machst mich fertig«, flüsterte er leise in mein Ohr und kurz darauf trafen sich unsere Lippen erneut. Ich spürte an meinem Unterleib, dass er ernst meinte, was er sagte, und ich presste mich noch fester an ihn. Wieder stöhnte er leicht und auch mir entfuhr erneut ein erregtes Seufzen.

Vorsichtig ließen wir voneinander ab und rangen einen Moment nach Luft. Unsere Lippen waren noch immer nahe beieinander, als wollten sie sich nicht ganz voneinander lösen.

»Würdest du die Nacht hier verbringen wollen?«, fragte Ethan mich und sein Griff festigte sich noch einmal. Mein Bauch kribbelte und so nickte ich schließlich. Nichts hätte mich jetzt noch von ihm trennen können. So sehr hatte ich mich nach diesem Moment gesehnt und selbst, wenn es nur bei diesem einen Kuss bleiben würde, wäre es das alles wert gewesen.

Ich löste mich leicht aus seinem Griff und legte meine Hände an seine harte Brust. Unter meinen Fingern merkte ich, wie schnell sie sich hob und senkte.

»Wenn du das wirklich willst«, stammelte ich und erhielt einen amüsierten Grinser zurück. »Sonst hätte ich dich ja nicht gefragt, oder? Ich möchte nur, dass du hier bei mir bleibst. Es wird nicht mehr passieren, Louisa.

Noch einmal werde ich das hier nicht kaputt machen, dafür hast du mir zu sehr gefehlt. Und deine Künste im Kaffeekochen auch«, setzte er hinzu und ich gab ihm einen Stoß gegen die Brust.

»Gegen meine Kaffeekünste kommt niemand an, das will ich dir gesagt haben«, kicherte ich. Dann umfasste Ethan mich noch etwas fester und erhob sich vom Sofa. Um nicht zu fallen, schlang ich meine Beine fest um seine Taille und so trug er mich in sein Schlafzimmer.

Ein Sonnenstrahl, der direkt in mein Gesicht schien, ließ mich nicht mehr weiterschlafen. Müde wandte ich meinen Kopf zur Seite und entdeckte Ethan dicht neben mir, wie er besitzergreifend eine Hand um meine Hüfte gelegt hatte und leise vor sich hin atmete. Kurz schloss ich meine Augen und öffnete sie wieder. Es war kein Traum. Ich lag wirklich in Ethans Bett. Konnte ich tatsächlich so großes Glück haben? Doch so sehr mich der Gedanke daran, wie Ethan und ich kuschelnd in seinem Bett eingeschlafen waren, voller Glück erstrahlen ließ, so sehr zog sich ein Schatten über das Ganze. Was hatte es mit diesem Schmuck in seinem Keller auf sich? Was verheimlichte dieser Mann, für den mein Herz inzwischen viel zu schnell schlug? Bevor ich nicht wusste, was hier vor sich ging, würde ich nicht zur Ruhe kommen können. Ich musste es einfach wissen. Vorsichtig entzog ich mich seinem Griff und rutschte an die Bettkante vor. Ethan murrte leise und drehte sich auf die andere Seite. Ein wehmütiges Lächeln überkam mich, als ich ihn so daliegen sah. Wie sehr hatte ich mir das gewünscht: Neben Ethan aufzuwachen. Doch so sehr ich mich über diesen Umstand freute, war da immer noch dieser Schatten der Zweifel über mir. Ich musste herausfinden, ob Ethan irgendetwas mit den Überfällen zu tun hatte, sonst würde ich keinen inneren Frieden finden. Mein Blick fiel auf den Nachttisch, auf das Foto mit dem Hund. Ohne großartig darüber nachzudenken, griff ich danach, löste vorsichtig den Schlüssel hinter dem Bilderrahmen und schlich mich aus seinem Schlafzimmer. Auf Zehenspitzen tapste ich die Treppe hinunter und machte mich auf den Weg zum Keller. Dort angekommen, blieb ich vor der Tür stehen. Der Schlüssel wog schwer in meiner Hand und ich fühlte mich schlecht. Nach der Nacht mit Ethan fühlte es sich noch mehr wie Verrat an, aber ich konnte ihm nicht einfach so sagen, dass ich hier unten herumgeschnüffelt hatte. Dann hätte er mich für völlig irre erklärt. Ich musste also wissen, was es mit diesem Schmuck auf sich hatte, ohne dass ich Ethan davon in Kenntnis setzte. Bevor ich mich umentscheiden konnte, schob ich den Schlüssel ins Loch und öffnete vorsichtig die Tür. Alles lag genauso da, wie ich es vor einigen Tagen vorgefunden hatte, und auch die schwarzen Taschen lagen noch immer unter dem Regal. Mit angehaltenem Atem schlich ich näher heran und griff danach.

»Du wirst dort Schmuck finden. Unheimlich viel Schmuck«, hörte ich plötzlich seine Stimme hinter mir und schreckte lauthals auf. Als ich mich umdrehte, stand Ethan mitten im Türrahmen. Die Arme vor der Brust verschränkt, sah er mich mit einer Mischung aus Verärgerung und Enttäuschung an.

Kapitel 34

»Ethan«, stammelte ich und schob mit einem Fuß die schwarze Tasche wieder beiseite. »Es tut mir leid, ich ... «

»Du hast mir nachspioniert«, stellte er ermattet fest.

»Das wollte ich wirklich nicht. Es ist nur ... ich ... « Mit den Händen gestikulierte ich wie wild, doch auch das half mir nicht dabei, die richtigen Worte zu finden. Ich hatte alles kaputtgemacht.

»Komm mit«, sagte Ethan und bedeutete mir mit einem Kopfnicken, dass ich ihm folgen sollte. Duckmäuserisch schloss ich mich ihm an, den Schlüssel noch immer fest umklammert. Am liebsten hätte ich ihn weit von mir geschleudert und ärgerte mich über meine dämliche Neugierde. Er schritt entschieden voraus in die Küche. Dort angekommen, stand ich wie angewurzelt und beobachtete ihn mit fragendem Blick. Würde er mich jetzt rausschmeißen? Dürfte ich wenigstens meine Kleidung anziehen? Immerhin trug ich lediglich ein weißes, langes Shirt, das er mir für die vergangene Nacht geliehen hatte, und eine Boxershorts.

Ethan hantierte an der Kaffeemaschine herum und befüllte anschließend zwei Becher. Ohne mich anzusehen, ging er an mir vorbei, die zwei Tassen in der Hand, und trat durch die Terrassentür nach draußen. Wieder lief ich ihm hinterher und das unangenehme Gefühl in meinem Magen breitete sich aus. Wieso sagte er nichts? Draußen angekommen schlug uns die herrliche Morgensonne entgegen und wirkte in Anbetracht der schlechten Stimmung geradezu fehl am Platz. Ethan setzte sich mit dem Rücken zu mir auf die Stufe, die zum Garten führte.

»Setz dich«, sagte er dann und ich tat, was er verlangte. Vorsichtig und mit einem gewissen Abstand ließ ich mich neben ihm auf dem Absatz nieder und vergrub nervös meine Hände im Schoß. Dann reichte mir Ethan einen der Becher.

»Danke«, murmelte ich leise und sammelte meinen ganzen Mut. »Ethan, bitte lass es mich dir erklären.«

Endlich drehte er sich zu mir und lehnte sich mit dem Rücken an die Terrassenmauer. Dabei winkelte er ein Bein an, legte lässig seinen Arm darauf ab und trank einen Schluck. Er trug ebenfalls eine Jogginghose und ein weißes T-Shirt, was ihn irgendwie nahbarer wirken ließ. Es gefiel mir unglaublich gut.

»Ich bin ganz Ohr.«

Ich pustete die Luft aus und lehnte mich ebenfalls an meinen Teil der Mauer. Jetzt saßen wir uns gegenüber. »Es wäre schön, wenn du mich zuerst ausreden lässt, bevor du komplett an die Decke gehst, okay?« Das erste Mal trafen sich unsere Blicke und er schaute mich ernst an. »Gut.«

Seufzend suchte ich nach einem passenden Einstieg in die absurde Geschichte und verspürte plötzlich diesen Drang, ihm alles zu erzählen. Alles, was ich in seinem Haus gefunden hatte. Warum ich ihm hinterhergefahren war. Dass ich ihn für verdächtig hielt, die Juweliere ausgeraubt zu haben. Einfach alles. Und das tat ich auch. »Es war eigentlich ein ganz dummer Zufall«, begann ich schließlich und rieb mit meinem Daumen am Rand meines Kaffeebechers entlang. »An dem Tag, an dem du mich im Keller gesehen hattest, da habe ich lediglich Staubsaugerbeutel gesucht. Dabei bin ich auf diese eine Kiste gestoßen. Und weil ich dachte, dass ich etwas darin finden könnte, habe ich hineingesehen. Dann ist mir sehr teurer Schmuck in die Hände geraten.« Kurz versuchte ich Ethans Gesichtsausdruck zu deuten, doch er sah mich nur abwartend an. Also fuhr ich fort. »Am Anfang habe ich gedacht, dass es vielleicht ein Geschenk für deine Mutter oder eine Freundin oder irgendjemanden wäre, aber je länger ich darüber nachgedacht hatte, desto seltsamer kam es mir vor. Ich meine, wer hat so teuren Schmuck in einem alten Karton liegen, an dem sich noch Preisschilder befinden? So, als sollte ihn niemand finden. Und dann waren da ständig diese Nachrichten über die Raubüberfälle auf die Juweliere und da kam mir dieser sinnlose Gedanke.« Ich hielt kurz inne und trank einen Schluck.

»Du dachtest, dass ich damit zu tun hätte«, schlussfolgerte er rau und ich nickte. »Am nächsten Tag, als ich mich davon überzeugen wollte, dass es sich nur um ein Missverständnis handelte, war die Tür verschlossen und das hat mich sehr stutzig gemacht. Dann waren da diese Koffer auf der Rückbank in deinem Auto. Ich habe sie nur durch Zufall gesehen, als ich die Post wegbringen wollte, doch das kam mir ebenfalls komisch vor. Immerhin hast du eine braune Aktentasche und keine schwarze. Und außerdem hattest du nicht vorgehabt zu verreisen, davon hätte ich ja wissen müssen. Und als ich zurückkam, waren die Koffer plötzlich weg.

Du musst wissen, wenn ich mich in einen Gedanken verbeiße, neige ich manchmal zu Übertreibungen«, fügte ich leise hinzu.

»Was du nicht sagst.«

Schluckend schaute ich auf meinen Becher und holte tief Luft für den letzten Teil der Geschichte. »Beim Saubermachen bin ich schließlich auf diesen hier gestoßen.« Ich hielt meine Hand in die Höhe und offenbarte ihm den Schlüssel aus seinem Schlafzimmer. Ethan seufzte leise, sagte aber nichts. Ich wusste nicht, was schlimmer war. Dass er schwieg, oder dass er sich seine Emotionen kaum anmerken ließ. Ich hatte keine Ahnung, was in ihm vorging. »Jedenfalls war mir klar, dass das der Schlüssel für den Keller sein musste, und ehe ich großartig darüber nachdenken konnte, steckte er auch schon im Schloss und ich fand die Koffer und deren Inhalt. Am Abend, als du zur Geschäftsreise aufbrechen wolltest, hatte ich tatsächlich mein Handy in deiner Küche vergessen. Ich wollte nicht für großes Aufsehen sorgen, also bin ich nur schnell rein und wollte es holen. Aber dann warst du schließlich doch zu Hause und das Telefonat, das du geführt hast, hörte sich nicht gerade nach einem Date oder so an. Also bin ich dir schließlich gefolgt, weil ich mir wirklich Sorgen um dich gemacht hatte. Das war zu keiner Sekunde gelogen, Ethan, wirklich«, beteuerte ich und sah ihn eindringlich an. Als er nicht reagierte, zuckte ich schließlich mit den Schultern. »Na ja, den Rest kennst du. Und das heute Morgen ... ich weiß auch nicht, irgendwie wollte ich einfach sicher sein, dass das alles nichts zu bedeuten hat. Gerade nachdem wir die Nacht zusammen verbracht haben, hatte ich diesen Drang, alles, was zwischen uns stehen könnte, zu entlarven. Dass du mich erwischt hast, zeigt nur, dass ich vielleicht wirklich nicht zur Polizei gehen sollte. Ich bin echt schlecht darin.«

Ethan schwieg einen Moment und sah nachdenklich hinaus in den Garten. Ich folgte seinem Blick. »Wenn du jetzt sauer auf mich bist, kann ich das verstehen«, endete ich meine Beichte und schloss für einen Moment die Augen. Immerhin hatte ich ein paar wunderschöne Stunden mit Ethan verbracht, dem Mann, für den mein Herz schneller schlug.

»Ich danke dir, dass du so ehrlich warst«, brach er schließlich sein Schweigen und sah mich direkt an. »Wenn wir schon dabei sind, ehrlich zu sein, will ich mein Glück nun auch versuchen.« Sein Gesicht war verzerrt, als würde er unter Schmerzen stehen.

»Ethan«, unterbrach ich ihn, da ich sah, wie sehr ihn das alles zu quälen schien. Er war hin- und hergerissen, das war mehr als offensichtlich. »Du ... du musst nichts sagen, wenn du nicht willst. Wir können die Sachen in deinem Keller auch einfach vergessen.«

»Und dann? Dann steht genau das zwischen uns. Und das wird es sowieso, also kannst du auch die ganze Wahrheit erfahren.«

Kapitel 35

»Du hast recht, ich habe etwas mit den Überfällen auf die Juweliere zu tun, aber nicht so, wie du denkst.« Er biss sich auf die Lippe und mich durchfuhr ein eiskalter Schauer. Auch wenn ich es vermutet hatte, hatte ich innerlich gehofft, dass das alles nur ein dummer Zufall war. Ein Missverständnis, ein dämlicher Witz, den ich falsch verstanden hatte. Doch jetzt aus seinem Mund zu hören, dass ich richtig lag, war ein ganz anderer Schlag. Jetzt war ich diejenige, die nichts mehr sagte, sondern ihn mit großen Augen ansah und mit meinem Blick bedeutete, dass er weiterreden sollte.

»Ich habe einen Bruder, Jonathan. Er ist in die ganze Sache verwickelt. Ich … unterstütze ihn nur.«

Mir flappte der Mund auf. »Du tust was? Du unterstützt deinen Bruder bei den Überfällen?«

Er hob abwehrend die Hände. »Nein, ganz so ist es nicht.« Er rieb sich müde das Gesicht und atmete ein paarmal tief ein und wieder aus. »Am besten fange ich ganz von vorne an.« Er trank einen Schluck aus seiner Tasse, ehe er mich direkt ansah. »Du musst wissen, mein kleiner Bruder Jonathan war ein echtes Sportass. Niemand konnte so gut Fußball spielen wie er. Er war immer der beste Mann auf dem Platz gewesen und hat einen Sieg nach dem nächsten geholt. Irgendwann sind auch die großen Scouts auf ihn aufmerksam geworden und haben ihm sogar ein Stipendium angeboten. Ein Sportstipendium. Die Trainer sagten ihm eine vielversprechende Zukunft als Profisportler voraus, es war wirklich der Wahnsinn.« Er schüttelte den Kopf, als läge das alles in sehr weiter Ferne.

»Wo ist Jonathan jetzt?«, fragte ich vorsichtig, als Ethan nichts weiter sagte. Als hätte er völlig vergessen, dass ich noch anwesend war, schaute er mich an und räusperte sich. »Leider war der große Bruder von ihm nicht so sehr auf Sport aus. Ich habe mich nicht um meine Gesundheit geschert, so wie Jonathan es getan hat. Niemals hat er auch nur einen Schluck Alkohol getrunken, ich hingegen war das Paradebeispiel eines typischen Collegeanführers. Ich hatte meine Clique, ich ging feiern, schmiss Partys und hatte hier und da ... na ja ... Freundinnen, weißt du?« Etwas verlegen schaute er mich durch seine Wimpern hindurch an und ich presste die Lippen aufeinander. Der Gedanke daran, wie Ethan hier und da ein Techtelmechtel mit irgendwelchen jungen Frauen hatte, gefiel mir ganz und gar nicht.

»Jedenfalls gab es diese eine Party, auf die ich unbedingt wollte. Es waren alle da und man hat erwartet, dass ich auch kommen würde. Aber Jonathan hatte zuvor ein wichtiges Spiel und hatte mich gebeten, unbedingt dabei zu sein. Ich sollte ihm zusehen, immerhin war ich sein größter Fan.« Er lächelte schief. Also ging ich zu seinem Spiel, unter der Bedingung, dass er mich danach auf die Party begleiten würde, was er, wenn auch nur widerwillig, tat. Wie schon gesagt, er gab nichts auf diese Dinge und hatte am nächsten Tag Training, weshalb er eigentlich früh zu Hause sein wollte.

Das Ende vom Lied: Ich konnte nicht die Finger vom Alkohol lassen und Jonathan nervte mich bis ins Mark, wann wir endlich fahren würden. Irgendwann war ich so geladen, dass ich ihn angemault habe, dass wir meinetwegen fahren könnten. Jonathan hat mich gefragt, ob ich betrunken wäre, und ich habe es verneint. Ich war ohnehin schon sauer, da wollte ich mir nicht noch eine Standpauke wegen Alkohol am Steuer anhören. Ziemlich dumm, oder? Ich beteuerte ihm, dass ich nur ein Bier getrunken hätte und wollte ihn nach Hause fahren.« Ethan stoppte und stellte seinen Becher mit Nachdruck auf den Terrassenboden. Ich wartete ab, bis er sich dazu durchringen konnte, weiterzusprechen, und sagte nichts. Der Schmerz, der ihm ins Gesicht geschrieben stand, reichte mir allemal, da wollte ich ihn nicht noch weiter drängen.

»Im Auto haben wir uns heftig gestritten. Es ging um dasselbe leidige Thema: Jonathan war mit meinem Lebensstil nicht einverstanden und ich wollte mir nichts vorschreiben lassen. Na ja, der Streit eskalierte, ich wurde immer lauter und der Alkohol tat sein Übriges. Ich verlor die Kontrolle über den Wagen und knallte mit viel zu hoher Geschwindigkeit gegen einen Baum.« Er atmete verächtlich aus, als würde die Geschichte nicht von ihm, sondern von einem völlig Fremden handeln. Geschockt schlug ich meine Hand vor den Mund und schluckte schwer.

»Wie durch ein Wunder haben wir überlebt. Ich hatte hier und da ein paar Verletzungen, zwei gebrochene Rippen und so weiter. Nicht der Rede wert im Gegensatz zu dem, was Jonathan widerfahren ist. Er hatte sich beide Schienbeine gebrochen und einen Oberschenkelhalsbruch erlitten. Noch bevor die Ärzte es mir erklären konnten, wusste ich, dass seine Karriere in diesem Augenblick vorbei war.«

»O mein Gott«, flüsterte ich und hätte Ethan am liebsten in meine Arme gezogen, doch seine angespannte Körperhaltung verriet mir, dass er diesen Kampf allein ausfocht. Also hielt ich mich zurück.

»Jonathans Karriere hatte also schon ein Ende, bevor sie richtig beginnen konnte, und ich hatte einen Prozess am Hals wegen Alkohol am Steuer.«

»Ethan, das habe ich wirklich nicht gewusst«, stammelte ich, doch er hob abwehrend die Hände.

»Wie denn auch? Weder ich noch sonst irgendjemand redet heute noch großartig darüber. Die Sache ist ewig lange her und ich hatte einen sehr guten Anwalt. Mehr sage ich besser nicht dazu.«

»Und Jonathan? Wie ging es ihm damit?«

Ethan schüttelte den Kopf. »Für ihn ist eine Welt zusammengebrochen. Der Sport war das Einzige, was er geliebt hat, was er verdammt gut konnte. Und plötzlich gab es das nicht mehr. Alles, was ihn ausgemacht hat, war wie weggeblasen. Innerhalb weniger Sekunden. Nur wegen seines großen Bruders, der nicht genug vom Partymachen kriegen konnte. Sind große Brüder nicht dafür da, ihre Geschwister zu unterstützen, sie zu beschützen? Nun, da habe ich in meiner Rolle kläglich versagt.« Ermattet stützte Ethan seinen Kopf an der Mauer hinter ihm ab und schaute hinauf in den Himmel. »Jonathan geriet auf die schiefe Bahn. Hat sich auf die falschen Leute eingelassen und sein Leben wurde von Alkohol und Drogen geprägt. Genau das, was er immer so verachtet hatte. Wegen eines Überfalls landete er sogar im Gefängnis.«

Ich blinzelte eine Träne beiseite und atmete laut auf. »O nein, dann hat sich sein Leben scheinbar um hundertachtzig Grad gewendet«, wisperte ich und Ethan nickte zustimmend. »Gerade ist er auf Bewährung draußen und versucht sein Leben endlich wieder in den Griff zu kriegen.«

»Indem er Juweliere ausraubt?«, fragte ich argwöhnisch und hoffte, dass er mir bald eine Erklärung für das gab, in was die beiden Brüder verwickelt waren.

Ethan stöhnte. »Gerade das ist das Problem: Schon im Knast war er an die falschen Leute geraten, was sich bis vor die Mauern des Gefängnisses als Schwierigkeit für ihn entpuppt hat. Es war bloß einmal, dass er bei den Überfällen mitgemacht hat. Er hat mir geschworen, dass es nie wieder vorkommen würde, nachdem ich es rausgefunden hatte, doch die Rechnung hat er ohne die sogenannte Schwarzmarkt-Dealer-Gruppe gemacht. Sie haben ihn fotografiert, wie er beim Überfall dabei war, und somit haben sie ihn in der Hand. Wenn er aussteigt oder jemandem davon erzählt, überreichen sie die Bilder als Beweisstücke der Polizei. Tja, wenn die Polizei die Fotos von ihm in die Finger bekommt, war's das für ihn und seine Freiheit. Er wäre schneller wieder im Bau, als er bis drei zählen könnte. Und zur Polizei gehen, kann er nicht. Immerhin hat er nichts Handfestest gegen die Dealer-Gruppe in der Hand.« Traurig starrte er auf den Garten und ich versuchte so gut es ging mit ihm zu fühlen. Doch eine Sache erschloss sich mir noch immer nicht. »Und wie genau hängst du da jetzt mit drin?«

»Jonathans Job besteht darin, die gestohlenen Schmuckstücke bei sich unterzubringen und sie anschließend an die Käufer auszuliefern.«

»Du meinst die Käufer auf dem Schwarzmarkt.«

Er nickte. »Genau. Er ist also bei den Überfällen an sich nicht mit dabei, sondern … «

»Ist der Dealer«, beendete ich seinen Satz. Und Ethan nickte erneut.

»Und deine Rolle?«, drängte ich weiter, um es besser zu verstehen.

Er lehnte sich vor und sah mit einem Mal völlig übermüdet aus. Nachdenklich strich er sich durch seine wirren Haare. »Ich bin derjenige, der die Sachen bei sich unterbringt.«

Ich schloss ein paar Sekunden lang die Augen und atmete laut aus. Irgendwie hatte ich es schon geahnt, aber es aus seinem Mund zu hören, machte es um einiges realer. Ethan sagte nichts, sondern wartete meine Reaktion ab. Jetzt war ich diejenige, die seinen Blicken auswich und nachdenklich in den Garten starrte.

»Sag etwas, Louisa«, bat er mich dann.

Achselzuckend suchte ich nach den richtigen Worten. »Warum tust du das? Ist dir klar, wo du da überhaupt drinsteckst?«

»Natürlich weiß ich das. Aber Jonathan ist nun mal mein Bruder und auf Bewährung. Wenn irgendetwas darauf hindeuten würde, dass er damit zu tun hat, wäre es aus für ihn. Die Polizei hat ihn ohnehin schon auf dem Radar und wartet darauf, dass er zur falschen Zeit am falschen Ort ist. Wenn sie seine Wohnung durchsuchen und auch nur eine Kleinigkeit von dem Zeug finden würden, kannst du dir ja denken, was los wäre.«

»Ethan, das ist purer Wahnsinn!«

Seufzend erhob er sich und schaute auf mich herab. »Ich weiß, dass es dir als zukünftige Gesetzeshüterin vermutlich komplett missfällt, aber er ist nun mal mein Bruder und wenn er in der Klemme steckt, helfe ich ihm dabei.«

Auch ich stand auf und sah ihn ernst an. »Da hast du vollkommen recht. Bis zuletzt hatte ich noch gehofft, dass ich mich irre. Dass es nur ein ganz dummer Zufall ist, dass du so viel Schmuck in deinem Keller versteckst. Aber dass du dort mitmachst und dich selbst in Gefahr bringst, nein, das halte ich wirklich nicht für in Ordnung.«

Ethan nickte wissend und sein trauriger Gesichtsausdruck war gewichen. Jetzt schaute er ernst, die Arme vor der Brust verschränkt, in die sich meine Finger noch vor wenigen Stunden fest vergraben hatten.

»Was wirst du jetzt tun? Mich verpfeifen?« Er musterte mich herausfordernd und ich fragte mich, wie sich die Atmosphäre zwischen uns so schnell hatte ändern können. Es fühlte sich an, als wären wir Gegner.

Ich lachte abschätzig. »Das traust du mir wirklich zu? Dann hast du ein falsches Bild von mir, Ethan.«

»Gut, dann sag mir, was du willst.«

»Ich möchte, dass du dich da raushältst. Die ganze Sache ... das ist doch Wahnsinn!«

Ethan hob eine Hand, noch ehe ich den Satz beendet hatte. »Nein, Louisa, das geht nicht, und das weißt du auch.« Er kam einen Schritt näher und sein Ausdruck auf dem Gesicht wurde sanfter. »Wenn das hier mit uns funktionieren soll, musst du mir vertrauen, dass es das Richtige ist. Ich kann meinen Bruder nicht im Stich lassen.«

Nachdenklich blickte ich an ihm vorbei. Wie konnte diese Geschichte nur so abgedreht werden? Hätten Ethan und ich nicht einfach wie ein normales Pärchen zusammenfinden können? Musste da so eine heftige Angelegenheit dahinterstecken? Selbst wenn ich das Ganze einfach wegblinzeln würde, wie ich es mit den Tränen tat, die in diesem Moment in mir aufstiegen, würde ich nicht glücklich werden. Immerhin wollte ich zur Polizei gehen. Genau diese Art von Menschen, der Ethans Bruder und … auch er angehörte, zur Rechenschaft ziehen für ihre Taten. Nie im Leben könnte ich das Studium beginnen, anschließend bei der Polizei arbeiten und mit Ethan zusammen sein, mit dem Wissen, in was für kriminelle Machenschaften er hinter den Kulissen verwickelt war. Es ging einfach nicht. Natürlich würde ich ihn nicht verpfeifen, aber ich würde ihn auch nicht darin bestärken oder gar unterstützen, damit weiterzumachen.

Zögerlich schüttelte ich den Kopf und sah ihm direkt in die Augen. Ethan wusste scheinbar, was ich sagen würde, denn er seufzte laut und warf resigniert die Arme in die Luft.

»Ethan, ich kann das nicht. Tut mir leid.« Durch meinen Körper kroch eine so harte Anspannung, dass ich meine Hände zu Fäusten ballte. Wie konnte das alles nur so schieflaufen? So verrückt sein?

»Gut, dann solltest du jetzt besser gehen«, sagte er leise, ohne mich noch einmal anzusehen, und verschwand ins Haus. Mit offenem Mund und unter Tränen blickte ich dem Mann hinterher, den ich gerade erst gewonnen und sofort wieder verloren hatte.

Kapitel 36

Manchmal zeigte mir das Leben zwar den großen Mittelfinger, aber an diesem und auch den nächsten Tagen hielt es sich dezent zurück. Selbst meine Mutter schlich um mich herum wie eine aufmerksame Katze, als wittere sie, dass bei mir etwas nicht stimmte. Zudem schimpfte sie nicht über alles und jeden und wenn, dann tat sie es zumindest dann, wenn ich es nicht mitbekam. Von Ethan hatte ich seit unserem Streit nichts mehr gehört und jeden Tag brach mein Herz ein Stück mehr. Um nicht komplett von dem großen Loch, in dem ich mich befand, verschluckt zu werden, stürzte ich mich auf meine Bewerbung für die Universität. War ich vor wenigen Tagen noch so motiviert, so fiel mir das Motivationsschreiben in diesem Moment besonders schwer, vor allem, da Ethan mir doch dabei helfen wollte. Aber nun musste ich da allein durch. Wie motiviert war ich also wirklich? Ich hatte in der vergangenen Zeit über nichts anderes mehr sprechen, an nichts anderes mehr denken können. Und dann kam Ethan. Erst durch ihn habe ich angefangen, etwas zu empfinden, was ich bisher noch nicht auf diese Art gekannt hatte, und das waren meine Gefühle für einen Mann. Und seit unserem Streit kam es mir nicht mehr so wichtig vor, über das Studium nachzudenken. Ethan schien mir wichtiger. Aber es würde nichts bringen, über ihn zu grübeln und nachzudenken, denn das mit uns hatte keine Zukunft. Wenn ich nicht von meinen Moralvorstellungen von Gerechtigkeit ablassen würde, könnte ich nicht mit ihm zusammen sein. Auch wenn das Thema Studium etwas in den Hintergrund gerückt war, war es dennoch das, was ich in der Zukunft machen wollte. Ich wollte der Welt etwas Gutes tun. Ihr etwas zurückgeben und wenn das bedeutete, dass ich die Welt zumindest für einen kleinen Teil sicherer machen könnte, dann würde ich diese Chance nutzen. Also schrieb ich an meinem Laptop die Beweggründe, weshalb ich an der Universität eben dieses Fach studieren wollte. Ich tippte, löschte, tippte erneut, nur um anschließend wieder alles zu löschen. Es war zum Mäusemelken. Meine Gedanken waren kaum zu kontrollieren. Immer wieder wanderten sie zu Ethan und seinem Bruder. Wie konnte er sich nur freiwillig in eine solche Angelegenheit verwickeln lassen? Es wollte mir nicht in den Kopf. Auch nicht, als ich mich am Abend mit Marleen traf und ihr alles erzählte. Wir lümmelten auf meinem Bett und kamen uns vor wie Teenager, da wir uns in meinem Kinderzimmer aufhielten. Gott, mein Leben musste sich dringend ändern. Marleen sah mich eindringlich an, während ich erzählte, als würde sie Ethans Beweggründe ganz genau verstehen. Ich hatte etwas ganz anderes von ihr erwartet: nämlich Zuspruch. Marleen war die Erste, die Halt machte vor Männern, die ihr nicht ganz ehrlich vorkamen. Doch als ich von der Sache mit Ethans Bruder erzählte, erkannte ich so etwas wie Verständnis für ihn.

»Warum nickst du die ganze Zeit, als würdest du das alles bestens nachvollziehen können?«, fragte ich sie irgendwann, als ich die Welt nicht mehr verstand. Marleen saß im Schneidersitz da und zuckte mit den Achseln. »Na, es ist doch vollkommen klar, warum Ethan sich in die Angelegenheit eingemischt hat. Immerhin ist Jonathan sein Bruder und steckt in Schwierigkeiten. Würdest du deiner Schwester oder deinem Bruder nicht helfen?«

»Ich bin Einzelkind. So was wie Empathie für Geschwister kenne ich nicht.«

Marleen schüttelte verständnislos den Kopf. »Du bist furchtbar.«

»Du auch. Immerhin solltest du mich in meiner Denkweise unterstützen«, maulte ich und erntete ein Lachen von meiner besten Freundin. »Dieses Mal mache ich es dir nicht so einfach. Denn ich kann Ethan verstehen.«

»Aber warum? Das, was er tut, ist gegen das Gesetz. Es ist falsch.«

»Und dass du in seinem Haus herumgeschnüffelt hast, ist auch nicht unbedingt eine Heldentat«, rief sie mir grinsend in Erinnerung und ich hielt inne. »Ich habe es getan, weil ich den Verdacht hatte, dass dort etwas nicht in Ordnung war«, versuchte ich mich zu verteidigen und wusste, wie jämmerlich sich das alles anhörte.

»Hör mal«, begann Marleen und rutschte ein Stückchen näher. »Ich weiß, dass diese Sache, in die Ethan verwickelt ist, nicht in deine Vorstellung von einer gerechten Welt passt, aber vielleicht musst du hinter die Fassade des Menschen schauen und nicht in irgendwelche Paragraphen und Gesetze, die keine Ahnung wer verfasst hat, um uns unsere Grenzen aufzuzeigen. Auch wenn die Handlungen manchmal nicht richtig sind, muss man schauen, was dahintersteckt, und bei Ethan ist es definitiv Liebe für seinen Bruder. Zählt das nicht mehr als alles andere?«

»Nicht wenn es gegen das Gesetz verstößt«, hielt ich dagegen.

Marleen dachte einen Moment nach und knabberte an ihrem Daumennagel. »Schau mal. Ich bin deine beste Freundin. Praktisch sind wir wie Schwestern. Wenn ich in diese Sache verwickelt wäre, würdest du nicht versuchen, mir mit all deinen Mitteln zu helfen? Würdest du mich eher verpfeifen oder dich sogar von mir abwenden?«

Ich wollte gerade antworten, dass es sich gar nicht miteinander vergleichen ließe, doch Marleen hatte recht. Wir waren wie Schwestern. Würde ich sie einfach so von mir stoßen?

»Warum bist du auf seiner Seite?«, fragte ich hingegen. »Du hattest am Anfang nicht viele gute Worte für ihn übrig.«

Sie kicherte. »Was soll ich sagen? Er hat dich glücklich gemacht. Zumindest zeitweise. Wie könnte ich da sauer auf ihn sein? Und erst recht nicht jetzt, wo ich weiß, wie er für seinen Bruder einsteht und sich für ihn in Gefahr bringt. Das wirft ein ganz anderes Licht auf ihn. Aber du weichst meiner Frage aus«, sagte sie und deutete mit dem Zeigefinger auf mich. »Würdest du mich verpfeifen?«

Ich seufzte und schaute auf meine Hände. »Nein, natürlich nicht.«

Marleen lächelte zufrieden. »Und würdest du dich von mir abwenden?«

»Ich würde versuchen, dich davon abzubringen.«

»Vielleicht hat Ethan das bei seinem Bruder getan. Genau weißt du es nicht.« Da hatte sie recht. Verdammt, sie hatte so recht.

»Also?« Sie hob abwartend die Brauen und ich knurrte. »Nein, Marleen, du weißt, dass ich das nicht könnte. Ich würde dir helfen!« Und somit war es raus. Auf so einen einfachen Gedanken war ich bisher noch gar nicht gekommen und dabei war es so leicht gewesen, es nachzuvollziehen.

»Du kannst dich später bei mir bedanken«, strahlte Marleen und atmete aus, als hätte sie ein großes Projekt erfolgreich abgeschlossen. »So, wenn du mich dann bitte entschuldigst, ich muss nach Hause, bevor deine Mum zurückkommt und merkt, dass ich meine Schuhe erst in deinem Zimmer ausgezogen habe.«

Sie erhob sich ächzend und warf mir einen Blick zu. »Alles in Ordnung?«

Ich nickte und schaffte es endlich, ein halbwegs ehrliches Lächeln zustande zu bringen. »Alles gut. Du hast mir sehr geholfen.«

Sie winkte ab. »Ach, das war doch nichts. Aber du musst zugeben, dass ich einfach der Wahnsinn bin.«

Jetzt musste ich tatsächlich lachen und erhob mich ebenfalls vom Bett. »Du bist wirklich unglaublich«, stimmte ich ihr zu und nahm sie in meinen Arm. Als ich von ihr abließ, schaute ich sie erschrocken an. »Ich habe ganz vergessen, dich zu fragen, wie das Gespräch mit Phil gelaufen ist! O Gott, es tut mir leid. Ich war so im Selbstmitleid versunken, dass ich nicht mehr daran gedacht habe.«

»Ach, überhaupt kein Problem.« Sie grinste zuversichtlich. »Das Gespräch war wichtig und aufschlussreich. Und um ehrlich zu sein, bin ich froh, dass der Abend so gekommen ist, denn wir waren komplett ehrlich zueinander und sind guter Dinge, dass mit uns alles gut werden wird. Phil will sich bemühen, nicht mehr so zu klammern, und ich werde versuchen, nicht über jede seiner Handlungen zu schimpfen und ihm besser zuzuhören.«

»Das klingt wunderbar«, stimmte ich ihr zu.

»Ich denke auch.« Sie starrte auf ihre Armbanduhr und angelte nach ihren Schuhen. »Jetzt sollte ich aber wirklich los. Immerhin hast du heute Abend noch was vor, soweit ich weiß.«

Verwirrt schaute ich sie an. »Was meinst du? Ich habe nichts vor. Ich bleibe wie immer hier und zähle die Tage, bis ich ausziehen kann.«

»Oh doch, ich denke du weißt genau, was heute Abend zu tun ist«, antwortete sie, zwinkerte mir mit einem Lächeln zu und verschwand aus meinem Zimmer. Noch immer mit einem großen Fragezeichen über dem Kopf starrte ich auf die Tür, ehe ich begriff, was sie meinte.

Kapitel 37

Es kostete mich einige Überwindung und eine kalte Dusche, um das Haus zu verlassen und mich auf den Weg zu machen. Zielstrebig lief ich die Straßen entlang, die ich sonst aus einem anderen Grund gegangen war. Heute Abend würde der Gang vielleicht einiges in meinem Leben verändern. Als ich das Grundstück betrat, war mir ganz anders zumute. Wie würde Ethan reagieren, wenn ich plötzlich vor seiner Haustür stand und um ein Gespräch bat? Würde er mich direkt wieder zum Gehen anhalten oder mich mit offenen Armen empfangen? Letzteres wohl kaum nach meiner Reaktion auf sein Geständnis. Mein Herz pochte wie wild. Einzig die Vögel, die in den Büschen und Bäumen von Ethans Garten saßen und laut zwitscherten, beruhigten mich ein wenig. Schlagartig bewegte ich mich langsamer und atmete ein paarmal tief durch. »Jetzt oder nie«, sagte ich leise vor mich hin und setzte meinen Weg entschlossener fort. An der Haustür blieb ich stehen und sammelte mich einen Moment, ehe ich die Hand hob und die Klingel betätigte. Doch es kam niemand, um die Tür zu öffnen. Vielleicht war Ethan gar nicht da. Seinen Wagen konnte ich nicht sehen, aber ich wusste, dass er ihn häufig in der Garage parkte. Plötzlich wurde die Tür aufgerissen und mir entfuhr ein leiser Schrei, als ich einem gestresst aussehendem

Thomas in die Augen schaute. »Louisa!«, rief er überrascht und schaute kurz über seine Schulter. »Komm rein.«

»Hallo, Thomas, ist … ist Ethan da?«

Er lachte schelmisch und von dem Stress, der ihm eben noch ins Gesicht geschrieben stand, war nichts mehr zu sehen. »Vielleicht kommst du erst einmal rein.«

Ich stutzte. »Wieso? Ist etwas passiert?«

Thomas lachte leise. »Nun los, komm rein.« Zögerlich betrat ich das Haus und es fühlte sich einerseits vertraut und gleichzeitig fremd an, wieder hier zu sein.

Thomas marschierte voran in die Küche und sah sich immer wieder verdächtig um. Ich folgte ihm und stockte kurz, als ich auf die Stelle blickte, an der Ethan und ich uns das erste Mal geküsst hatten. Thomas hingegen zog sich einen Stuhl hervor, drehte ihn um und setzte sich darauf. Er stützte seine Arme auf der Lehne ab und bekam sein breites Grinsen kaum aus dem Gesicht. »Setz dich, Louisa.«

Vorsichtig und mit einer gewissen Skepsis ließ ich mich gegenüber von ihm auf einen Stuhl sinken. »Verrätst du mir, warum du so guckst?«

»Verrätst *du* mir, was du mit dem Boss gemacht hast?«

Erschrocken fuhr ich auf. »Was meinst du?«

Thomas lachte schallend. »Nun tu doch nicht so. Ich weiß genau, dass da irgendwas bei euch im Busch ist. Und wenn ich es bis eben nicht sicher gewusst hätte, dann spätestens jetzt, denn du bist so rot wie eine überreife Tomate.«

Peinlich berührt vergrub ich meine Hände im Gesicht. »Oh Thomas, das ist alles so … «, sprach ich gedämpft.

»So romantisch?«, schwärmte er gespielt und lachte wieder, ehe er aufstand und uns einen Kaffee an den Tisch holte.

»Wie hast du es herausgefunden?«, fragte ich schließlich und nahm das Getränk dankend entgegen.

Thomas zuckte mit den Achseln. »Das war nicht wirklich schwer. Die Launen des Bosses sind kaum zu ertragen und hier im Haus geht gefühlt alles drunter und drüber.«

»Was meinst du damit?«

»Wir haben noch keinen Ersatz für dich gefunden und wer bringt dem Herrn da oben nun seinen Kaffee, wenn er danach schreit? Richtig, er muss sich ihn – Gott bewahre – selbst holen. Aber das ist das kleinste Problem. Das Haus versinkt im Chaos, Ethans Wäsche muss er sich für seine Termine selbst zusammensuchen und seine Höflichkeit beschränkt sich auf ein gemurmeltes *Guten Morgen*. Ich weiß nicht, was du mit ihm gemacht hast, aber es ist definitiv nicht gesund für ihn.« Er zuckte traurig mit den Achseln. »Wenn du mich fragst, hast du dem großen Meister ganz schön den Kopf verdreht. Grummelig war er ja schon immer, aber so habe selbst ich ihn noch nicht erlebt.«

Einerseits machte es mich traurig zu hören, dass es Ethan in den vergangenen Tagen nicht gut ergangen war, doch andererseits fühlte ich mich ein wenig erleichtert, denn hieß das nicht vielleicht sogar, dass er mich ein wenig vermisste? Und dass es hier im Haus ohne meine Hilfe nicht wirklich lief, gab mir eine gewisse Genugtuung.

»Wo ist er jetzt?«, fragte ich schließlich und Thomas deutete mit dem Zeigefinger in den Himmel. »Oben und vergräbt sich in seiner Arbeit. Er hat vorher schon viel für die Firma getan, aber ich habe das Gefühl, sein Alltag besteht jetzt lediglich aus Arbeiten, Kaffeetrinken und hin und wieder mal Atmen.«

Ob Thomas wusste, in was Ethan eigentlich verwickelt war? Dass er nachts vermutlich nicht schlief und wegen dem Schmuck sein Leben riskierte? Wie genau lief das eigentlich mit diesen Geschäften? Er hatte mir das gar nicht genauer erklären können. Tausende von Fragen taten sich auf und ich besann mich wieder, weshalb ich eigentlich hergekommen war.

»Meinst du, ich könnte zu ihm?«, fragte ich und trank einen Schluck.

»Versuchen könntest du es. Ich garantiere aber für … «

»Thomas, ich … «, hörten wir plötzlich eine Stimme dazwischenrufen und fuhren erschrocken auf, als wir Ethan die Tür reinkommen sahen. Doch auch er schien nicht auf meinen Besuch vorbereitet gewesen zu sein und blieb wie angewurzelt stehen. »Louisa? Was tust du denn hier?«

»Louisa war so nett, uns einen Besuch abzustatten«, erklärte Thomas und zwinkerte mir zu. Ethan konnte seinen Blick nicht von mir nehmen und so nickte ich zustimmend. »Ich wollte mal Hallo sagen. Und … wenn möglich, mit dir sprechen«, fügte ich schließlich hinzu und bemerkte, wie Ethans Brust sich hob und wieder senkte.

»Okay«, antwortete er schlicht, da schaute Thomas übertrieben auf seine Armbanduhr. »Schon so spät! Ich muss dann mal an die Arbeit.« Und somit verschwand Thomas aus der Küche. Ethan stand noch immer da und sah mich an, als könnte er nicht glauben, dass ich in seinem Haus war. Unsicher erhob ich mich vom Stuhl und sah ihn leicht fordernd an. »Also? Können wir reden?«

Nach kurzem Überlegen nickte er schließlich. »Gut, gehen wir nach draußen.« Wir betraten die Terrasse, liefen schließlich aber hinaus in den Garten. In mir stieg ein mulmiges Gefühl auf, als wir an der Stelle vorbeigingen, an der wir uns vor einigen Tagen noch gestritten hatten. Ethan steuerte auf eine Gartenbank vor einem Apfelbaum zu und bedeutete mir mit einem Kopfnicken, mich hinzusetzen. Angespannt ließ ich mich darauf nieder und vergrub die Hände in meinem Schoß.

»Ich wollte mich entschuldigen«, begann ich, nachdem sich Ethan neben mich gesetzt hatte. Seinen warmen Körper dicht neben meinem zu spüren, ließ mein Herz direkt höherschlagen, und ich sehnte mich danach, ihn zu berühren. Meine Hand auf sein Bein zu legen oder einfach nur nach seiner Hand zu greifen.

»Ich habe neulich überreagiert und voreilig gehandelt. Ich hätte nicht so sehr urteilen dürfen, ohne einmal darüber nachzudenken.«

Im Augenwinkel erkannte ich, dass Ethan leicht nickte.

»Nachdem ich darüber nachdenken konnte, und glaub mir, ich habe die letzten Tage nichts anderes getan, möchte ich versuchen, das Ganze besser zu verstehen. Und vielleicht kannst du mir dabei helfen. Ich habe dir nicht die Chance gegeben, es mir in Ruhe zu erklären, sondern war«, ich suchte nach dem richtigen Wort und schaute mich hilfesuchend im Garten um, »zu befangen, wegen meines Berufswunsches. Irgendwie habe ich gedacht, dass ich nichts mit solchen Dingen zu tun haben darf. Was man natürlich auch nicht sollte, aber für einen kurzen Moment habe ich meine Zukunft bedroht gesehen und war blind für die Beweggründe, die dahinterstecken. Immerhin ist er dein Bruder.«

»Ganz genau«, murmelte Ethan, »und ich habe sein Leben zerstört. Ihm zu helfen, wobei auch immer, ist das Mindeste, was ich tun kann. Ohne mich wäre er nicht in diese Lage gekommen. Ohne mich wäre er jetzt ein erfolgreicher Fußballspieler.« Ich sah ihn von der Seite an, als ich bemerkte, dass seine Stimme bebte. Doch er blickte starr geradeaus und schien komplett in seiner Reue gefangen zu sein. »Jeden Tag hasse ich mich aufs Neue dafür, was ich ihm angetan habe. Hätte ich mich nicht so dämlich angestellt, wäre ich nicht so egoistisch gewesen, wäre das alles nicht passiert.« Jetzt sah er mich ernst an. »Wer verdammt noch mal bin ich, ihm dann nicht zu helfen? In einer Situation, in die ich ihn gedrängt habe?«

Es brach mir das Herz zu sehen, wie sehr Ethan daran zugrunde ging. »Ethan«, murmelte ich und legte schließlich doch meine Hand auf seine. »Du bist vielleicht für den Unfall verantwortlich gewesen. Ja, das mag sein. Aber nicht für das, in was dein Bruder sich verstrickt hat. Er hat immer noch selbst entscheiden können, wie er sein Leben gestaltet, auch nach dem Unfall. Auch mit zwei gebrochenen Beinen. So schwer es auch für ihn gewesen sein mag, das rechtfertigt nicht seine Taten.«

Ethan entzog sich meiner Hand nicht, was mich innerlich erleichterte und aufatmen ließ. Aber er schüttelte so energisch den Kopf, als wollte er sich die Tatsache, dass Jonathan selbst für seine Taten verantwortlich war, nicht eingestehen.

»Doch Ethan, glaub mir bitte«, beharrte ich. »Dennoch habe ich erst nicht wahrhaben wollen, weshalb du bei der Sache mitmachst, aber inzwischen kann ich es verstehen. Du fühlst dich schuldig.«

»Ich kann ihn nicht noch einmal im Stich lassen«, erklärte er und seine Hand entspannte sich etwas unter meiner. »Meine Eltern haben sich nach dem Unfall von mir abgewandt«, sprach er nun und seine traurige Stimme versetzte mir einen Stich. »Das ist schrecklich!«

»Tja, sie hatten wohl keine Lust, mit einem Sohn wie mir zu tun zu haben. Immerhin geht das Familienimage vor. Wohlhabende Geschäftsleute, die in der Öffentlichkeit stehen, brauchen einen Sohn wie mich nicht. Einen, der trinkt und sich anschließend hinters Steuer setzt. Und dass dieser Sohn dann noch den Hoffnungsträger der Familie, sein Leben, ruiniert, das ist die Oberhärte.«

In seiner Stimme schwang so viel Verachtung mit, ich konnte nicht sagen, wem diese galt. Ihm oder seinen Eltern. Ich schluckte und festigte meinen Griff um seine Hand. »Wie gehen deine Eltern mit Jonathan um, nachdem er ... so abgerutscht ist?«

Er schnaubte abschätzig. »Zu dem Zeitpunkt haben sie beschlossen, keinen einzigen Sohn mehr zu haben.«

»Das ist furchtbar«, rief ich entsetzt aus.

Achselzuckend nickte er und rieb sich müde die Augen. »Am Anfang haben sie versucht, Jonathan in jeder Hinsicht zu unterstützen, aber als er auf die schiefe Bahn geriet, haben sie immer mehr Abstand genommen. Ist ja auch das Einfachste«, setzte er verärgert hinzu und ich spürte, wie sich seine Hand unter meiner zu einer Faust ballte. »Irgendwann habe ich angefangen, mein Leben umzukrempeln. Habe viel gearbeitet, mich auf den Arsch gesetzt und endlich angefangen zu lernen. Im Prinzip habe ich das Leben geführt, das Jonathan immer wollte. Warum hat es denn nicht mich getroffen?«

»Nein, stopp!«, fuhr ich entsetzt auf und nahm sein Gesicht zwischen meine Hände, damit er mich direkt ansah. »Hör auf, das darfst du niemals wieder sagen! Du bist ein großartiger Mensch und du hast einen dummen Fehler gemacht. Punkt. Aus. Mehr nicht. Nie wieder will ich hören, dass es dich hätte treffen sollen!« Ethan lächelte mich traurig an und nickte schließlich.

Allmählich schien ich es ganz deutlich zu verstehen. Ethans Verhalten seinem Bruder gegenüber, aber auch seine ganze Art, wie er mir am Anfang begegnet ist. Dieser Mann war voller Reue, Trauer, Wut. Kein Wunder, dass er manchmal so impulsiv reagierte.

Es tat gut, ihn endlich besser zu verstehen. Ihn nachvollziehen zu können. Es bestärkte mich darin, weshalb ich hergekommen war. Es war genau richtig gewesen. In mir machte sich eine Entschlossenheit bemerkbar, wie ich sie das letzte Mal gespürt hatte, als ich mich für das Studium entschied.

»Ethan, sag mir, wie ich dir helfen kann. Egal wie, ich werde es tun.«

Kapitel 38

»Du kannst mir nicht helfen«, sagte Ethan mit einem trägen Lächeln auf den Lippen. Dann nahm er seine freie Hand und legte sie auf meine, nachdem ich sein Gesicht wieder losgelassen hatte. Ich schloss einen Moment die Augen und genoss die Berührung. Die Mauer zwischen uns begann allmählich zu bröckeln.

»Doch, irgendwie werde ich dir helfen können. Du musst mir nur sagen wie«, beharrte ich darauf und starrte ihn ernst an.

Ethan schüttelte heftig den Kopf. »Nein, Louisa. Du wirst dich da komplett raushalten. Ich wollte schon nicht, dass du überhaupt weißt, was hier los ist, aber deine Schnüffelnase hat mein Geheimnis nun mal aufgedeckt. Du kennst jetzt die Wahrheit. Aber das bedeutet nicht, dass ich dich da mit reinziehe und womöglich noch in Gefahr bringe.«

»Ich muss mich ja nicht in Gefahr begeben, aber … «

»Nein«, fuhr Ethan entschieden dazwischen und erhob sich ruckartig von der Bank. Fragend starrte ich ihn an. »Ethan.«

»Nein! Louisa, auf keinen Fall. Du kannst mir dabei nicht helfen.«

Jetzt erhob auch ich mich. »Dann sag mir wenigstens, wie es weitergehen wird. Das kann ja schließlich nicht ewig weiterlaufen. Du und Jonathan müsst doch irgendwie wieder da rauskommen.«

»Das werden wir auch. Wir überlegen uns etwas.«

»Und genau dabei kann ich helfen«, flehte ich beinahe und griff hastig nach seinen Händen. »Ich bin vielleicht in einigen Dingen ein wenig naiv oder auch talentfrei, aber eines kann ich ganz sicher: Mir verrückte Ideen ausdenken, wie man jemandem aus der Patsche hilft. Mir fällt gerade eine Geschichte von mir und meiner besten Freundin Marleen ein.« Ethan schmunzelte, doch ich blieb hartnäckig. »Marleen hatte es in der Schule nicht immer leicht. Eine Mädchengang hatte es ganz besonders auf sie abgesehen. Da ich ihre beste Freundin war, auch auf mich. Jedenfalls haben sie ihr immer wieder Dinge in die Schultasche geschmuggelt, die nicht Marleen, sondern ihnen selbst gehörten, damit sie Marleen anschließend bei der Direktorin anschwärzen konnten. Es war wirklich furchtbar. Aber die Direktorin und die Lehrer glaubten diesen Hühnern leider. Also haben wir uns überlegt, wie wir sie auffliegen lassen könnten. Im Sportunterricht haben Marleen und ich ihre Tasche absichtlich in der Umkleide offen liegen gelassen, das war für die anderen Anlass genug, Marleen wieder als Diebin darzustellen. Dass wir dieses Mal vorbereitet waren, wussten sie nicht. Also haben Marleen und ich so getan, als würden wir uns nach dem Sport in der Mädchendusche frischmachen. Von dort hatten wir eine wunderbare Sicht auf den Umkleidebereich. In der Dusche gab es oben an der Decke ein paar kleine Fenster, von denen man in die Umkleide schauen konnte. Wir haben schon vor dem Sportunterricht einen Stuhl hineingeschmuggelt, damit wir aus dem Fenster schauen konnten. Das Ganze haben wir gefilmt und konnten schließlich den Lehrern im Video zeigen, wie die Hühnergang Marleen Sachen untergejubelt hat.« Ich holte nach meiner Erzählung tief Luft und reckte mein Kinn stolz hervor. Ethan starrte mich mit hochgezogenen Brauen an und lachte schließlich laut auf. »Ist das dein Ernst? Du vergleichst einen albernen Mädchenstreich mit organisierten Raubüberfällen?«

»Ja«, antwortete ich knapp und blieb der Meinung, dass unsere Überführungsmethode absolut genial war.

Ethan atmete laut aus. »Ich möchte dich wirklich nicht in Gefahr bringen, Louisa.«

»Das wirst du auch nicht«, fiel ich ihm ins Wort. »Aber lass mich wenigstens versuchen, mir gemeinsam mit dir und deinem Bruder zu überlegen, wie wir euch da rausholen können.«

»Glaubst du denn nicht, dass wir darüber nicht schon längst nachgedacht haben?«

»Natürlich, aber ich bin unbefangen. Eine Außenstehende, und ich sehe die Sachlage vielleicht noch mal aus einem ganz neuen Blickwinkel«, erklärte ich sachlich, doch Ethan schmunzelte. »Du hast die Sachlage soeben mit einem Kinderstreich verglichen«, rief er mir in Erinnerung.

»Und vielleicht hilft uns ja genau das. Vielleicht gibt es eine einfache Art, wie wir die Sache auffliegen lassen und dich und deinen Bruder außer Gefahr bringen können. Manchmal ist die Lösung so leicht und hin und wieder ist man einfach nur zu blind für die einfachsten Dinge.«

Ethan seufzte und trat unruhig von einem Bein auf das andere. Plötzlich zog er mich in seine Arme und drückte mich fest an sich. »Ich bin froh, dass du die Klügere von uns beiden warst und zu mir gekommen bist. Ich wäre vermutlich zu feige dafür gewesen.«

Ich lächelte an seiner Brust. »Ja, manchmal bin ich eben genial. Und eine genauso geniale Idee werde ich haben, um dir und deinem Bruder zu helfen.«

Kapitel 39

Ethan und ich saßen in seinem Wohnzimmer und starrten uns an. Ich mit forderndem Gesichtsausdruck, gierig nach Antworten, und er, als könnte er mir meine Gier mit seinem Blick austreiben. Doch so schnell würde ich mich nicht abwimmeln lassen. Ich wollte bis ins kleinste Detail wissen, worum es hier ging. Wie Ethan in die Sache verwickelt war – von Anfang bis Ende. Und vor allem lag mir auf dem Herzen, wie ich ihm und seinem Bruder helfen konnte. Ganz uneigennützig war ich dabei nicht. Ich hoffte, je schneller wir die Sache aus der Welt schaffen könnten, umso schneller könnten Ethan und ich uns auf uns und das, was zwischen uns war, konzentrieren.

»Erklär mir bitte, wie genau die Sache abläuft. Was deine Rolle ist. Und warum du neulich in diesem Hinterzimmer in der Kneipe warst.«

Ethan stöhnte und wandte sich hin und her. »Louisa, ich sollte gar nicht mit dir darüber reden. Das, was du weißt, ist bereits genug. Ich bringe dich nur unnötig in Gefahr und mehr will und kann ich nicht riskieren.«

»Zu spät«, flötete ich ungewohnt fröhlich und grinste schelmisch. »Dafür weiß ich inzwischen zu viel. Jetzt kannst du mir auch den Rest verraten. Komm schon, Ethan. Ich kann helfen. Ich will helfen. Und ich kriege es sowieso raus, nur wird es mit dir schneller gehen.«

Er stöhnte, doch ich erkannte, wie sein Mundwinkel leicht zuckte. »Also schön. Ich erkläre dir, wie es läuft. Aber das war's dann auch. Mehr werde ich dir nicht sagen.«

Ich setzte mich auf seiner Couch aufrecht hin und signalisierte ihm somit, dass er anfangen sollte zu reden.

»Die Sache läuft folgendermaßen: Jonathan und ich sind bei den Überfällen nicht direkt dabei. Mich kennen die Jungs gar nicht und sie wissen auch nicht, dass ich da mit drinstecke. Deswegen ist es auch wichtig, dass es dabei bleibt«, setzte er eindringlich hinzu und ich nickte.

»Natürlich.«

»Nachdem ein Überfall stattgefunden hat, wird Jonathan kontaktiert und nimmt die Ware an einem abgemachten Ort entgegen. Diese lagert er bei sich, bis *der Boss* – dessen genauen Namen niemand kennt – einen Käufer gefunden hat. Dann bringt Jonathan die Ware an den sogenannten Käufer und bringt *dem Boss* anschließend das Geld dafür. Manchmal vertickt der *Boss* meines Wissens nach die Ware auch selbst, aber nur an hochkarätige Kunden, die ordentlich Kohle dabeihaben. Er wickelt die ganz großen Geschäfte ab.«

Ich atmete ein paarmal tief ein und wieder aus. »Also verstehe ich das richtig? Jonathan nimmt die Ware entgegen, bringt sie hierher und dann holt er sie wieder ab, gibt sie an die Käufer weiter und bringt das Geld dann an den sogenannten *Boss*.«

Ethan nickte. »Hin und wieder übernehme ich auch die Touren von Jonathan. Immerhin ist er mein Bruder und unsere Ähnlichkeit ist unverkennbar.«

»Dann gibst du dich für deinen Bruder aus?«

Wieder nickte er. »Nachts ist es dunkel und die Übergabe muss schnell vonstattengehen. Da nehmen die Handlanger vom *Boss* kaum einen Unterschied wahr.«

Ich knibbelte nachdenklich an meinen Fingernägeln. »Und neulich in der Kneipe, da hast du … «

» … so getan, als wäre ich Jonathan, ganz genau. Ich übernehme diese Übergaben so oft wie nur möglich, damit es nicht auffällt, und je öfter ich Jonathan vertreten kann, desto sicherer ist er.«

»Und in umso größere Gefahr begibst du dich!«, rief ich ihm in Erinnerung und schüttelte fassungslos den Kopf. »Geschwisterliebe in allen Ehren, aber wie kann dein Bruder das nur zulassen? Dass du deinen Hals für ihn hinhältst. Stell dir vor, die erwischen dich.«

Ethan wedelte energisch mit den Händen. »Jonathan versucht immer wieder, mich davon abzuhalten, aber ich kann ganz schön dickköpfig sein.«

»Was du nicht sagst«, murrte ich, was ein Lächeln auf Ethans Lippen zauberte.

Er erhob sich von der Couch mir gegenüber und ließ sich neben mich fallen. Dabei legte er einen Arm um meine Schultern, was mir ein angenehmes Bauchkribbeln bereitete. »Was können wir tun?«, fragte ich mit erhitzten Wangen, um nicht zu vergessen, bei welchem Thema wir eigentlich stehen geblieben waren.

»Hm? Was meinst du?«, fragte Ethan neben mir und zog mich noch etwas dichter an sich, bis ich meine Wange an seine Brust legte. Gemeinsam schauten wir auf den Couchtisch, auf dem unsere Weingläser standen, die Ethan uns zwischenzeitig eingeschenkt hatte.

»Ich meine, was wir tun können, um dem Ganzen ein Ende zu setzen. Irgendetwas wird es doch geben müssen. Du und dein Bruder könnt euch unmöglich so lange dieser Gefahr aussetzen.«

Ethan atmete tief ein und wieder aus, ehe er antwortete. »Glaubst du nicht, dass wir uns nicht schon längst Gedanken gemacht hätten?« In seiner Stimme schwang ein amüsierter Unterton mit.

»Und ihr seht keinen Ausweg?«, seufzte ich und genoss es, ihm so nahe zu sein. Seinen Herzschlag zu spüren, seine Atmung wahrzunehmen. Alles an seiner Berührung fühlte sich so unglaublich gut an.

»Jonathan und ich haben schon häufig überlegt, was wir tun können, aber noch nicht den richtigen Moment abpassen können. Das Beste wäre, wenn wir den *Boss* überführen. Am besten mit einer versteckten Kamera, um die Beweise vorlegen zu können. Aber dafür müssten wir sicherheitshalber noch eine Person einweihen, die für uns den Lockvogel spielt. Das Ganze wäre einfach zu gefährlich.« Ich knabberte nachdenklich an meiner Unterlippe und schaute angestrengt auf die Weingläser. Ethans Worte wogen schwer und ich fragte mich, wie ich den Jungs helfen konnte. Da kam mir plötzlich eine Idee. Ich erhob mich und schaute Ethan aufgeregt an. Er hingegen stutzte und musterte mich fragend. »Was ist?«

»Ethan, denk doch mal nach! Du hast eben selbst gesagt, dass der Boss dich noch nie gesehen hat, beziehungsweise, dass er gar nichts von dir weiß! Wer ist besser als Lockvogel geeignet als du?«

Ethan lachte laut und schüttelte den Kopf. »Denkst du etwa, dass wir da nicht schon drüber nachgedacht haben? Aber der *Boss* kommt niemals allein zu einem Verkauf. Er hat immer seine Hornochsen von Jungs mit, die ihm den Rücken freihalten. Und diese Männer kennen Jonathan und da ich mich schon als mein Bruder ausgegeben habe, würden wir auffliegen. Verwirrend, ich weiß, aber die würden den Braten riechen, noch ehe es zu einer Übergabe der Ware kommen könnte.«

Ich stieß meinen Atem aus und ließ mich gegen seine Brust sinken. Ethan legte seine Hand um meinen Rücken und zog nachdenklich ein paar Kreise mit seinem Daumen über mein Steißbein.

»Und wenn wir dich so herrichten, dass die Ähnlichkeit nicht mehr vorhanden ist? Du hast doch gesagt, dass sie dich nur nachts gesehen haben.«

»Louisa, es bringt nichts. Ich kann nicht als potenzieller Käufer auftauchen, der Ähnlichkeit mit einem seiner Dealer hat.«

Wieder fuhr ich hoch und Ethan zuckte leicht zusammen. »Gott, Louisa, du musst das echt lassen!«

»Du sagtest gerade, du kannst da nicht allein hin.«

»Kann ich auch nicht. Das ist viel zu auffällig. Ein einzelner Käufer könnte immer ein potenzieller Cop sein … und wir wollen nicht noch weitere Leute mit hineinziehen. Es reicht schon, dass du … «

»Aber genau das ist es ja! Du musst das nicht allein machen«, rief ich begeistert aus. »Du hast mich!«

Ethan zog erst fragend die Brauen in die Höhe und als es in ihm zu rattern begann, schüttelte er energisch den Kopf. »Oh nein, schlag dir das aus deinen Gedanken.«

»Ethan, hör mir doch mal zu! Wir könnten ein reiches Paar abgeben. Ich bin deine Verlobte oder deine Frau. Du kaufst mir teuren Schmuck. Sehr teuren Schmuck. So viel, dass der *Boss* persönlich antanzen wird. Erzähl mir nicht, dass du nicht genug Geld hast.«

»Wow, darauf hast du es also abgesehen«, scherzte er.

»Nein, im Ernst. Das werden wir auf keinen Fall tun. Ich verwickle dich nicht noch mehr in die Geschichte. Du weißt sowieso schon zu viel.«

Ermattet ließ ich den Kopf sinken, setzte mich im Schneidersitz auf und starrte ihn eingehend an. »Wir könnten es schaffen, Ethan. Und dabei lässt du eine kleine Kamera laufen, die wir irgendwo an deinem Anzug anbringen. Oder an meiner Handtasche! Als kleine Brosche getarnt. An mir vermuten sie eine Kamera weniger als an dir. Immerhin bin ich nur die Frau, die ihren teuren Schmuck haben will. Danach, wenn die Übergabe stattgefunden hat, gehen wir mit dem Video zur Polizei. Sie müssten gar nichts von Jonathan erfahren. Und wenn doch, können wir versuchen zu beweisen, dass sie ihn erpresst haben. Irgendwie kriegen wir das schon hin«, ratterte ich meinen Plan runter und spürte ein aufgeregtes Kribbeln in meinem gesamten Körper.

Ethan lächelte matt. »Das klingt alles ganz toll, Louisa«, dann rückte er etwas näher an mich heran und griff nach meinen Händen, »aber wir haben dieses Szenario schon tausendmal durchgespielt. Das wird nicht funktionieren.«

»Was unterscheidet dich denn von den anderen Käufern?«

Er dachte einen Moment nach und zuckte anschließend mit den Schultern. »Hm, ich denke, man würde es mir ansehen, dass ich nicht der bin, für den ich mich ausgebe. Die meisten der Käufer sind meines Wissens zwielichtige Typen, nicht so reich, dass sie sich den teuersten Schmuck leisten können, aber eben auch nicht arm. Und sie werden genauestens überprüft. Denkst du etwa, die würden sich nicht über mich schlaumachen? Ich kann da nicht so einfach reinspazieren ... «

»Dann besorgen wir uns gefälschte Ausweise. Zudem wissen sie nicht, dass Jonathan einen Bruder hat. Auch wenn ihr euch so ähnlich seht, dann musst du dich eben ein bisschen verändern. Optisch meine ich«, unterbrach ich ihn.

»Und wie sollen wir das machen? Man kann nicht mal eben in irgendeinem Coffeeshop nach einem Satz gefälschter Ausweise fragen.«

Ermattet ließ ich die Schultern sinken. »Meinst du nicht, dass dein Bruder womöglich jemanden ... « Ich konnte den Satz kaum zu Ende bringen, da schritt Ethan schon ein. »Nein, ganz bestimmt nicht. Jonathan steckt ohnehin schon zu tief in dem ganzen Mist fest, da werde ich ihn nicht noch darauf ansetzen.«

Ich nickte langsam und sah ihn entschuldigend an. »Du hast recht. Das war keine gute Idee. Aber bist du sicher, dass du niemanden weißt, der sich in solchen Dingen auskennt?«

Ethan sah zur Seite und ich erkannte dieses Funkeln in seinen Augen. Er dachte an jemanden, aber wollte nicht damit herausrücken.

»Sag schon«, ermahnte ich ihn und erntete einen fragenden Blick. »Was meinst du?«

»Ich sehe, dass du mir etwas verheimlichst. Also sag schon, wen kennst du, der sich um gefälschte Ausweise kümmern könnte?«

Ethan stöhnte leicht und schien mit sich zu ringen. Doch meine Augen bohrten sich so tief in ihn hinein, dass er schließlich laut ausatmete. »Thomas.«

»Thomas?«, wiederholte ich.

»Jap.« Er ließ von mir ab und setzte sich aufrecht hin. Dabei rieb er sich müde das Gesicht. »Thomas hat vor einigen Jahren beim *Secret Intelligence Service* gearbeitet. Und ich weiß, dass er noch ein paar Kontakte hat.«

»Das heißt, Thomas weiß von den Geschäften und den Überfällen?«

Ethan schüttelte knapp den Kopf und rieb sich müde die Augen. »Thomas weiß, dass ich da in etwas verwickelt bin, aber Genaueres habe ich ihm nicht erzählt. Immerhin geht es auch um seine Sicherheit. Der Mann hat Familie. Frau und Kinder. Da werde ich ihn nicht in eine solche Sache mit reinziehen. Genauso wenig wie ich das mit dir vorhatte«, fügte er murrend hinzu.

»Und wenn wir mit ihm reden? Wir könnten ihn fragen, ob er Pässe besorgen könnte. Er müsste nicht einmal genau wissen wofür.«

Ethan wollte gerade etwas erwidern, da schaute er mich an und hielt inne. Er schien nachzudenken und blickte an mir vorbei. »Ich kann nicht noch mehr Leben zerstören.« Seine Stimme klang traurig und ich rutschte direkt ein Stückchen näher an ihn heran und legte meine Hand auf seine. »Du zerstörst keine Leben, Ethan. Du rettest sie, wenn du jetzt versuchst, deinen Bruder zu retten. Aber Ethan, ihr werdet da nicht allein rauskommen. Also bitte, nimm meine Hilfe an und wenn es sein muss auch die von Thomas. Wir müssen ihm nicht mehr sagen als nötig.«

Ethan haderte mit sich, das konnte ich ihm deutlich ansehen. Dieser innere Schmerz schien ihn zu zerreißen und vermutlich würde er nicht so schnell aufhören, sich selbst die Schuld für das, was Jonathan in seinem Leben durchgemacht hatte, zu geben. In diesem Moment war ich mir sicher, dass ich ihm helfen musste. Wenn ich auch vor ein paar Stunden noch eine andere Sicht auf die Dinge gehabt hatte, so zeigte mir Ethans Verzweiflung, dass es richtig war, ihn das nicht allein durchstehen zu lassen. Und das würde ich ihm noch begreifbar machen.

Kapitel 40

Am Morgen öffnete ich ein Auge und schloss es direkt wieder, als ein Sonnenstrahl genau in mein Gesicht schien. Einen Moment brauchte ich, um zu realisieren, wo ich mich befand. Als ich eine warme Hand um meine Taille spürte, wusste ich es wieder. Ethan und ich hatten den Abend über noch lange geredet, bis wir entschieden hatten, dass er noch eine Nacht darüber würde schlafen müssen. Nachdem er mich gefragt hatte, ob ich die Nacht bei ihm verbringen wollte, hatte ich ja gesagt und mich dabei unendlich wohlgefühlt. Auch wenn zwischen uns nicht mehr passiert war als ein schüchterner Gute-Nacht-Kuss, so war es die wohl vertrauteste und intimste Nacht, die ich jemals mit einem Mann verbracht hatte. Uns beide verband etwas. Und das wollten wir durch Sex, nachdem wir uns gerade erst wieder versöhnt hatten, nicht aufs Spiel setzen. Ich kannte sein Geheimnis und das zählte in dem Moment mehr als alles andere. Um einen Blick auf die Uhr zu werfen, tastete ich nach meinem Smartphone auf dem Nachtschrank und schielte auf das Display, das mir mehrere Anrufe in Abwesenheit und einige Nachrichten aufzeigte. Erschrocken fuhr ich hoch und las die Nachrichten. Sie waren allesamt von Mum.

In den ersten Nachrichten hatte sie sich in ihrer typischen Schreibweise danach erkundigt, ob ich mich irgendwann nach Hause bequemen würde oder ob sie die Tür abschließen konnte und ich einen Schlüssel hatte. Ein paar anstrengende Nachrichten später war der Sarkasmus aus ihren Mitteilungen verschwunden.

Louisa, bitte melde dich doch mal. Ich mache mir Sorgen.

»Ich mache mir Sorgen«, las ich, als ich ein müdes Murmeln neben mir wahrnahm. »Wer macht sich Sorgen?«

Ethan sah mich mit verwuschelten Haaren an und blinzelte ein paarmal. »Meine Mutter. So was hat sie mir noch nie geschrieben. Ich dachte, ihr wäre egal, wo ich stecke.«

»Das ist es ihr scheinbar nicht«, sagte er und gähnte leise.

Nachdenklich starrte ich das Telefon in meinen Händen an, als würde mich gleich eine Nachricht anspringen. Doch weitere hatte ich nicht erhalten, bis auf zwei von Marleen. Sie erkundigte sich ebenfalls nach mir und wollte wissen, wo ich steckte, da Mum sich auch bei ihr gemeldet hatte.

Ruckartig schob ich die Bettdecke beiseite und sammelte meine Sachen zusammen. »Ich sollte nach Hause, um das schlimmste Donnerwetter irgendwie zu umgehen. Meine Mutter macht sich scheinbar wirklich Sorgen.«

Ethan stemmte sich auf und beobachtete mich. »Soll ich dich nach Hause fahren?«

Kopfschüttelnd zog ich mir mein T-Shirt über und schlüpfte in meine Jeans. »Kommt nicht infrage. Du hast etwas anderes zu tun.«

»Und was?« Wieder gähnte Ethan und rieb sich das Gesicht. Vor seinem Bett blieb ich stehen und stemmte die Hände in die Hüften. Den Blick auf seinen freien durchtrainierten Oberkörper versuchte ich zu vermeiden – so schwer es mir auch fiel.

»Du wirst mit Thomas reden.«

»Louisa«, murrte er, doch ich unterbrach ihn. »Wenn ich mich meiner Mum und ihrem Donnerwetter stelle, wirst du deinen treuen Mitarbeiter wohl um einen kleinen Gefallen bitten können.«

Ethan lachte erstaunt. »Du vergleichst einen Streit mit deiner Mutter mit den Überfällen auf die Juweliere und einem zwielichtigen Boss, der die Ware auf dem Schwarzmarkt verkauft.«

Ich nickte nachdrücklich.

»Okay, wow. Du musst mir deine Mum unbedingt vorstellen. Vielleicht kann sie uns in der Firma in Sachen Sicherheit unter die Arme greifen.«

»Du wirst sie schon irgendwann persönlich kennenlernen. Spätestens auf meiner Beerdigung, weil sie mir den Kopf abgerissen hat. Ich muss jetzt los und du siehst zu, dass du mit Thomas sprichst«, rief ich über die Schulter, während ich sein Schlafzimmer verließ und Ethan keine Chance gab, etwas zu erwidern.

»Wo hast du dich die ganze Nacht herumgetrieben?«, wetterte Mum, noch ehe ich die Türschwelle vollständig übertreten hatte. Vermutlich hatte sie schon einige Zeit im Flur auf mich gewartet, um ihren Auftritt, sobald ich nach Hause kam, perfekt zu machen. Bevor ich antwortete, schloss ich die Tür, damit die Nachbarn den herannahenden Tumult nicht mitbekamen.

»Ich war … bei einem Freund«, erklärte ich etwas schuldbewusst. »Entschuldige, ich habe nicht daran gedacht, mich zu melden.«

Mums Augen weiteten sich. »Nicht daran gedacht? Nicht daran gedacht? Spätestens nachdem ich dir unzählige Nachrichten und Anrufe hinterlassen habe, hättest du ja auf die Idee kommen können, dich zu melden. Nicht daran gedacht … «, herrschte sie. »Mum, ich hatte mein Handy den ganzen Abend in meiner Tasche und einfach nicht nachgesehen. Außerdem, seit wann interessiert es dich, wo ich mich rumtreibe? Das hat es die letzten Jahre nicht.«

»Aber jetzt lebst du unter meinem Dach und da will ich wissen, wo du dich aufhältst.« Sie lehnte sich mit verschränkten Armen an den Türrahmen zum Wohnzimmer und signalisierte mir, dass das Gespräch noch lange nicht beendet war. »Kannst du mir außerdem erklären, bei wem du dich rumgetrieben hast? Bei einem Freund? Bei welchem Freund? Seit wann hast du überhaupt einen?«

Ich warf theatralisch die Arme in die Luft und stöhnte laut. »Gott, Mum! Wenn ich einen Freund hätte, wärst du ganz sicher die Allererste, die es erfahren würde. Noch bevor ich es wüsste«, fügte ich leise hinzu. »Aber ich kann dich beruhigen, ich habe keinen Freund. Er ist nur *ein* Freund.« Ich drängelte mich an ihr vorbei. Allmählich wurde mir das Ganze zu viel.

»Wir sind hier noch nicht fertig«, mahnte sie, während ich einen ersten Fuß auf die Treppe setzte. »Doch, Mum, sind wir«, knurrte ich und wandte mich zu ihr um. Ich musste mich nicht mehr behandeln lassen, als wäre ich ein Teenager. »Es hat dich die ganzen letzten Jahre nicht interessiert, was ich in meiner freien Zeit treibe, und auch neulich, als ich die Nacht über unterwegs war, hast du nicht nachgefragt. Warum also jetzt? Was hat sich geändert? Deine mütterliche Fürsorge? Wohl kaum, denn die hast du mir ehrlich gesagt schon immer vorenthalten.« Tränen brannten mir in den Augen, die ich versuchte, tapfer wegzublinzeln. Mum stand regungslos da und starrte mich an. Ich konnte nicht ausmachen, ob es Wut, Enttäuschung oder Trauer war, die ihr ins Gesicht geschrieben stand. Wahrscheinlich ein Mix aus allem. Niemand sagte etwas. Nur das Ticken der Küchenuhr einen Raum weiter machte uns klar, dass die Welt nicht stehen geblieben war. Wir standen uns gegenüber und starrten uns an wie Rivalen. Manchmal glaubte ich, wir waren das auch. Mum und ich konnten uns nie großartig verbünden. Mein Dad und ich aber schon. Aber Dad war nicht mehr da und ich hatte nach seinem Tod nur noch sie. Doch das hat uns nicht enger zusammenschweißen können. Wenn überhaupt, hatte uns sein Tod nur noch mehr entfremdet, denn Dad war es gewesen, der zwischen Mum und mir zumindest ein bisschen Harmonie ins Haus gebracht hatte. Er fehlte mir unheimlich. Gerade in solchen Momenten, wenn Mum und ich wieder aufeinanderprallten wie dichte Gewitterwolken.

Mum sagte noch immer nichts und auch ich hielt es nicht länger aus, ihr ins Gesicht zu sehen. Also wandte ich ihr den Rücken zu und knallte – zugegeben in leichter Teenagermanier – meine Zimmertür laut hinter mir zu.

»Es ist fürchterlich«, murrte ich ins Smartphone, während ich die Straße entlanglief und die heißen Sonnenstrahlen über mich ergehen ließ. »Wirklich, Marleen, Mum ist einfach schlimm. Es hat sie sonst auch nicht interessiert, was ich treibe und jetzt regt sie sich so auf? Sie hatte nichts zu entgegnen, als ich ihr deutlich gemacht habe, dass ich denke, dass sie kaum mütterliche Zuwendung für mich aufbringen kann.«

Am anderen Ende der Leitung hörte ich ein mitfühlendes Seufzen. »Denk dir einfach, dass es kein Dauerzustand sein wird. Immerhin wirst du bald wieder ausziehen können, wenn du einen Studienplatz bekommst.«

»Ja«, bestätigte ich, »wenn. Wenn nicht, werde ich mir ganz dringend irgendetwas einfallen lassen müssen, denn ich werde nicht länger als nötig für Mum arbeiten, geschweige denn bei ihr wohnen. Eher mache ich ein freiwilliges Auslandsjahr irgendwo in der kältesten Ecke von Russland. Mum hasst Kälte, sie würde mir kaum dorthin folgen.« Vor einem Briefkasten blieb ich schließlich stehen und starrte ihn an, als läge meine ganze Zukunft darin. »Es wird klappen, da bin ich mir sicher«, pflichtete mir meine Freundin bei. Ich nickte, kramte in meiner Tasche nach dem dicken Briefumschlag, der sich zentnerschwer in meiner Hand anfühlte, und drückte ihn noch einmal fest an mich. Mit einem kleinen Stoßgebet zum Himmel schob ich ihn in den Briefkastenschlitz. »Ich muss es einfach schaffen.«

»Hast du den Brief eingeworfen?«, fragte Marleen nach wenigen Augenblicken.

»Er ist jetzt in der Verantwortung der Post«, bestätigte ich ihr. »Bitte, Marleen, wünsch mir Glück, dass meine

Bewerbung gut genug für die Uni ist. Es muss einfach so sein.« Auch wenn ich mich mit kriminellen Machenschaften in meiner Freizeit beschäftige, fügte ich im Geiste hinzu.

»Keine Sorge, das wird. Ich bin mir sehr sicher«, munterte mich meine Freundin auf und ich hoffte, dass sie recht behalten würde.

»Wie war eigentlich das Gespräch mit deinem … Geliebten?«

Ich hielt einen Moment die Luft an und schaute mich um. Was konnte ich Marleen sagen? Ich hatte ihr immer alles erzählt, aber das hier war einfach zu gefährlich. Außerdem würde ich Ethan schrecklich in den Rücken fallen, wenn ich ihr erzählte, was ich wusste.

»Wir … haben uns ausgesprochen«, stammelte ich und schloss kurz die Augen. Ich hasste es, meine beste Freundin zu belügen.

»Oh, là, là«, trällerte sie süffisant und ich konnte mir ihren Gesichtsausdruck dabei vorstellen. »Es ist nichts zwischen uns passiert. Wir haben einfach nur geredet. Und wenn du mich jetzt bitte entschuldigst, ich muss Abstand zwischen diesen Briefkasten und mich bringen, damit er es sich nicht noch anders überlegt und die Bewerbung wieder ausspuckt.«

Am Abend hatte ich mich auf mein Zimmer zurückgezogen und nahm mir vor, die Stunden bis zur Antwort der Universität herunterzuzählen. Vermutlich war das ein sehr langwieriger Prozess, aber immerhin besser, als mich mit Mum zu unterhalten. Da es momentan auch keine neuen Arbeitsaufträge für mich gab, saß ich gelangweilt auf meinem Bett und starrte in ein Buch, das ich kaum las, da meine Gedanken immer wieder um Ethan kreisten. Auch er hatte sich nur sporadisch gemeldet und geschrieben, dass er viel zu tun habe, aber weiterhin an der Sache dran sei. Ich solle mir keine Sorgen machen. Was gar nicht so einfach war. Um ehrlich zu sein, machte ich mir krankhafte Sorgen. Sorgen, dass Ethan niemals aus dieser Sache herauskäme und wir in eine Beziehung gehen würden, die auf Geheimnissen und kriminellen Machenschaften fußte. Ausgerechnet ich! Mit meinem Wunsch bei der Polizei zu arbeiten, nicht unbedingt sehr passend. Außerdem sorgte ich mich um seine Gesundheit, sein Leben. Es konnte immerhin keiner ahnen, wozu diese Männer und der *Boss* fähig waren. Plötzlich riss mich ein leises Klopfen an meiner Zimmertür aus meinen Gedanken und ich setzte mich schlagartig auf. Als Mum ihren Kopf durch die Tür steckte und ich ihren ungewohnt sanften Blick wahrnahm, machte ich mir direkt doppelt so viele Sorgen.

»Louisa? Würdest du bitte runterkommen?«

Ich nickte langsam, klappte mein Buch zu und ließ es auf dem Bett liegen. Mum war bereits nach unten gegangen und ich folgte ihr.

»Was gibt's?«, fragte ich, als ich ihr in den Garten hinterherging und einen kleinen gedeckten Tisch mit zwei Gläsern Wein und Knabberkram vor mir stehen sah. Stutzig begutachtete ich das Werk. »Bekommst du Besuch?«

Mum verneinte und bedeutete mir, dass ich Platz nehmen sollte.

»Ich denke, es ist an der Zeit, dass wir uns unterhalten.« »Und worüber?«, fragte ich argwöhnisch und setzte mich auf den freien Platz.

»Über uns«, antwortete sie und sah in den Garten. Um uns herum surrten ein paar Bienen, die müde ihre letzten Bahnen des Tages zogen. Ein herrlicher Blumenduft stieg mir in die Nase und ich fragte mich, wann ich das letzte Mal Mums herrliche Terrasse so genutzt hatte. Es musste schon eine Weile her sein, vermutlich als Dad noch gelebt hatte und ich zum Grillen eingeladen gewesen war.

»Über uns?«, wiederholte ich.

Sie nickte. »Ich denke, dass wir über ein paar Dinge reden müssen, denn offenbar läuft bei uns irgendetwas gewaltig schief.«

Jetzt nickte ich zustimmend. Treffender hätte man es nicht beschreiben können.

»Was du neulich zu mir gesagt hast, dass ich kein Interesse an dir hätte, das hat mich ganz schön ... getroffen.« Jetzt sah sie mich an. In ihrem Blick lag etwas Trauriges und ich schluckte.

»Empfindest du wirklich so?«, fragte sie und ich brauchte einen Moment, ehe ich etwas sagen konnte.

»Ja«, sagte ich mit fester Stimme. Warum das Ganze beschönigen? Zwischen uns gab es schließlich nicht viel Gutes.

Mum schluckte und ich wusste, dass meine Antwort sie schwer getroffen hatte. »Du hast recht. Jedenfalls kann ich verstehen, dass du so empfindest.« Sie schob nachdenklich ihr Weinglas zwischen den Händen hin und her und beobachtete die Flüssigkeit darin. Ich hingegen nahm einen kräftigen Schluck aus meinem Glas.

»Ich war nicht immer die perfekte Mutter. Vermutlich auch nicht die fürsorglichste oder die freundlichste.«

»Das mit der Fürsorge und der Freundlichkeit hat eher Dad übernommen«, stimmte ich ihr zu und sie lächelte traurig. »Oh ja, das hat er. Dein Vater.« Sie gluckste amüsiert und trank einen Schluck Wein. »Er war die gute Seele von uns. Während ich mich ums Geschäft kümmerte, war er derjenige, der dich umsorgt hat.«

Sofort spürte ich diesen vertrauten Schmerz in meiner Brust, wie immer, wenn ich an meinen Dad dachte.

»Dad war eben ... Dad«, hauchte ich und blinzelte eine Träne beiseite. Mum nickte bestätigend. »Seitdem er nicht mehr bei uns ist, habe ich vergessen, dass nicht nur ich meinen geliebten Ehemann verloren habe, sondern auch du deinen Vater. Ich habe vergessen, dass du womöglich jemanden brauchst, der seine Fürsorge, seine Hilfsbereitschaft ersetzen könnte. Ich habe es dir nie gesagt, aber es tut mir leid, Louisa.«

Überrascht schaute ich auf und sah in Mums feuchte Augen. »Mum, ich ... «, stammelte ich, doch sie hob die Hand, um mich zu unterbrechen.

»Nein, das muss jetzt gesagt werden. Während ich mich in meine Arbeit verbissen habe, habe ich dich außer Acht gelassen und das ist mir erst jetzt klargeworden. Du hast mich gefragt, warum es mich plötzlich interessiert hatte, dass du nachts nicht nach Hause gekommen bist. Die Antwort ist ganz einfach: Ich wusste, dass es dir nicht gut ging. Ich bin zwar nicht die beste, aber ich bin dennoch eine Mutter. Und wenn mein Kind leidet, bekomme ich das mit. In den vergangenen Tagen warst du so zurückgezogen und ruhig und als du nicht nach Hause gekommen bist, hatte ich mich wirklich gesorgt. Ich habe mich schon immer um dich gesorgt. Ich bin nur nicht gut darin, es zu zeigen oder auszusprechen. Vermutlich weißt du das inzwischen«, fügte sie trocken hinzu und ich presste meine Lippen fest aufeinander. Mum so reden zu hören, machte mich sprachlos.

»Du warst immer die Starke von uns. Hast gemacht, was du für richtig hieltst und hast dich nicht von deinem Weg abbringen lassen. Deshalb habe ich nicht gefragt, wo du in der einen Nacht warst. Weil ich wusste, dass du auf dich aufpassen kannst. Was nicht heißt, dass ich mich nicht trotzdem gesorgt hätte. Egal wie alt die Kinder sind, eine Mutter sorgt sich immer. Aber dann warst du so anders und ich habe das erste Mal seit langem gemerkt, dass du vielleicht nicht so stark bist, wie du dich gibst, und jemanden brauchst, der nach dir fragt, der sich um dich kümmert. So jemanden wie ... deinen Vater.«

Jetzt war der Damm gebrochen und Tränen liefen mir über die Wangen. Doch ich sagte nichts und ließ Mums Worte auf mich einwirken.

»Es tut mir leid, Louisa«, sagte sie dann mit weniger fester Stimme, als noch vor einem Moment. Sie griff über den Tisch hinweg nach meiner Hand und drückte sie fest. »Es tut mir sehr, sehr leid.«

Ein Schluchzen entrann mir und ich nickte schließlich. Auch Mum liefen ein paar Tränen über das Gesicht und ich versuchte mich daran zu erinnern, wann ich sie das letzte Mal hatte weinen sehen. Am Todestag von Dad. Und auf seiner Beerdigung. Sonst hatte ich sie nur weinen hören. Nachts, in ihrem Schlafzimmer, wann immer ich kurz nach Dads Tod zu Besuch war. Eine

Weile lang sagten wir nichts, sondern hielten uns bei der Hand und schauten schniefend auf den Garten, in dem das Leben so harmonisch vor sich hin spielte. Blumen wehten in der lauen Abendluft und das Rascheln der Blätter von der großen Eiche tat ihr Übriges für ein idyllisches Gefühl.

»Mum, ich … «, durchbrach ich schließlich den Moment, doch sie schüttelte den Kopf. »Bitte, du musst nichts sagen. Nimm es einfach so auf und sei dir Gewiss: Ich wollte dir nie etwas Böses und obwohl ich manchmal so ein kaltschnäuziges Weib bin, liebe ich dich von ganzem Herzen. Ich bin nur nicht in der Lage, es auszudrücken.«

Ich legte meine freie Hand auf ihre und lächelte unter Tränen. »Das hast du gerade getan.«

Mums Lippen verzogen sich dankbar in die Höhe und so saßen wir noch eine Weile schweigend da, beobachteten das Treiben der Natur und genossen den Frieden, der nach so langer Zeit endlich zwischen uns herrschte.

Kapitel 41

»Ethan, bist du da?«, rief ich, nachdem auf mein Klopfen an seiner Haustür niemand reagierte. Ich zückte mein Telefon und wählte seine Nummer, doch er nahm nicht ab. Erneut klopfte ich, klingelte und wartete. Ich sah mich misstrauisch um. Das Garagentor war geschlossen, weshalb ich angenommen hatte, dass Ethan zu Hause war. Ein Blick auf meine Uhr verriet mir, dass es eigentlich die Zeit war, in der er seine Arbeit von daheim erledigte. Vielleicht hatte er einen Termin? Oder war etwas Schlimmes vorgefallen? Seitdem ich wusste, worin Ethan verwickelt war, begann ich mir immer wieder Horrorszenarien auszumalen. Ich atmete ein paarmal tief durch und machte schließlich kehrt. Mit raschen Schritten entfernte ich mich von der Villa und begab mich auf den Weg dorthin, wo ich Ethan vermutete.

Das Gebäude, das sich vor mir anmutig in die Höhe erstreckte, ließ mich staunen. Wie viele Stockwerke mochte dieses Hochhaus wohl haben?, fragte ich mich und erfuhr nach dem Betreten der Eingangshalle, dass es ganze vierundzwanzig waren. Ethan war der Geschäftsführer und Inhaber einer Firma, dessen Gebäude vierundzwanzig Stockwerke betrug. Manchmal konnte ich nicht fassen, in was für verschiedenen Welten wir eigentlich lebten, und dass unsere nun doch irgendwie miteinander verwoben waren. Der Marmorfußboden unter meinen Füßen hallte bei jedem Schritt. Die Sonne strahlte durch die glasige Front des Komplexes und tauchte alles um mich herum in einen hellen Schein. Als würde ich tatsächlich eine andere Welt betreten. Die Menschen um mich herum, die teure Kostüme und Anzüge trugen, nahmen kaum Notiz von mir, sondern huschten von einer Tür zur nächsten, den Blick immer wieder auf Armbanduhren oder Smartphones gerichtet. Am Fahrstuhl angelangt, brauchte ich gar nicht lange zu suchen, um herauszufinden, wo sich Ethans Büro befand. Es war im obersten Stockwerk mit der Bezeichnung:

Ethan Bradford, CEO und Inhaber von *Bradford Security*.

Unsicher betrat ich den Fahrstuhl und betete, dass die Fahrt schnell gehen möge. Denn wenn ich eines nicht mochte, dann waren es enge Fahrstuhlkabinen. Durch die Spiegel ringsherum wirkte er Gott sei Dank nicht allzu beklemmend. Auf einem Display wurden mir die einzelnen Etagen nach und nach angezeigt und ich nestelte nervös am Saum meines Shirts, als er bei Stockwerk Nummer vierundzwanzig schließlich zum Stillstand kam. Die Türen öffneten sich und ich trat mit unsicheren Schritten hinaus. Der Gang erstreckte sich in eine endlose Länge. Ich ging an zahlreichen Büros entlang, in die man beim Vorbeigehen durch große Einbaufenster hineinspähen konnte. Ich verbot mir allerdings hineinzusehen, denn vermutlich wusste jeder, der mich sah, dass ich hier eigentlich nichts zu suchen hatte. Schon gar nicht in der Chefetage. Mit geraden

Schultern, einem aufrechten Gang und suchenden Augen, die nach links und rechts schossen, hielt ich nach Ethans Namen an den Bürotüren Ausschau. Es dauerte nicht lange, da wurde ich auch schon fündig. An einer großen dunkelgrauen Tür, die äußerst edel aussah, erblickte ich Ethans Namen. Doch bevor ich klopfen konnte, hörte ich neben mir ein aufgesetztes Räuspern. Ich schaute nach rechts, und erst da bemerkte ich den großen Tresen, hinter dem mich eine junge Frau finster ansah.

»Ja, bitte? Wie kann ich Ihnen helfen?«

»Entschuldigung«, stammelte ich und wandte mich der Frau zu. Sie hatte ihre schwarzen Haare streng nach hinten gebunden und trug eine enganliegende weiße Bluse, die ihre große Oberweite stark in Szene setzte. »Ich hatte Sie nicht gesehen«, erklärte ich bemüht höflich.

»Ist mir aufgefallen. Also«, murrte sie, als würde ich ihr ihre kostbare Zeit stehlen, »was kann ich für Sie tun?«

»Ich möchte gerne zu Ethan ... ich meine natürlich, zu Mr Bradford.«

Die Dame, auf deren Namensschild C. Clearson stand, legte ihren Kopf schief. Mit Sicherheit nannten ihre Freunde sie CeCe.

»Haben Sie einen Termin?«

»Nein, ich muss nur kurz mit ihm sprechen. Es wird nicht lange dauern«, erwiderte ich.

Mit gespitzten Lippen schaute sie auf ihren Monitor und zuckte gleichgültig mit den Achseln. »Tja, tut mir leid, aber Mr Bradford empfängt heute niemanden mehr, es sei denn die Person hat einen Termin.«

Ich atmete langsam aus und versuchte mein freundliches Gesicht beizubehalten. Doch mein Gegenüber machte es mir nicht leicht, vermutlich waren meine Mundwinkel schon am Fußboden angekommen. »Könnten Sie vielleicht eine Ausnahme machen und ihn kurz fragen, ob er fünf Minuten Zeit hätte?«

Überheblich zog CeCe ihre Brauen in die Höhe. »Verraten Sie mir, worum es geht, und ich trage Sie in den kommenden Tagen für einen Termin ein«, antwortete sie und tippte ungeduldig mit ihrem Kugelschreiber auf den Tisch.

»Also schön«, begann ich und straffte die Schultern. »Es geht um die neue App *Bradsecure*, die ich gemeinsam mit Mr Bradford entworfen habe. Sie wissen schon, für den Kunden Mr Pilgram, der nach einer Komplettüberarbeitung der App verlangt hat. Ich bringe Mr Bradford meine Ausarbeitung und wollte sie, damit sie nicht durch irgendwelche Angestellten verloren geht«, meine Augen fixierten sie, »ihm lieber persönlich vorbeibringen.« Nun gut, ich hatte in meiner Erklärung womöglich ein wenig übertrieben.

CeCe räusperte sich kurz und rutschte nachdenklich auf ihrem Stuhl hin und her. »Na schön«, sagte sie knapp. »Ich denke, dass Mr Bradford wohl fünf Minuten erübrigen kann. Wie war Ihr Name noch gleich?«

»Louisa Bennet«, erwiderte ich plump, und noch ehe sie etwas sagen konnte, wandte ich mich um und marschierte in Ethans Büro.

»Louisa«, rief er überrascht, als er von seinem Laptop aufblickte. »Was tust du denn hier?«

»Dich suchen«, sagte ich und deutete mit dem Daumen hinter mich, »und gegen Wachhunde ankämpfen.«

Ethan lachte und erhob sich von seinem Platz. »Dann hast du also Bekanntschaft mit Cynthia gemacht.«

»Ganz schön bissig«, murrte ich.

»Ja, hält mir dafür aber gewisse Leute fern.« Er legte seine Hände auf meine Schultern, gab mir einen Kuss auf die Stirn und anschließend auf den Mund. An diese Begrüßung würde ich mich erst gewöhnen müssen. Wie lange war es her, dass ich einen Mann mit einem Kuss begrüßt hatte? Eine sehr lange Zeit.

Ich genoss das Gefühl von seinen Lippen auf meinen und vergaß für einen Moment den Grund, weshalb ich eigentlich hier war.

Als Ethan sich langsam von mir löste, sah er mich fragend an. »Und was genau verschafft mir die Ehre?« Er deutete mit einem Nicken auf die Couch, die unter einem großen Fenster stand, wodurch man eine atemberaubende Sicht auf die Stadt hatte.

Ich setzte mich und schaute einen Augenblick lang auf meine Hände. In diesem Moment kam ich mir irgendwie dämlich vor. Ich hatte mir so ernste Sorgen um Ethan gemacht, dass ich blind drauflosgelaufen war, ohne überhaupt zu wissen, warum. Mich musste es echt erwischt haben.

»Ich habe mir Sorgen gemacht«, erklärte ich leise.

Ethan setzte sich zu mir und zog mich in seine Arme. »Sorgen? Um mich? Warum?«

»Ich war bei dir zu Hause und du warst nicht da.«

Ethan lachte leise. »Ein glasklares Indiz dafür, dass irgendetwas passiert sein musste.« Ich stieß ihm in die

Seite. »Das ist nicht witzig! Immerhin hätte dir wirklich etwas zugestoßen sein können. Die Garage war zu, daher dachte ich, dass du zu Hause sein musst. Aber du hast nicht geöffnet und bist auch nicht ans Telefon gegangen und je länger ich spreche, desto dümmer komme ich mir vor.« Ich seufzte. »Irgendwie ging es mir besser, als ich nichts über die ganze Sache wusste.«

Ethan zog mich etwas enger an sich und streichelte mir über den Rücken. »Deshalb wollte ich auch nichts sagen.«

»Das hätte es zwischen uns aber um einiges komplizierter gemacht, findest du nicht? Immerhin kann man sagen, dass wir sehr ehrlich zueinander sind und keine Geheimnisse voreinander haben.« Ich grinste. »Aber jetzt, wo ich hier bin, weiß ich, dass ich womöglich überreagiert habe.«

Ethan gab mir einen Kuss auf den Scheitel. »Ist schon gut. Immerhin fühle ich mich geehrt, dass du dich so um mich sorgst. Und ans Handy bin ich nicht gegangen, weil ich geradezu in Arbeit versinke.«

Ich zog mich etwas zurück. »Dann will ich dich nicht länger aufhalten. Nun weiß ich ja, dass es dir gut geht.«

Sein schiefes Lächeln entfachte ein Feuerwerk in meinem Bauch. »Es gibt Wichtigeres als die Arbeit«, raunte er, als er mich mit zwei Fingern am Kinn umfasste und mich zu sich zog. Dann küsste er mich zärtlich und ich schmolz dahin. Ich schlang meine Arme um seinen Hals und setzte mich auf seinen Schoß. Dass jeden Moment jemand reinplatzen konnte, war mir komplett egal. Ethans Lippen fühlten sich einfach zu gut an, um über irgendetwas anderes nachzudenken.

Als wir voneinander abließen und ich in seine dunklen Augen blickte, verstärkte sich der Wunsch, dass Ethan die ganze Sache bald hinter sich bringen könnte, noch mehr.

»Gut, dass du da bist«, sprach er dann deutlich leiser. »Es hat sich etwas ergeben.«

Ich horchte auf. »Was denn?« Langsam rutschte ich von seinem Schoß, wobei er nur widerwillig die Hände von meinem Rücken nahm.

Ethan schüttelte den Kopf. »Nicht hier. Mir gehört dieser Laden zwar, aber dennoch kann man sich nie sicher sein, wessen Ohren auf der anderen Seite der Tür lauschen.«

»Vermutlich die von deinem Wachhund«, witzelte ich und entlockte Ethan ein raues Lachen. »Cynthia ist gar nicht so schlimm, wenn man sie erst einmal besser kennt.«

»Oder ihr Gehalt bezahlt.«

»Hey, immerhin habe ich dein Gehalt auch bezahlt«, neckte er mich.

»Und mich rausgeschmissen«, rief ich ihm in Erinnerung. »Ist aber vermutlich besser so. Eine heiße Affäre zwischen dem Chef und seiner Angestellten ... «

»Ruft eine Menge Fantasien in mir hervor. Also hör besser auf damit.« Wieder kam er näher und küsste mich. Beinahe hätte ich mich dem hingegeben, doch dann drückte ich ihn leicht von mir. »Erst sagst du mir, was genau sich da ergeben hat.« Ich setzte mich aufrecht hin und hielt einen gesunden Abstand zwischen uns.

Ethan stöhnte, lächelte aber kurz darauf. »Komm heute Abend zu mir, dann reden wir in Ruhe.«

Kapitel 42

Ich saß in Ethans Wohnzimmer wie bestellt und nicht abgeholt. Die große Standuhr hinter mir tickte laut und ich wippte aufgeregt mit dem Bein im Takt. Schließlich kam Ethan dazu und wirkte ebenfalls etwas hibbelig. Von der Lässigkeit am Nachmittag in seinem Büro war gegenwärtig nicht viel zu spüren.

»Sagst du mir jetzt, worum genau es geht? Was hat sich ergeben? Hast du mit Thomas gesprochen?«, überhäufte ich ihn mit Fragen, doch Ethan hob beruhigend die Hände.

»Ganz langsam.« Er strahlte amüsiert, doch das kaufte ich ihm nicht ab. »Gleich wirst du mehr erfahren, in Ordnung?«

Im selben Moment ertönte die Türklingel und ich zuckte erschrocken zusammen.

»Erwartest du Besuch?«, fragte ich, doch Ethan war schon aus dem Wohnzimmer gestürmt. Ich reckte neugierig den Hals, und als Ethan zurückkam, gefolgt von einem Mann, traute ich meinen Augen nicht. Ethan schien zu wissen, was ich dachte und grinste breit. »Louisa, darf ich vorstellen? Mein Bruder, Jonathan.«

Staunend erhob ich mich und trat einen Schritt auf den Mann zu, der mir mit dem gleichen Grinsen begegnete wie sein Bruder. Ethan hatte recht gehabt. Die beiden Brüder waren sich wie aus dem Gesicht geschnitten. Jonathan war allerdings etwas breiter gebaut und über seiner rechten Augenbraue erstreckte sich eine dunkelrote Narbe.

»Hallo, Jonathan«, begrüßte ich ihn etwas zurückhaltend, doch Jonathan strahlte übers ganze Gesicht. »Du bist die kleine Freundin von diesem Macho hier? Ich glaub's ja nicht!« Er ergriff meine Hand, die ich ihm hinhielt, und schüttelte sie fest. Ich spürte, wie ich rot anlief und hilfesuchend zu Ethan sah. Dieser schaute nur, als wäre Jonathan ein hoffnungsloser Fall.

»Mensch, Alter«, lachte Jonathan weiter an Ethan gewandt, »wie hast du denn so eine reizende junge Dame aufreißen können?« Er stieß ihm neckisch in die Seite und Ethan ließ es über sich ergehen. Ich staunte, dass er so mit sich sprechen ließ und musste insgeheim darüber lachen. Die beiden sahen sich zwar ähnlich, aber schon die ersten Worte, die ich von Jonathan gehört hatte, zeigten mir, wie sehr sich die beiden unterschieden.

»Ethan war mein Chef«, erklärte ich beiläufig und ebendieser schien immer mehr in sich zusammenzusacken.

Wieder lachte Jonathan schallend. »Das gibt's ja nicht! Du reißt deine Angestellten auf?«

»Ich erwarte, dass es sich dabei lediglich um *eine* Angestellte handelt, nämlich mich«, warf ich achselzuckend ein. »Und außerdem arbeite ich nicht mehr für Ethan. Er hat mich rausgeschmissen.«

»Rausgeschmissen?«, fragte Jonathan überrascht und blickte fragend zu Ethan. »Warum das denn?«

»Ist eine lange Geschichte«, seufzte Ethan schließlich und bedeutete Jonathan, sich zu setzen. »Wer möchte etwas trinken?«

»Ich nehme ein Bier, wenn du hast. Oder gibt's hier wieder nur diesen sauteuren Wein? Gott, der ist widerlich«, erklärte mir Jonathan. »Ich weiß wirklich nicht, warum die reichen Leute ihr Geld für so einen Mist ausgeben, der nicht schmeckt.«

Ich nickte, als würde ich verstehen, und schaute wieder zu Ethan, der nur augenrollend den Raum verließ.

»Ich nehme auch ein Bier«, rief ich ihm hinterher und erntete ein anerkennendes Lachen von Jonathan, der sich mir gegenüber auf die Couch sinken ließ.

»Dass unser mürrischer Ethan einmal eine waschechte Freundin haben würde«, faselte Jonathan, als könnte er es beim besten Willen nicht fassen.

»Nun ja, Menschen können einen überraschen«, antwortete ich und versuchte mich ein wenig zu entspannen. Immerhin schien Jonathan ein freundlicher Typ zu sein. Und lustig obendrein.

Er lachte neben mir und klatschte sich aufs Bein. »Oh ja, du sagst es. Und mein großer Bruder überrascht mich tatsächlich immer wieder aufs Neue.«

»Steht ihr euch sehr nahe?«

»So nahe wie man sich nur stehen kann, wenn man gemeinsam in kriminelle Geschichten verwickelt ist«, erklärte er mir mit einem Augenzwinkern. Dann wusste er also Bescheid, dass Ethan mich in die Geschäfte eingeweiht hatte. Mit einem verkniffenen Lächeln nickte ich, weil ich nichts darauf zu erwidern wusste. Und noch bevor Jonathan nach Luft schnappen konnte, um weiterzusprechen, kam Ethan mit angespanntem Gesichtsausdruck zurück ins Wohnzimmer. In den Händen hielt er drei Dosen Bier, die er an uns verteilte. Dann setzte er sich mit einem müden Seufzer neben mich und öffnete die Dose. Das Geräusch wiederholte sich noch zweimal und andächtig tranken wir unser Bier. Ich wusste nicht, worum es heute Abend gehen würde, aber mir war bewusst, dass irgendetwas auf mich zukommen würde. Die Spannung, die Ethans Körperhaltung ausstrahlte, war zum Zerreißen. »Also«, begann ich und begutachtete die beiden Brüder eingehend, »weswegen sind wir hier?«

»Um uns nett zu unterhalten und ein Bierchen zu trinken?«, witzelte Jonathan und hob prostend seine Dose in die Höhe.

Kopfschüttelnd raffte sich Ethan neben mir auf und schien, als würde er mit etwas ringen. Als wollte er es eigentlich nicht aussprechen, aber sähe keinen anderen Ausweg.

»Hör nicht auf ihn und seine unlustigen Witze«, murrte er und spielte an seiner Bierdose herum, bevor er mich schließlich ansah. »Wir haben eine Idee ... «

»Bei der du uns unterstützen darfst«, warf Jonathan ein und zwinkerte mir amüsiert zu. Ich runzelte die Stirn und schaute wieder zu Ethan, der Jonathan im selben Atemzug mit seinen Blicken erdolchte. Dann wandte er sich wieder an mich. »Es gibt eine Sache, bei der wir deine Hilfe gebrauchen könnten. Wenn du es aber nicht machen willst«, fügte er hastig hinzu und legte mir eine Hand aufs Knie, »musst du das nicht tun. Dann verstehe ich das vollkommen.«

»Nun rede nicht so lange um den heißen Brei herum, Ethan«, schnalzte Jonathan mit der Zunge und rollte theatralisch mit den Augen. »Louisa, lass dich nicht von ihm verweichlichen. Unser Ethan ist nur ein bisschen ... «

»Klüger als du«, grätschte Ethan dazwischen und allmählich amüsierte es mich, wie die beiden sich gegenseitig die Klinke in die Hand gaben.

»Jedenfalls«, führte Ethan weiter aus und versuchte seinem Bruder keine weitere Beachtung zu schenken, »hat sich etwas ergeben, wobei du uns tatsächlich behilflich sein könntest.«

»Und das wäre?«, hakte ich nach und spürte, wie die Neugierde sich in mir ausbreitete.

»Als du mir neulich die Idee unterbreitet hast, dass wir den *Boss* in eine Falle locken könnten, indem du und ich ... na ja ... indem wir ein reiches Pärchen spielen ... «

»Was ihr im Grunde genommen ja auch seid«, flötete Jonathan dazwischen, bekam jedoch keine weitere Beachtung.

»Bald soll ein großer Verkauf stattfinden. Jonathan hat mir erzählt, dass der *Boss* schon bald ein Riesenangebot im Darknet unterbreiten wird. Eine Auktion, um genauer zu sein. Bei der ich mitbieten werde. Du musst wissen, der Deal wird anders sein als die kleinen Geschäfte, die er sonst macht, und er wird es sich nicht nehmen lassen, selbst als Verkäufer aufzutauchen.«

»Ich habe meine Ohren überall und bei einem Gespräch, welches ich zufällig belauschen konnte, als ich eine kleine Lieferung abgegeben habe, habe ich von diesem Deal gehört. Da kam meinem schlauen Brüderchen die grandiose Idee, selbst als Käufer in Erscheinung zu treten. Natürlich ein bisschen aufgemotzter als er jetzt aussieht. Immerhin ist er seinem hübschen Bruder wie aus dem Gesicht geschnitten«, führte Jonathan die Sachlage aus, als spräche er über das Wetter. »Wohl eher andersherum«, hörte ich Ethan neben mir. Fragend schaute ich zu Ethan, der schließlich nickte. Dennoch wirkte er alles andere als euphorisch. »Ich habe vor, dort mitzubieten. Es wäre eine Möglichkeit, ihn tatsächlich auffliegen zu lassen. Vielleicht ist die Idee völlig verrückt und mit Sicherheit ist sie eine Nummer zu groß für uns … «

»Tun wir's«, unterbrach ich ihn und kurz senkte sich ein Schweigen über die beiden Brüder. Ethan sah mich entgeistert an. »Willst du nicht erst einmal eine Nacht darüber schlafen? Immerhin könnte es gefährlich werden … «

»Ich sagte doch: Tun wir's«, wiederholte ich mit einem diebischen Lächeln. »Da muss ich nicht mehr drüber nachdenken. Die Möglichkeit, die wir damit haben, ist einfach zu groß, um sie verstreichen zu lassen. Und wenn wir uns gut vorbereiten, sollten wir es schaffen können.«

Ethan atmete angespannt aus, während Jonathan überrascht auflachte. »Meine Güte, die Kleine hat echt was, das muss man schon sagen.«

Ethan konnte scheinbar noch immer nichts erwidern, doch Jonathan erhob sich bereits. »Ich denke, dann haben wir einiges zu besprechen. Wer will noch ein Bier?«

Kapitel 43

»Wie genau willst du an der Auktion teilnehmen?«, fragte ich Ethan, der sich an sein Bier klammerte, als könnte es ihm Halt geben.

»Das haben wir schon durchgespielt«, erklärte Jonathan an Ethans Stelle. »Sagen wir, wir haben einen Kontakt, der unbekannt bleiben will, der uns aber in die düsteren Tiefen des Darknet einschleust, um an der Auktion teilzunehmen. Und unser reicher Ethan hier«, er deutete auf das Wrack neben mir, »hat mehr als genug Geld, um bei der Auktion mitzumachen und am Ende als Käufer rauszugehen.«

»Was macht euch da so sicher? Immerhin werden viele reiche Leute mitmachen.«

Jonathan grinste hämisch. »Glaub mir, Ethan hat mehr Geld als alle anderen. Unser kleiner Geizhals gibt nämlich kaum einen Taler aus, außer für sein Häuschen und ein nettes Auto.«

»Ich weiß nun mal, wie man mit Geld umgeht«, entgegnete Ethan murrend und wieder musste ich über den Austausch der beiden schmunzeln. »Gut, okay. Sagen wir mal, Ethan schafft es bei der Auktion der Höchstbietende zu sein. Was genau wird dann passieren?«

Ethan rutschte unruhig auf seinem Platz hin und her. »Sie werden mich überprüfen und Dank unserem Kontakt werden sie nichts finden, was mich mit Jonathan in Verbindung bringt. Ich werde einfach ein reicher Mann sein, der sein Geld loswerden will.«

»Für seine Liebste, die juwelengeil ist«, ergänzte Jonathan mit einem schiefen Grinsen. Ich hingegen hob eine Augenbraue. »Also wird das meine Rolle sein, richtig? Werden sie mich nicht auch überprüfen? Und wer ist dieser Kontakt? Ich dachte, es wüsste nur Thomas Bescheid.«

»Thomas versuche ich … so gut es geht da rauszuhalten.« Ethan räusperte sich kurz.

»Und dich werden sie nicht unbedingt überprüfen«, wandte Jonathan ein. »Wichtig ist Ethan. Ob er ein verwöhntes Püppchen dabeihat, das sich was Nettes zum Jahrestag aussuchen darf, spielt keine große Rolle. Deshalb musst du deine Rolle umso besser spielen. Ein kleines Dummchen, das nur hübschen Schmuck haben will, birgt weniger Gefahr für die als Ethan. Aber wenn er allein dort auftaucht, könnte das stutzig machen. Ich meine, sieh dir unseren Schönling doch mal an. Er könnte auch ein Cop aus einem sexy Kalender sein. Mit dir an seiner Seite wirkt das Ganze … echter. Jedenfalls hoffen wir das. Garantieren kann das natürlich keiner.«

»Großartig«, murmelte ich und versuchte mich in meine Rolle hineinzuversetzen, doch dafür würde ich einige Zeit brauchen. Immerhin war ich so ziemlich das Gegenteil von einem High-Society-Prinzesschen, das hinter schickem und vor allem teurem Schmuck her war. Ich wollte eigentlich nur Ethan als meinen Freund haben und meinen Wunschstudiengang antreten – mehr nicht. Ich fand, das waren sehr bescheidene Wünsche.

»Und gesetzt den Fall, dass sie dich doch durchleuchten sollten, werden sie nichts Verbotenes bei dir finden, oder?« Jonathan zog neckisch eine Braue in die Höhe und ich hob abwehrend die Hände. Auch wenn ich im Geiste meine vermeintliche Strafakte durchkaute, war da nichts, was mir auf die Schnelle einfiel.

Jonathan klatschte in die Hände. »Na, dann wäre doch alles geklärt!« Lachend lehnte er sich zurück und trank sein Bier. Einen kleinen Moment beobachtete ich ihn und fragte mich, wie viel Wahrheit wohl hinter seiner lockeren Fassade stecken mochte. Vermutlich war einiges davon mehr Schein als Sein, was mich etwas traurig stimmte.

»Wann soll es losgehen? Ich meine, wann wird die Auktion stattfinden?«

Ethan schaute kurz zu Jonathan. »Morgen.«

Mir fielen beinahe die Augen aus den Höhlen. »Schon morgen?«

Er nickte und legte mir erneut eine Hand auf mein Bein. »Aber wie gesagt, noch kannst du einen Rückzieher machen. Ich würde es dir nicht verübeln.« Sein wehmütiges Lächeln schnürte mir beinahe den Hals zu, also schluckte ich rasch und verschränkte die Arme vor der Brust. »Auf keinen Fall! Ich habe gesagt, dass ich euch helfen werde, und das werde ich auch tun.«

Resigniert seufzte Ethan und Jonathan entwich ein gewinnendes Lachen. Dann deutete er mit seiner Bierdose auf mich. »Ich sag dir was, Brüderchen: Deine Flamme hat mehr Eier als du.«

Es wunderte mich, dass Ethan nichts dazu sagte, denn so wie ich ihn kannte, war er jemand, der sich nichts sagen ließ, schon gar nicht, wenn es um Beleidigungen ging. Aber sein kleiner Bruder schien eine ganz besondere Wirkung auf ihn zu haben, was mich sehr erstaunte.

»Für morgen Abend habe ich einen Auftrag von meiner Mutter bekommen«, erklärte ich nachdenklich. »Aber ich kann versuchen, ihn abzusagen. Mich krankstellen oder so.«

Ethan schüttelte heftig mit dem Kopf. »Kommt nicht infrage. Du und deine Mum scheint sowieso nicht ganz auf einem grünen Zweig zu sein, da werde ich nicht derjenige sein, der dafür verantwortlich ist, dass du noch mehr Ärger mit ihr hast. Die Auktion braucht dich ohnehin nicht zu kümmern, denn das passiert alles nur vor dem Bildschirm. Niemand wird mich sehen und unser Kontakt wird uns helfen.«

»Okay«, gab ich leise zurück. Irgendwie war ich ein wenig traurig, nicht dabei sein zu können, wenn Ethan sich als Käufer anbot. Vielleicht hätte es ihm gutgetan, wenn ich ihm beiseite gestanden hätte. Vielleicht wäre ich ihm aber auch im Weg gewesen.

»Bestens«, trällerte Jonathan dann, stellte seine Bierdose mit Nachdruck auf den Couchtisch und erhob sich. Wenn wir nichts mehr zu besprechen haben, würde ich mich auf den Weg nach Hause machen. Ich habe noch ein ... Date.« Anzüglich grinsend zwinkerte er uns zu und marschierte zur Tür. Kurz bevor er uns verließ, wandte er sich noch mal zu uns um. »Und Louisa? Freut mich, dass wir uns kennengelernt haben. Scheinst unseren sturen Esel hier ganz schön gezähmt zu haben. Sonst hätte ich die Bierdose längst an den Kopf geworfen bekommen.«

»Ich bin immer noch wurfbereit«, knurrte Ethan neben mir. Ich versuchte ein Schmunzeln zu unterdrücken und nickte ihm ebenfalls augenzwinkernd zu. Dann verschwand er und Ethan und ich waren allein.

Ich drehte mich zu ihm und lächelte. »Dein Bruder ist sehr ... charmant.«

»Du meinst wohl eher chaotisch und frech.«

»Und trotzdem merkt man, wie nahe ihr euch steht.« Nachdenklich fuhr Ethan sich mit Daumen und Zeigefinger über sein Kinn und schaute auf die Stelle, an der vor wenigen Sekunden sein Bruder gesessen hatte. »Ja, das lässt sich nicht verleugnen. Hör mal, Louisa«, sagte er dann wesentlich sanfter und griff nach meinen Händen. Doch ich kam ihm zuvor. »Wenn du mir jetzt noch einmal sagen willst, dass ich das nicht machen muss, kannst du dir das sparen. Ich habe gesagt, dass ich dabei bin. Keine Widerrede!«

Ethans Lippen formten sich zu einem Grinsen. »Du bist unglaublich, Louisa Bennet, weißt du das?«

»Ja, meine Mum sagt mir das ständig. Vermutlich ist der Hintergrund bei ihr allerdings ein anderer«, scherzte ich und erntete endlich ein Lachen von ihm.

Er zog mich an sich und küsste mich sanft auf den Mund.

Mein Herz schlug Purzelbäume und ich legte meine Arme um seinen Hals. Kurz darauf hob er mich hoch, sodass ich meine Beine um seine Hüften schlingen konnte. Unsere Blicke trafen sich und es war ein stiller Austausch unserer Gedanken. Ohne dass Ethan etwas sagen musste, nickte ich kaum merklich, dann trug er mich hoch in sein Schlafzimmer und ich wusste, dass ich diese Nacht niemals vergessen würde.

Kapitel 44

Wildes Stimmengemurmel, lautes Klirren von Gläsern und das Geräusch von Besteck auf Porzellan erfüllten den großen Saal, in dem ich an diesem Abend kellnern würde. Doch das zog wie Nebel an mir vorbei, da meine Gedanken weit entfernt waren. Es war einundzwanzig Uhr und ich wusste, dass Ethan und sein Bruder in diesem Moment vor dem Laptop saßen und bei der Auktion teilnahmen, die deren Leben hoffentlich zum Positiven verändern würde. Ich hingegen stand hier, bei einem Kellnerjob, der mir eigentlich gut gefallen hätte, mir in diesem Moment allerdings wie eine Last vorkam. Ich wollte nicht hier sein und Gläser servieren und Tische abräumen. Ich wollte bei Ethan sein. Seine Hand halten und gebannt mit ihm auf den Bildschirm starren. Ich wollte ihn beruhigen, falls er sich wieder in einen Strom aus Sorgen fallen ließ. Hastig schob ich die Gedanken beiseite und versuchte, mich auf meine Arbeit zu konzentrieren. Wenn ich das hier nicht gut machte, wäre Mum diejenige, die den Ärger ausbaden musste, und das wollte ich so gut es ging verhindern. Ich balancierte ein volles Tablett mit Sektgläsern durch das Getümmel und fand, dass ich meine Sache gut machte.

Als der Abend um Mitternacht vorbei war und ich von der Chefin, die die Veranstaltung gemanagt und mich engagiert hatte, mit einem freundlichen Lob nach Hause geschickt wurde, war ich recht zufrieden. Darüber, dass sie mir noch weitere Jobs angeboten hatte, freute ich mich erst recht. Als ich in die frische Nachtluft trat und hinter mir das Stimmengemurmel leiser wurde, zückte ich als Erstes mein Smartphone und wählte Ethans Nummer.

Nach ein paar Freizeichentönen hob er schließlich ab. »Hallo, du.«

»Hey, du«, antwortete ich und atmete erleichtert aus. Er hörte sich ganz normal an. »Ist alles gut gelaufen?«

»Ja, du darfst mir gratulieren. Ich bin offiziell der Käufer eines Diadems und vieler weiterer Kostbarkeiten – nur für dich«, setzte er hinzu und ich musste lachen. »Ach, Schatz, das wäre doch nicht nötig gewesen.«

»Für dich nur das Beste.«

»Und für dich und deinen Bruder endlich die Freiheit«, seufzte ich und wir wurden wieder ernst. »Also ist alles gut gegangen?«

»Jap. Und jetzt sollten wir am besten aufhören zu telefonieren, denn ich bin nicht nur Käufer, sondern auch ein Kunde, der von jetzt an genauestens überprüft wird. Von jetzt an, müssen wir besonders vorsichtig sein.«

Ich sah mich auf der leeren Straße um und ein ungutes Gefühl überkam mich. »Das heißt, dass wir uns erst einmal nicht sehen sollten?«, wollte ich mit einem unangenehmen Ziehen in der Brust wissen.

»Vermutlich ist es keine schlechte Idee, wenn du dich hin und wieder bei mir blicken lässt oder man uns zusammen sieht. Aber ich möchte nichts riskieren. Schon in drei Tagen wird die Übergabe stattfinden.«

»In drei Tagen schon!«, quiekte ich in den Hörer und setzte mich aufgeregt in Bewegung. »Wir müssen doch noch so viel erledigen. Was ist mit den Pässen? Ich brauche ein Outfit … «

»Ganz ruhig«, lachte Ethan in den Hörer. »Wo bist du gerade?«, fragte er dann.

»Auf dem Weg zu meinem Auto. Die Arbeit ist gerade erst zu Ende.«

»Angesichts der Umstände finde ich es nicht gut, wenn du nachts allein umhergeisterst«, erklärte er und ich lächelte.

»Wie süß, du sorgst dich also um mich?«

»Immer.«

»Keine Angst«, beschwichtigte ich ihn und erreichte wenig später Mums Auto, das sie mir für den Abend geliehen hatte. »Ich bin jetzt beim Wagen angekommen.«

»Gut, fahr direkt nach Hause«, bat er mich mit Besorgnis in der Stimme. »Ich weiß, dir wird nichts passieren, aber sicher ist sicher. Für den Fall, dass sie dich auch überprüfen werden, wäre es nicht förderlich, wenn sie dich bei deiner Mum ein- und ausgehen sehen. Immerhin bekommst du jetzt einen neuen Namen. Versuche dich also so gut wie es geht zu Hause aufzuhalten. Und wenn du zu mir kommst, dann achte drauf, dass dich niemand sieht, in Ordnung?«

»Jawohl, Sir«, kicherte ich, um die Tatsache, in was wir da geraten waren, zu verdrängen und aufzulockern. Allein der Gedanke, dass man mich verfolgen könnte, ließ Übelkeit in mir aufsteigen. Im Wagen fühlte ich mich tatsächlich sicherer und als ich den Motor in Gang setzte und nach Hause fuhr, ließ ich die Freisprechanlage laufen. Jede Minute, in der ich Ethans

Stimme hören konnte, gab mir eine gewisse Sicherheit. Und ihn lenkte es vermutlich auch ein wenig ab.

»In drei Tagen also«, säuselte ich, als ich an einer roten Ampel Halt machte. »Wir werden davor noch einiges besprechen müssen.«

»Richtig«, pflichtete er mir bei. »Kannst du morgen vorbeikommen? Es wäre womöglich nicht verkehrt, wenn wir beide uns in der Öffentlichkeit sehen lassen. Auch wenn ich dich am liebsten zu Hause einsperren würde«, setzte er im Scherz hinterher.

»Du meinst so tun, als wären wir ein verliebtes Pärchen?«, scherzte ich.

»Musst du dafür denn so tun?«, stellte er mir eine Gegenfrage, die mein Herz höherschlagen ließ.

»Ich weiß nicht«, stammelte ich unsicher. »Tun wir denn nur so?«

»Also ich jedenfalls nicht«, sagte er leise und ich schnappte erfreut nach Luft. Gott sei Dank konnte er mein dümmliches Grinsen nicht sehen.

»Gut, ich auch nicht. Ich wollte mich nur nicht blamieren, für den Fall, dass du nur so tust und na ja … du weißt, was ich meine.«

Am anderen Ende der Leitung lachte Ethan und ich stellte mir vor, wie schön er dabei aussah. Augenblicklich sehnte ich mich nach seiner Umarmung, seinen Berührungen.

»Also, kommst du morgen?«, fragte er erneut.

Ich nickte ausladend, obwohl er das nicht sehen konnte, und setzte zur Weiterfahrt an. »Natürlich, immerhin haben wir einen Auftrag zu erledigen.«

Kapitel 45

Eigentlich war es ein traumhafter Tag. Der Morgen war wunderbar gewesen, nachdem ich Mum erzählt hatte, wie der Abend verlaufen war und dass mir die Chefin direkt weitere Jobs angeboten hatte. Ein aufrichtiges Lob von Mum konnte einem wirklich den Tag versüßen. Zudem hätte mich der Ausblick auf einen romantischen Spaziergang durch die Stadt und den Park ebenso froh stimmen sollen. Vor allem, weil ich ihn gemeinsam mit Ethan machen würde. Die Gründe für diesen Spaziergang waren allerdings eher zermürbend. Wie ein verliebtes Paar liefen wir Hand in Hand durch den Stadtpark von Soulfield, dessen Blumen in bunten Farben strahlten. Wir spielten unsere Rolle überraschend gut. Dennoch umgab uns die ganze Zeit ein ungutes Gefühl, sodass ich mich instinktiv fester in Ethans Hand krallte. Er schien es zu spüren und zog mich ein wenig enger an sich. »Du musst keine Angst haben.«

»Glaubst du, sie beobachten uns?«, fragte ich leise und versuchte mich unauffällig umzuschauen. Nur gut, dass ich meine übergroße Sonnenbrille aufhatte, unter der man meine weit aufgerissenen Augen nicht erkennen konnte.

»Kann sein, muss aber nicht. Sie werden sichergehen wollen, dass ich nicht womöglich ein Cop bin. Dass sie mich mit einer Frau im Park beim Spazierengehen beobachten können, dürfte das Ganze etwas abmildern. Jedenfalls hoffen Jonathan und ich das. Und wenn es nicht so ist, haben wir immerhin einen traumhaften Spaziergang gemacht, denkst du nicht auch?«

Ich atmete aus. »Du hast recht. Selbst wenn sie uns beobachten würden, würden sie uns ja nichts tun.«

»Du siehst übrigens zum Anbeißen aus«, lachte Ethan und legte einen Arm um meine Schultern. Ich hingegen konnte nur einen murrenden Laut von mir geben, denn ich sah alles andere als wie ich selbst aus. Ein kurzer Minirock und ein bauchfreies rotes Top. Ich hätte auch einfach meine intimsten Stellen mit Tapeband bekleben können ...

»Ich sehe furchtbar aus«, jammerte ich, versuchte ihn aber mit anhimmelnden Blicken zu bestrahlen, für den Fall, dass man uns tatsächlich beobachtete. Selbst wenn, sie würden gar nicht auffallen unter den ganzen Menschen, die uns immer wieder verstohlen ansahen. Die Augen der anderen Spaziergänger wanderten erst zu Ethan und dann zu mir. Es war, als säße ich auf einem Präsentierteller.

»Wie lange müssen wir uns hier noch herumtreiben?«, wollte ich wissen und richtete meine Sonnenbrille, die beinahe die Hälfte meines Gesichts bedeckte.

»Wir drehen noch eine kleine Runde und dann gehen wir nach Hause. Ich helfe dir auch höchstpersönlich aus deinen Klamotten«, raunte er dicht bei meinem Ohr und ich erschauderte auf eine angenehme Art und Weise. »Was steht dann als Nächstes auf dem Plan?«

»Du meinst, wenn ich dir deine Kleidung nach und nach vom Körper geschält ... «

»Nein«, wandte ich kichernd ein, »ich meine, wenn
wir diese Aktion hier hinter uns gebracht haben. Bis
zur Übergabe, was steht bis dahin noch an?« Ich versuchte so leise und unauffällig wie nur möglich zu sprechen, damit es nach außen hin so wirkte, als führten
wir ein ganz normales Gespräch unter Pärchen.

»Du wirst morgen deinen gefälschten Pass bekommen«, antwortete Ethan ebenso leise.

Ich biss die Zähne fest zusammen. »Krimineller kann
man auch nicht in ein Polizeistudium starten, oder?«

»Es ist ja für einen guten Zweck. Sieh es als Under-
coverjob.«

»Der offiziell keiner ist«, rief ich ihm in Erinnerung
und versuchte die Situation und deren Folgen bestmöglich auszublenden.

»Wir lassen die Dokumente danach sofort vernich-
ten. Es wird schon alles gut werden.« Wir folgten einem
gekiesten Weg durch herrliche Blumenbeete, überquer-
ten eine hölzerne Brücke über einen kleinen Teich und
machten uns wieder auf den Rückweg.

»Alles Weitere werden wir morgen besprechen. Jonathan wird auch kommen.«

»Ich mag deinen Bruder«, sagte ich mit einem
Schmunzeln.

»Jeder mag meinen Bruder«, erwiderte Ethan. »Er hat
ein loses Mundwerk, aber schafft es immer, die Leute
auf seine Seite zu ziehen.«

»Leider nicht immer die Richtigen, hm?«, seufzte ich.
Auch Ethan brummte leise. »Nein, leider nicht. Aber
dank deiner Hilfe könnte sich das bald ändern.« Er
schaute mich dankbar an. Egal, in welcher Rolle wir
uns gerade befanden, ich genoss diesen Moment und

schmiegte mich noch enger an ihn, während wir uns auf den Heimweg machten.

Die Stunden bis zur Übergabe zogen sich wie Kaugummi. Sicherheitshalber hielt ich mich den Rest der Zeit bei Mum zu Hause auf. Erst am nächsten Tag nahmen wir uns vor, uns zu treffen. Es war nicht so schlimm, wenn sie mich bei Ethan sahen, aber umso schwieriger, wenn sie Jonathan in Ethans Haus ein und ausgehen sahen. Also warteten wir bis in die späten Abendstunden, damit Jonathan sich im Dunkeln durch den Kellereingang einschleusen konnte. Man könnte meinen, dass wir allmählich paranoid geworden waren, aber erst als wir alle Fenster mit Vorhängen und Jalousien verdeckt hatten, fühlten wir uns sicher.

»Morgen geht es also los«, schnaufte Jonathan, dieses Mal ein wenig ernster, als er sich wieder auf die Couch vor mir niederließ.

Ich nickte. »Wo wirst *du* morgen sein?«

Ethan antwortete an seiner Stelle. »Jonathan wird sich weit außerhalb der Übergabe befinden.«

Sein Bruder hingegen grinste schief. »Süß, wie er sich um mich sorgt, nicht? Keine Bange, ich werde Mission Rettet-Ethans-Bruder schon nicht gefährden.«

Unsicher schaute ich zu Ethan, der neben mir auf der Couch saß. »Und wir sind dem Ganzen schutzlos ausgeliefert, richtig?«

Er legte seine Hand beruhigend auf meine und lächelte beschwichtigend. »Ich habe für genügend Sicherheit gesorgt. Wenn etwas schiefgehen sollte, was garantiert nicht der Fall sein wird, sind wir nicht allein.«

Ich stutzte. »Und du verrätst natürlich nicht, von wem du da sprichst, oder?«

»Je weniger die Leute voneinander wissen, desto besser. So kann man keine Namen ausplaudern, auch wenn es nur versehentlich sein sollte.«

»Ethan war schon immer sehr vorsichtig«, warf sein Bruder ein.

»Was ihm in diesem Fall nicht zu verdenken ist«, nahm ich ihn in Schutz. »Und was macht dich so sicher, dass alles gut gehen wird?«, hakte ich an Ethan gewandt nach. Sein Lächeln war aufrichtig, wenn auch ein wenig traurig. »Ein bisschen positiv denken kann ja nicht schaden, oder?«

Ich lehnte mich an ihn und hörte Jonathans hämisches Kichern. »Ach, wie süß ihr seid.«

Kurz darauf klingelte Ethans Handy und wir zuckten heftig zusammen. Sogar Jonathan verlor für den Bruchteil einer Sekunde die Fassung. Doch Ethan gab schnell Entwarnung. »Alles bestens. Nur ein Kunde, da muss ich rangehen.«

Schweigend verließ er den Raum und mein Blick glitt kurz zu Jonathan. Dieser wiederum schüttelte den Kopf, als könnte er noch immer nicht fassen, dass sein Bruder eine Freundin hatte. »Dass ausgerechnet Ethan eine so ruhige Seele wie dich zur Freundin hat. Unglaublich.« Wie sich das anhörte: *Freundin.*

Ich rutschte nervös auf meinem Platz hin und her. »Was meinst du damit?«

Achselzuckend betrachtete er seine Bierdose und lehnte sich etwas entspannter zurück. »Ach nichts eigentlich. Ethan ist einfach nur extrem steif. Das war er nicht immer, musst du wissen.«

Ich nickte wissend. »Er hat mir von dem Unfall erzählt.«

Ein kurzer Schatten huschte über sein Gesicht, doch er fing sich schnell wieder. Offenbar war das ein sehr wunder Punkt und ich fragte mich plötzlich, ob es gut war, dass ich das Thema angesprochen hatte.

»Ja, dumme Sache«, sagte er leise und wandte den Blick kurz ab. Doch er fing sich rasch wieder und strahlte. »Er ist ein guter Kerl. Auch wenn er ein bisschen mürrisch ist.«

»Oh ja«, stimmte ich lachend zu. »Ich habe ihn sehr mürrisch kennengelernt. Unsere erste Begegnung begann mit einem verschütteten Kaffee auf seinem teuren Anzug und endete mit einem lauten Wortgefecht. Dann hat sich herausgestellt, dass ich künftig für ihn arbeiten muss. Du kannst dir sicher denken, dass wir zu Beginn nicht das beste Arbeitsverhältnis hatten.«

Jonathan lachte schallend. »Kann ich mir vorstellen. Aber wie ich sehe, hast du ihn gut unter Kontrolle.«

»Ach was«, winkte ich ab. »Ich kontrolliere ihn ganz sicher nicht. Ich glaube, in ihm steckt so viel Freude und Fröhlichkeit, die er hinter einem mürrischen Gesichtsausdruck versteckt. Er hasst sich für das, was dir damals passiert ist.«

Jonathan nickte zustimmend. »Ich weiß und ich hasse mich dafür, dass ich es nicht schaffe, ihm zu vermitteln, dass ich ihm nicht böse bin.«

»Ich denke, manchmal sind Schuldgefühle so machtvoll, dass sie die Realität viel zu sehr untergraben.« Unwillkürlich dachte ich an meine Mum.

»Ich denke, dass er es bald endlich verstanden haben wird«, sprach Jonathan zuversichtlich und schaute mich dankbar an. »Du tust ihm wirklich gut und auch ich bin dir sehr verbunden.«

Ich lachte kurz auf und schüttelte den Kopf. »Ach was. Allein die Tatsache, dass ihr beide außer Gefahr seid, ist die ganze Sache doch wert, oder?«

»Worüber sprecht ihr?«, hörte ich plötzlich Ethans Stimme. Ich hatte nicht mitbekommen, dass er wieder ins Wohnzimmer gekommen war. In der Hand hielt er einen braunen Umschlag.

»Wir reden über deine fröhliche Art«, säuselte Jonathan und erntete ein mürrisches Grummeln seines Bruders.

»Was hast du da?«, wollte ich neugierig wissen und deutete auf den Umschlag in seinen Händen. Er folgte meinem Blick und hob ihn in die Höhe. »Eventuell ist das unsere Eintrittskarte in die Freiheit.«

»Du meinst, das sind die Pässe? Zeig mal her«, forderte ich ihn auf und streckte erwartungsvoll meine Hand aus. Mit einem unterdrückten Lachen hielt er mir den Pass entgegen.

»Wie bitte?«, rief ich entsetzt aus. »Ich heiße Lolita?«

Jonathan brach vor mir in schallendes Gelächter aus. »Auf diesen Gesichtsausdruck habe ich gewartet.«

Geschockt sah ich zwischen den Männern hin und her. »Warum zum Teufel heiße ich Lolita Dennet?«

»Ist doch ganz logisch«, erklärte Jonathan noch immer lachend. »Louisa Bennet, Lolita Dennet. Je näher du an deinem eigentlichen Namen bleibst, desto einfacher kannst du ihn dir merken. Hast du etwa noch nie *Law and Order* oder *Criminal Minds* gesehen?«

»Natürlich habe ich diese Serien gesehen«, murrte ich und blickte mein bearbeitetes Foto an. Ich sah aus wie eine Mitarbeiterin in einem Stripclub. Dieses Foto war an dem Tag entstanden, an dem Ethan und ich spazieren gegangen waren. Augenblicklich fragte ich mich, ob mich die Menschen im Park womöglich für eine Stripperin gehalten hatten.

»Ich sehe fürchterlich aus!«

»Nein! Ich finde, eher heiß! Wirklich, Louisa, das steht dir. Solltest dir das Pseudonym ruhig zulegen und damit Karriere machen als ... «

»Ich denke, das reicht jetzt«, unterbrach Ethan seinen Bruder mit einem versteckten Schmunzeln und schaute mich an. »Es ist ja nur für ein paar Stunden.«

»Mhm«, maulte ich. »Und du? Wie ist dein Name?«

»Natürlich Ethan Bradford«, grinste er und setzte sich neben mich. »Von mir werden sie im Netz ein bisschen mehr finden, meinst du nicht auch? Da macht es doch Sinn, wenn ich auch als der Ethan hingehe, der ich in Wirklichkeit bin.«

»Würden sie nicht herausbekommen, dass ihr Brüder seid?«, hakte ich nach.

»Glücklicherweise hat mein«, Ethan räusperte sich kurz, »Kontakt wiederum seine Kontakte spielen lassen und ihm, nachdem Jonathan aus dem ... Gefängnis entlassen wurde, einen neuen Nachnamen verpasst. Es sollte keine Verbindung im Netz zu finden sein.«

»Dann hätte ich auch einfach Louisa bleiben können«, überlegte ich, doch Ethan schüttelte den Kopf. »Auf keinen Fall. Je weniger die von dir wissen, desto besser.«

Kapitel 46

Die Uhr tickte, meine Nägel waren bis zur Unkenntlichkeit heruntergeknabbert und mein Outfit ließ mich aussehen wie eine Cocktailkirsche mit Sahnehaube. Ich betrachtete mich im Spiegel, begutachtete das rote Kleid, das gerade einmal bis zur Hälfte meiner Oberschenkel reichte, und zupfte mit gerümpfter Nase an dem weißen Bolero, den ich über die Arme gezogen hatte. Nicht, dass ein weißer Bolero grundsätzlich hässlich wäre, aber dieser war es mit seinen langen Plüschfransen definitiv. Auch die weißen Stiefel, dessen Absätze so hoch waren wie der Eiffelturm, machten es nicht besser. Das viele Make-up und die extremen Locken verwandelten mich zu einem ganz anderen Menschen. Eben zu *Lolita Dennet*. Ich erkannte mich selbst kaum wieder und schwor, dass ich mir beim nächsten Halloween lieber ein Laken über den Schädel zog, als mich so zu verkleiden.

»Uh, du siehst ja heiß aus!«, pfiff es hinter mir, als die Zimmertür zu Ethans Schlafzimmer aufging. Erschrocken blickte ich mich um und entdeckte Jonathan mit amüsiertem Gesichtsausdruck im Türrahmen. »Ich sehe fürchterlich aus«, stöhnte ich und schaute wieder in den Spiegel.

»Ist Ansichtssache«, erwiderte er und ich schenkte ihm ein aufgesetztes dankbares Lächeln im Spiegel.

»Mein Lieblingsbruder erkundigt sich, ob du so weit bist?«

»Und dafür schickt er dich?«

»Er erhält noch ein paar Anweisungen von seinem Kontakt.«

Ein amüsierter Ausdruck zeichnete sich auf seinem Gesicht ab. »Erzählst du mir wenigstens, wer dieser Kontakt ist?« Ich setzte das Wort Kontakt in Anführungszeichen, doch Jonathan unterbrach mich, noch ehe ich meinen Satz zu Ende führen konnte. »Nein, oberste Anweisung vom Chef, und wir wollen ihn nicht verärgern, richtig?«

Ich seufzte und marschierte mit unsicheren Schritten auf ihn zu. Diese Schuhe machten mir jetzt schon Schwierigkeiten beim Laufen. »Ich kriege es schon noch irgendwie raus«, murmelte ich und Jonathan legte freundschaftlich einen Arm um meine Schultern, während wir gemeinsam nach unten zu Ethan gingen. »Es ist besser, wenn man nicht alles weiß, dann kann man auch nichts verraten. Du hast den Meister doch gehört.«

»Bist du wenigstens auch ein bisschen aufgeregt?«, fragte ich und schaute ihn fragend von der Seite an. Ich staunte wieder einmal über die Ähnlichkeit der beiden.

»Ich bin ein harter Kerl«, scherzte er und ich knuffte ihm in die Seite. »Sei ehrlich!«

Jonathan lachte. »Na gut, ja vielleicht. Aber ich bin schlecht darin, meine Schwächen zu zeigen, weißt du? Deshalb überspiele ich das. Aber psst, verrate es bitte niemandem.«

»Was du nicht sagst. Ich schätze mal, das ist eher ein offenes Geheimnis, aber keine Sorge: Ich kann Geheimnisse für mich bewahren.« Kurzerhand musste ich an Marleen denken, die über die ganze Sache hier rein gar nichts wusste, und spürte einen Stich im Herzen. Meiner besten Freundin hatte ich immer alles erzählt. Selbst dass ich mich hier im Haus nach dem Schmuck umgesehen hatte, hatte ich ihr gesagt, und wir hatten gemeinsam Pläne geschmiedet. Aber als die Sache drohte, so richtig ernst zu werden, war es besser gewesen, sie da rauszuhalten. Nur um sie zu schützen, für den Fall, dass das Ganze hier völlig aus dem Ruder lief.

Im Wohnzimmer angekommen, wartete Ethan bereits auf mich, und ich schnappte nach Luft. Er sah ganz anders aus ohne seinen Dreitagebart. Er lachte auf, als er meinen Blick wahrnahm. »Na, was meinst du? Gefalle ich dir?«

»Und ich dir?«, fragte ich und trat auf ihn zu. Dabei legte ich eine Hand auf sein Kinn, was sich ungewohnt glatt anfühlte.

»Du siehst so anders aus«, murmelte ich leise und schenkte ihm ein Lächeln. Ethan küsste mich auf den Mund und zog mich anschließend in seine Arme. »Wenn das hier vorbei ist, dann ... «

»Lässt du dir bitte wieder deinen Bart wachsen«, lachte ich schließlich und die beiden Männer stimmten mit ein.

Als Ethan von mir abließ, schaute er mich eindringlich an und dann zu Jonathan. »Bereit?«

»Bereit«, antwortete er, klopfte zum Abschied gegen den Türrahmen und verließ mit einem lauten »Viel Glück« das Haus durch den Keller.

»Du auch?«, fragte mich Ethan weitaus sanfter und ich nickte angespannt. »Bringen wir es hinter uns. Es wird schon. Hast du deine Kamera?«

Er deutete auf einen kleinen Knopf am oberen Hemdkragen und ich staunte. »Wahnsinn! Das wäre mir niemals aufgefallen. Puh, hoffentlich geht alles gut.«

»Wird es, keine Angst. Du siehst übrigens sehr heiß aus«, erklärte Ethan mir erneut, während wir das Haus verließen. »Ich könnte mich daran gewöhnen.«

»Meinst du das wirklich?«, fragte ich mit hochgezogener Braue und lief um sein Auto herum zur Beifahrertür. Er schüttelte heftig den Kopf. »Auf keinen Fall. In Jeans und Shirt gefällst du mir besser. Aber die Stiefel, die könntest du ruhig öfter tragen.«

»Die Stiefel ramme ich dem verdammten *Boss* in den Hintern, wenn die Polizei ihn erst einmal geschnappt hat«, flötete ich unnatürlich fröhlich und wir stiegen ins Auto.

Auf der Fahrt griff Ethan nach meiner Hand. »Hast du deinen Pass?«

»Natürlich. Wie könnte ich meinen Pass mit dem wunderschönen Namen Lolita vergessen?«

Ethan grinste mit Blick auf die Straße. »Und du?«, fragte ich und beobachtete ihn von der Seite. »Hast du deinen Pass und das Geld?«

Er nickte ausladend. »Ich denke, ich wäre ein ziemlicher Idiot, wenn ich das Wichtigste zu Hause hätte liegen lassen, oder?«

»Ich bin die Frau an deiner Seite, die Angst hat, dass sie ihre kostbaren Schmuckstücke nicht bekommt. Da muss ich doch auf Nummer sicher gehen.«

Ethan verzog anerkennend das Gesicht. »Auch wieder wahr. Gut, wie du dich in deine Rolle einfindest.«

Ich lachte angespannt und sah nach draußen auf die Stadt. Die Lichter der Restaurants und Bars rauschten an uns vorbei. Die Leute auf den Straßen hatten nicht die geringste Ahnung, was in den Hintergründen der Stadt eigentlich vor sich ging. In diesem Moment wünschte ich mir dieselbe Normalität. Dass ich aufgeregt war, versuchte ich mir Ethan zuliebe nicht anmerken zu lassen, denn dass er nervös war, war überdeutlich. Immer wieder suchte er nach meiner Hand, drückte mir das Knie oder schaute mich aufmunternd an. Wenn ich jetzt panisch werden würde, würde ich es nur verschlimmern. Ein paar Stunden noch, dann wäre das ganze Thema hoffentlich vorbei und Ethan und Jonathan könnten normal weiterleben. Und Ethan und ich könnten uns auf uns konzentrieren. Es würde alles gut werden, sagte ich mir immer wieder wie ein Mantra und schaute auf die Straße und die bunten Lichter.

Kapitel 47

Allmählich wurden die Lichter der Stadt weniger und wir begannen uns in den unschönen Ecken von Soulfield herumzutreiben. Hier reihten sich einige leerstehende Hallen aneinander, die zu einer alten Wollfabrik gehörten, die seit vielen Jahren leer stand. Ich erinnerte mich, dass Mum mir als kleines Mädchen eingetrichtert hatte, dass ich mich mit meinen Freunden von hier fernhalten sollte, und bisher hatte ich das immer brav getan. Es war also nicht nur so, dass Ethan und ich uns in Gefahr brachten, sondern ich meine Mutter gleichzeitig hinterging.

Beide schwiegen wir und gaben uns unseren Gedanken hin. Jeder schien vor sich hin zu grübeln. Unsere ineinander verkeilten Finger reichten, um zu wissen, dass wir das gemeinsam durchstehen würden.

»Bist du hier schon einmal gewesen?«, fragte ich in die Stille, während wir an einer Gruppe Jugendlicher vorbeifuhren, die ihre Bierdosen auf den Boden schmissen und uns skeptisch hinterhersahen.

»Einmal habe ich hier eine Ladung Schmuck abgeholt«, erklärte Ethan ernst und bog in eine Seitenstraße, in der wir an einem Maschendrahtzaun vorbeifuhren. Kurz darauf kehrten wir auf dem großen Fabrikgelände ein. Mein Herz schlug schneller und die Aufregung schnürte mir den Hals zu. Vor uns ragte ein altes zerfallenes Gebäude auf, dessen Fenster längst nicht mehr vorhanden waren. Es war, als wären die Gemäuer seelenlos und starrten wütend auf uns herab. Ich schluckte und schaute Ethan an, als wir anhielten.

»Es wird alles gut werden«, sagte ich zuversichtlich, doch das Zittern in meiner Stimme war nicht zu überhören. Ethan hingegen nickte mir aufmunternd zu. »Wenn das hier vorbei ist, gibt es nur noch uns, hörst du?«

»Nur noch uns«, wiederholte ich. »Klingt sehr gut.«

Dann stiegen wir aus dem Auto in die kühle Nachtluft, die uns entgegenwehte. Ethan kam um den Wagen herum und ergriff sofort meine Hand. Ab hier würde ich Louisa hinter mir lassen und in meine neue Rolle eintauchen müssen. Kaum hatten wir uns auf den Weg zum Eingang gemacht, da erkannten wir von weitem, wie zwei breitschultrige Gestalten aus dem Gebäude kamen und sich wie Türsteher positionierten.

Mein Herz schlug mir bis zum Hals und auf diesen Absätzen konnte ich kaum einen normalen Schritt gehen. Der Schotterweg machte es nicht einfacher.

Als wir den beiden Männern näherkamen und Ethan instinktiv meine Hand fester drückte, erkannte ich deren markante Gesichter und ihre finsteren Gesichtsausdrücke. Sie sagten nichts, nickten Ethan nur knapp zu, der die vermeintliche Begrüßung in derselben Form quittierte.

Als wir die große Eingangshalle betraten, wunderte ich mich nicht über den Zustand. Es handelte sich um ein rohes Gemäuer, das den Anschein erweckte, als würde es bald in sich zusammenfallen. Der Betonboden unter meinen Absätzen hallte laut und mein Puls raste. Ich spürte, dass meine Handflächen schwitzig waren, und so dumm der Gedanke auch war, hatte ich Angst, dass ich uns damit verraten könnte. Vielleicht bemerkten sie auch mein Zittern?

»Ganz ruhig«, murmelte Ethan neben mir, sodass ich erst kaum mitbekam, dass er zu mir sprach. Ich schmiegte mich wie eine schwerverliebte Frau an ihn und reckte selbstbewusst mein Kinn in die Höhe. Je tiefer wir in die Halle gingen, desto deutlicher zeichneten sich ein paar Umrisse am anderen Ende des Gebäudes ab. Das mussten der *Boss* und sein Gefolge sein, dachte ich und hätte beinahe laut nach Luft geschnappt.

Als wir nahe genug bei ihnen waren, setzte sich die Gruppe gegenüber in Bewegung.

»Mr Bradford«, hörten wir eine Stimme mit starkem Akzent und ich grub meine Finger noch fester in Ethans Hand. Ich vermutete, dass es sich um einen Italiener handelte.

»Guten Abend«, erwiderte Ethan mit einem höflichen Nicken. Mich beachteten die Männer kaum. Kurz vor dem Mann in der Mitte blieben wir stehen und es dauerte eine Weile, bis sich meine Augen endlich an die Dunkelheit gewöhnt hatten. Ich nahm an, dass das der *Boss* sein musste, der in diesem Akzent sprach und sich leicht bedeckt im Schatten hielt. Die Männer kamen auf uns zu und bedeuteten uns mit einer Geste, dass sie unsere Pässe sehen wollten. Ethan überreichte sie und einer der Männer zog sich mit ihnen zurück. Kurz darauf nickte er seinem Chef zu und gab sie Ethan wieder.

»Wie geht es Ihnen?«, fragte die Stimme freundlich und ich sah nun die Gesichter der beiden Männer hinter ihm. Was ich erkannte, waren die Blicke, die sie über meine Beine gleiten ließen. Mit einem süffisanten Grinsen stierten sie mich an. Hastig riss ich meine Augen von ihnen und starrte wieder auf den Mann im Schatten, der nun endlich hervortrat, sodass wir sein Gesicht erkennen konnten. Es war wie ein Schlag in die Magengrube. Wie ein Aufwachen aus einem verdammt düsteren Albtraum. Mein Herz begann zu rasen und ich schluckte. So ein Mist, ich kannte diesen Mann!

Kapitel 48

»Es geht uns gut, vielen Dank der Nachfrage«, antwortete Ethan höflich, während ich damit kämpfte, nicht laut loszuschreien. Großer Gott, hoffentlich erkannte er mich nicht, betete ich innerlich und versuchte mir nichts anmerken zu lassen.

»Wunderbar«, klatschte der *Boss*, dessen Namen ich kannte, in die Hände. Und dann sah mich Mr Pierce direkt an. Seine stechenden Augen fixierten mich und ein aufgesetztes Strahlen machte sich in seinem Gesicht breit. »Sie müssen also die Schönheit sein, die meinen Kunden dazu verleitet hat, ein nettes Geschäft einzugehen, richtig?«

Ich betete, dass mein Gesichtsausdruck authentisch genug wirkte, aber sagen mochte ich nichts. Was wenn er meine Stimme erkannte? Ethan versteifte sich neben mir und ergriff wieder das Wort. »Können Sie mir die Ware zeigen?«

Als hätte Mr Pierce vergessen, dass Ethan auch noch da war, starrte er ihn an, nickte daraufhin aber freundlich. »Selbstverständlich. Wir wollen die nette Dame doch nicht länger hinhalten, oder? Cobra!«, rief er. Hinter ihm setzte sich einer der Männer in Bewegung und schnappte sich einen Koffer, der neben ihm auf dem Boden abgestellt war. *Cobra*, sagte ich im Geiste und hätte beinahe laut losgelacht, wäre die Situation nicht so unwirklich gewesen. Der Mann trat hervor, öffnete den Koffer und hielt ihn Ethan und mir wie ein Schmuckverkäufer hin. Jetzt erkannte ich das Schlangentattoo auf seinem rasierten Schädel. Daher also dieser lächerliche Name.

»Also, Schatz«, sagte Ethan betont locker, »such dir aus, was immer du haben willst.«

Ich schaute ihn dankbar an und warf einen Blick auf den Inhalt, der mir entgegenfunkelte. Mein Herz machte einen Satz, als ich erkannte, um was für Schmuckstücke es sich handelte. In der Mitte prangte anmutig ein silbernes Diadem mit rotleuchtenden Diamanten, die vom Mondschein in Szene gesetzt wurden. Passend dazu, auf einem Samtkissen, befand sich ein Armband mit denselben roten Steinchen. Ich verstand nicht viel von Schmuck, aber ich wusste, dass ich für den Wert des Diadems ein ganzes Haus hätte kaufen können. Oder zumindest meine Studiengebühren bezahlen. In einer kleinen geöffneten Schatulle schimmerte mir ein goldener Ring entgegen, der mit Sicherheit den Wert eines Kleinwagens besaß. Zudem lagen unzählige Ketten am Rand des Koffers, die ebenfalls unbezahlbar aussahen. Ich wusste gar nicht, wo ich zuerst hingreifen sollte, was meine Rolle vermutlich etwas lebendiger wirken ließ. Möglicherweise sah ich wirklich aus wie eine Frau, die gierig auf den schicken Schmuck stierte.

»Wissen Sie«, begann Mr Pierce anschließend im fröhlichen Plauderton und verschränkte die Arme hinter dem Rücken, »es ist mir immer wieder ein Vergnügen, das Strahlen in den Augen meiner Kunden zu sehen.«

Ich schaute kurz zu ihm auf, sah aber schnell wieder zurück auf den Koffer, immer noch in der Hoffnung, dass er mich nicht erkennen würde.

»Diese Kostbarkeiten lassen unsere Frauen noch heller strahlen, finden Sie nicht auch, Mr Bradford?«

»Selbstverständlich«, entgegnete Ethan beeindruckend höflich. »Für meine Liebste nur das Beste, richtig?«, er ergriff meine Hand und schmachtete mich verliebt an. Ich erwiderte den Blick und schaute schnell wieder auf den Koffer, bevor ich nickte und wieder zurücktrat.

»Und genau das mag ich an meinem Job«, faselte Mr Pierce weiter, als unterhielten wir uns wie alte Freunde. »Dieses Strahlen. Diese glücklichen Menschen. Und vor allem sind es die jungen Paare, die es mir angetan haben. So voller Liebe, voller Ehrlichkeit. Wie ich sehe, würden Sie Ihrer Frau alles kaufen, um sie zum Strahlen zu bringen, nicht wahr, Mr Bradford?«

»Natürlich«, nickte Ethan wieder. Ich drückte mich etwas fester an Ethans Seite. Die Ansprache von Mr Pierce gefiel mir ganz und gar nicht. Und auch, dass sich dieser *Cobra* mit dem Koffer entfernte, fand ich seltsam.

Aufmerksam beobachtete ich die Männer, die sich vor uns positioniert hatten. Vor allem behielt ich Mr Pierce im Auge. »Also, über den Preis waren wir uns einig?«, fragte Ethan schließlich und ich merkte, wie er sich neben mir versteifte. »Und gibt es ein Echtheitszertifikat?« Mr Pierce lachte und hob abwehrend die Hände. »Ganz ruhig, ganz ruhig, mein Bester. Warum die Eile? Kann Ihr kleines Vögelchen es nicht abwarten, sich bei Ihnen *persönlich* zu bedanken?« Er lachte, als hätte er den Scherz des Jahrhunderts gemacht, und ich spürte, wie mir die Galle hochstieg.

»Sie wissen ja, wie die Frauen sind«, antwortete Ethan ebenso belustigt.

»Oh ja, das weiß ich zu genüge. Immerhin ist das hier nicht mein erstes Geschäft. Daher ist es immer wieder schön zu sehen, wie unterschiedlich meine Kunden doch sind. Die einen, die nicht genug von meiner Ware haben können, und dann die Käufer, die sich gar nichts aus dem Schmuck machen, ist es nicht so? Ms Bennet?«

Erschrocken schaute ich auf und starrte in Mr Pierces ernstes Gesicht.

Ethan schaute zwischen mir und Mr Pierce hin und her. »Ich fürchte, ich kann Ihnen nicht ganz folgen«, lachte Ethan schließlich und zog mich enger an sich heran. »Das hier ist nicht Ms ... wie nannten Sie sie doch gleich? Bennet?«

»Dann scheine ich wohl besser informiert zu sein als Sie«, lachte Mr Pierce künstlich, als wäre das alles ur-komisch. Er zupfte sich mit Daumen und Zeigefinger am Kinn. Ethans Lächeln erstarb und ich spürte, wie wir uns Millimeter für Millimeter nach hinten beweg-ten. Plötzlich, als wäre Mr Pierce wieder in der Realität angekommen, war jegliche Freundlichkeit aus seinem Gesicht gewichen. »Glauben Sie eigentlich, dass ich nicht wüsste, wer Ihre kleine Freundin da ist?«

»Was?«, warf ich schließlich ein und nahm mir vor, mich aus dem Ganzen herauszureden, doch er ließ mir keine Möglichkeit.

»Versuchen Sie es gar nicht erst«, schnitt er mir das Wort ab und kam einen festen Schritt auf uns zu. Instinktiv wichen wir zurück. Ein Nicken reichte, um seinen Bulldoggen von Männern klarzumachen, dass der Kauf geplatzt war und sie zu ihren Waffen greifen sollten. In Sekundenschnelle waren zwei davon auf uns gerichtet und ich fuhr erschrocken auf. »Euer Spielchen hat jetzt ein Ende«, herrschte der Mann uns schließlich an und Ethan stellte sich schützend vor mich. Wimmernd drückte ich mich an seinen Rücken.

»Na los, Hände hinter den Kopf und dann bewegt ihr euch da drüben zur Wand! Wird's bald?«

»Hören Sie«, versuchte Ethan noch einzuwerfen, doch der Mann mit dem Namen Cobra kam ihm bedrohlich nahe, sodass Ethan verstummte.

Mit einem zustimmenden Nicken bedeutete Ethan mir, dass ich ihm folgen sollte. Also hoben wir unsere Hände hinter die Köpfe und gingen nach links zur großen Betonwand. Sofort stürmten die Männer auf Ethan zu und zwangen ihn in die Knie. Auch mich stießen sie unsanft zu Boden und Tränen sammelten sich in meinen Augen.

Mr Pierce trat neben uns und ich wagte es nicht, ihm ins Gesicht zu sehen. »Sie haben Ihre Aufgabe als Kurier so gewissenhaft erledigt, dass es wirklich schade drum ist«, sprach er und ging neben mir in die Hocke, sodass wir auf gleicher Höhe waren. »Fassen Sie sie nicht an!«, knurrte Ethan, doch ein Stoß mit einer Waffe in den Rücken brachte ihn zum Schweigen.

»Ich werde wohl mit Ihrer Chefin sprechen müssen, dass sie sich in Zukunft neues Personal suchen muss, nicht?« Er lachte, als wäre das wieder einmal witzig gewesen, doch ich verzog nur verächtlich das Gesicht. Der Gedanke an meine Mum schmerzte. Würde ich sie nie wiedersehen? War es das jetzt? Hat unsere Rettungsmission für Ethan und Jonathan lediglich eine Viertelstunde gedauert? Ein trauriges Resultat für die ganze Vorbereitung!

»Wirklich schade drum«, bedauerte Mr Pierce erneut und hob mein Kinn zwischen seinen Fingern in die Höhe, um mich genauer anzusehen. Neben mir regte sich Ethan, wurde aber direkt wieder von den Männern in seine Schranken gewiesen.

»Ich bin noch nicht ganz dahintergekommen, was genau euer Plan ist. Klärt mich doch mal auf«, faselte Mr Pierce wie ein Lehrer, der verstehen wollte, warum seine Schüler lachten.

»Es gibt keinen Plan, wir wollten nur … «, begann Ethan, doch wurde wieder von Mr Pierce unterbrochen. »Verkauft mich nicht für dumm! Glaubt ihr etwa, ich wüsste nicht, dass die Kleine nicht noch vor kurzem meine Ware hin und her gefahren hat? Und wenn ich es nicht besser wüsste, würde ich fast behaupten, dass du ein bisschen zu neugierig geworden bist und mir hinterherschnüffelst.« Er blinzelte mich verächtlich an, als wäre ich ein Parasit. Obwohl ich panisch wurde, spürte ich fast so etwas wie ein überhebliches Grinsen auf meinen Lippen, denn er lag nicht ganz richtig. Von Jonathan schien er keine Ahnung zu haben und auch nicht, dass Ethan sein Bruder war. Wenigstens ein kleiner Triumph, auch wenn das jetzt unser Ende bedeuten sollte.

»Hat dir niemand beigebracht, dass es sich nicht gehört, sich in Dinge einzumischen, die einen nichts angehen?«, sagte er und erhob sich mit einem Ächzen. Er klopfte Staub von seinem cremefarbenen Anzug und sah auf uns hinab. »Jedenfalls werdet ihr jetzt eure Lektion lernen«, säuselte er schließlich. »Dumm nur, dass ihr nicht lange etwas davon haben werdet. Es wird schneller vorbei sein, als ihr Piep sagen könnt.«

Das Blut rauschte mir in den Ohren und ich verspürte den unbändigen Drang nach Ethans Hand zu greifen. Tränen liefen an meinen Wangen herab und ich brachte schließlich den Mut auf, Ethan anzusehen, der meinen Blick mit einem traurigen Lächeln erwiderte. »Es tut mir leid«, formte er beinahe lautlos mit seinen Lippen und ich begann zu schluchzen.

»Süß nicht?«, hörte ich hinter uns diese widerliche Stimme und weinte noch mehr. Dabei bemerkte ich nicht dieses leise, aber grelle Geräusch, das erst kaum hörbar war, doch kurz darauf immer lauter zu werden schien. Und ehe ich es realisieren konnte, vernahm ich ein aufgebrachtes Schreien und das Aufheulen von Sirenen. Überrascht wandten Ethan und ich uns um und entdeckten, wie Mr Pierce sich hastig in Richtung Ausgang entfernte, gefolgt von seinen beiden Wachhunden. »So eine verfluchte … «, zischte er wütend und ich wurde im selben Moment in Ethans Arme gezogen, der mich so festhielt, dass ich kaum Luft bekam. Ich klammerte mich an seinen Armen fest und gemeinsam beobachteten wir, wie die Lichter in die Halle schienen und Sirenen ohrenbetäubend laut wurden.

Alles ging mit einem Mal ganz schnell. Polizisten stürmten in das Gebäude, schnitten den Männern den Weg ab. Die beiden draußen vor dem Gebäude waren vermutlich schon gefasst worden. Es war wie in einem Film und alles zog an mir vorbei, als wäre ich lediglich eine Zuschauerin. Ethans Griff festigte sich schützend, als ein Polizist auf uns zukam und mir die Hand reichte. Ich verstand seine Worte nicht, denn meine Umgebung wirkte, als wäre ich unter Wasser. Zögernd nahm ich die Hand und wurde von Ethan weggezogen. Ich wandte mich hastig zu ihm um und rief laut seinen Namen, als ich erkannte, dass ein anderer Polizist ihm Handschellen anlegte.

Kapitel 49

Aufgeregte Schritte, grässlicher Linoleumfußboden und Geräusche wie auf einem Bahnhof. Das alles nahm ich kaum wahr, als ich auf dem Polizeipräsidium von Soulfield saß, auf einem ungemütlichen Plastikstuhl, und von allen möglichen Leuten angestarrt wurde, als wäre ich eine Schwerverbrecherin. Vermutlich machte ich mit meinem Outfit nicht den besten Eindruck. Immer wieder wich ich ihren Blicken aus und knibbelte an meinen Fingern. Von Ethan hatte ich lange nichts mehr gehört und Auskunft gab man mir auch keine. Ich wusste nicht, ob ich schuldig war oder als Zeugin hier saß. Ich wusste gar nichts. Nur dass der Kaffee, den man mir vor einer halben Stunde angeboten hatte, widerlich dünn war und nach nichts schmeckte. Wenn mich das in meinem zukünftigen Job erwartete, sollte ich mir meinen Studiengang noch einmal ganz genau überlegen.

»Ms Bennet?«, hörte ich plötzlich neben mir eine weibliche Stimme und ich fuhr erschrocken auf. Eine freundlich wirkende Polizistin schaute auf mich herab und meine Augen glitten an ihr vorbei, als sie mit einem Kopfnicken hinter sich zeigte. »Sie dürfen jetzt zu ihm«, sagte sie höflich und ich erhob mich von meinem Platz und schaute Ethan direkt an, der mit einem erleichterten Lächeln auf mich zukam.

»Ethan!«, sagte ich laut und fiel ihm um den Hals. Erleichterung durchströmte mich und es war, als könnte ich das erste Mal seit Tagen wieder normal atmen.

»Ist alles in Ordnung?«, fragte ich nach einer Weile und begutachtete ihn ganz genau, ob ihm auch nichts fehlte.

Er nickte und gab mir einen Kuss auf die Stirn. »Es ist alles gut, mach dir keine Sorgen. Ich habe ihnen erklärt, was passiert ist.«

Er nahm mich bei der Hand und zog mich sanft mit sich.

»Heißt das, wir können gehen? Haben sie ihn geschnappt? Mr Pierce und seine Bulldoggen? Muss ich als Zeugin aussagen?«

Ethan lachte neben mir und legte behutsam einen Arm um meine Schultern. »Immer der Reihe nach, aber lass uns bitte erst einmal von hier verschwinden. Tut mir leid, aber in Gegenwart von Polizisten fühle ich mich ein wenig angespannt.«

Ich kicherte. »Gewöhn dich besser daran. Eines Tages bin ich vielleicht eine von ihnen.«

»Da kann ich sicherlich eine Ausnahme machen«, sagte er und wir liefen einen langen Gang entlang. »Bist du sicher, dass sie nicht mit mir reden wollen?«

»Vermutlich in den kommenden Tagen. Ich habe ihnen alles erzählt. Fürs Erste können wir gehen.« Das beruhigte mich, denn ich wollte aus dieser tristen Einrichtung verschwinden und endlich wieder frische Luft atmen.

»Es gibt eine Menge, die du mir erklären musst.«

»Du sollst deine Erklärungen kriegen, aber bitte lass uns woanders hingehen.«

Draußen angekommen sog ich die Luft tief ein und hielt sie einen Moment in meinen Lungen, ehe ich sie wieder ausatmete.

»Da sind ja die Schwerverbrecher«, hörte ich ein schallendes Lachen und schaute überrascht zur Seite, von der die Stimme kam.

»Thomas?«, rief ich. »Was machst du denn hier?«

Ich löste mich von Ethan, der Thomas mit einem Handschlag begrüßte. Fragend schaute ich zwischen den beiden hin und her. »Warst du der Kontakt, von dem ich nichts wissen sollte?«

Achselzuckend schmunzelte Thomas. »Wir dachten, je weniger Leute involviert sind, desto geringer ist die Chance, dass sich jemand verplappert.«

»Das habe ich schon tausendmal gehört«, murrte ich. »Außerdem wusste ich doch, dass Thomas uns die Pässe macht. Dass er komplett Bescheid weiß, hättet ihr mir sagen können«, maulend schüttelte ich den Kopf.

»Und was hätte es genutzt?«, wandte Ethan amüsiert ein. »Hättest du gewusst, dass Thomas ganz in der Nähe ist, hättest du dich womöglich nach ihm umgesehen. Manchmal passiert so was ganz instinktiv, gerade in Paniksituationen.«

»Und Jonathan?«, fragte ich dann.

»Ist ebenfalls in Sicherheit. Er wird gerade befragt, aber dadurch, dass er ihnen alles erzählt, was er weiß, wird er mit einem blauen Auge davonkommen. Hoffentlich.«

»Was macht dich da so sicher?«, wollte ich von Ethan wissen und folgte seinem Blick zu Thomas, dessen Mund sich zu einem überlegenen Grinsen verzog. »Ich bin zwar lange raus aus der Branche, aber ich habe noch immer meine Kontakte. Wenn ich es will, erfahre ich gewisse Dinge zuerst.«

»Meine Güte«, stöhnte ich, »was drückt ihr Männer euch nur immer so kryptisch aus?«

»Sagen wir mal, es wird sich alles fügen. Jonathan wird ihnen die ganze Wahrheit sagen. Vielleicht werden seine Bewährungsauflagen verschärft, aber mehr nicht. Immerhin liefert er ihnen gerade Informationen zu einem langgesuchten Schwerverbrecher«, setzte Thomas noch einen drauf.

»Ich habe wirklich gedacht, das war's jetzt mit uns«, schnaubte ich leise und spürte, wie Ethan seinen Arm um mich legte. »Ich war mir ziemlich sicher, dass Thomas rechtzeitig eingreifen würde.«

»Haben die Polizisten das Video als Beweismittel nutzen können?«

»Sie haben es sich angesehen und da der *Boss* schon lange auf ihrer Liste stand, wird er sich jetzt erklären müssen«, führte Thomas aus. »Die Ermittlungen gegen ihn aufgrund der Überfälle werden jedenfalls aufgenommen. Und durch Jonathans Hilfe wird er nicht mehr lange auf freiem Fuß sein.«

Ich atmete erleichtert auf. »Gott sei Dank.«

Einen Moment lang schwiegen wir und ich dachte an die letzten Minuten, bevor man uns gerettet hatte. Erst jetzt wurde mir bewusst, wem meine letzten Gedanken gegolten hatten.

»Ethan, wo ist meine Tasche?«

»Thomas hat unsere Sachen in seinem Auto.«

»Steht gleich da drüben«, sagte Thomas und deutete auf einen Wagen ein wenig abseits. »Ist er offen? Ich muss dringend an mein Handy. Ich schulde meiner Mum einen Anruf.«

Kapitel 50

Mit einer heißen Tasse Tee in den Händen und einem kuscheligen Pullover, den ich mir von Ethan geliehen hatte, saßen wir auf der Couch und starrten betreten vor uns hin. Ethan, Thomas und ich sprachen eine Weile lang nicht, um erst einmal alles im Geiste zu verarbeiten. Außerdem machte uns das Warten rasend. Das Warten auf den Anruf, der uns vermitteln würde, wann Jonathan abgeholt werden könnte oder ob überhaupt. Das Warten auf eine stürmische Klingeltirade, die wir zu hören bekämen, wenn meine Mutter eintreffen würde, und das Warten auf meine beste Freundin, die mir erst einmal die Leviten lesen und anschließend alles haarklein erfahren wollen würde. Es war zermürbend. Doch dann endlich, als ich dachte, dass das Warten nie ein Ende haben würde, klingelte es mehrmals hintereinander. Ich musste lächeln. »Das ist bestimmt meine Mutter«, erklärte ich den anderen und machte mich auf den Weg zur Haustür. Ich bemerkte Ethans unsicheren Gesichtsausdruck, weil er jetzt auf meine Mutter treffen würde, und ich musste leicht schmunzeln. Vermutlich verspürte er in diesem Moment mehr Panik als noch vor wenigen Stunden in der Lagerhalle. Verdenken könnte ich es ihm nicht. Gerade, als ich die Tür ein Stück weit geöffnet hatte und Mum erblickte, fiel sie mir schon um den Hals. »Großer Gott, Louisa!«

»Mum«, seufzte ich, erleichtert, meine Mutter in den Armen zu halten. Ich spürte, wie sich meine Tränen Bahn brachen. Sofort drückte ich sie noch fester an mich. Es war ein wunderbares Gefühl, sie zu sehen. Zumal ich vor ein paar Stunden noch geglaubt hatte, dass wir uns eventuell nie wiedersehen würden.

Als Mum von mir abließ, erkannte ich ein Funkeln in ihren Augen und ich schluchzte erneut.

»Louisa, wie kannst du nur so dämlich sein und dich in so eine Angelegenheit einmischen? Das war doch total ... «

»Mum, Mum!«, beruhigte ich sie zwischen ein paar Schluchzern. »Bitte, lass mich erst einmal Luft holen, um dir alles zu erklären.«

»Ich will hoffen, dass mir einer sagt, was hier vor sich geht. Mensch, Louisa«, seufzte sie. »Wie kannst du nur so etwas Gefährliches tun?«

»Ich schätze, das ist alles auf meinem Mist gewachsen«, ertönte schließlich hinter mir eine Stimme. Ich wandte mich um und entdeckte Ethan, wie er verlegen die Hände in den Hosentaschen vergraben hatte und meine Mum entschuldigend anlächelte. Mum hielt inne und starrte Ethan an. »Das ist also ... «

»Ethan Bradford«, kam er meiner Mum zu Hilfe und reichte ihr höflich die Hand. »Der Freund Ihrer Tochter.« Mum stockte kurz, als könnte sie noch immer nicht fassen, wo sie sich hier befand, und ich kicherte nur entschuldigend, als sie mir einen fragenden Blick zuwarf. Die Bezeichnung von Ethan hörte sich noch ungewohnt, aber zugleich traumhaft schön an. »Ich denke, dass ich dir noch ein bisschen mehr zu erklären habe.«

»Fangt nicht ohne mich an!«, erklang die Stimme meiner besten Freundin, die gerade durch die noch offene Haustür trat. »Lou! Was ist denn hier los?«

Sie schaute sich um und betrachtete dann Ethan. Augenblicklich verstummte sie und ich grinste breit, als ich ihren verlegenen Blick und die Röte auf ihren Wangen wahrnahm. »Hallo, ich bin Marleen«, stellte sie sich schließlich ganz souverän vor und reichte Ethan die Hand. »Die beste Freundin von Louisa. Die, die eigentlich *alles* über ihre beste Freundin weiß«, presste sie noch mit Nachdruck hervor und sah mich an.

»Okay, okay, kommt am besten alle mit. Wir werden euch erklären, was hier los ist, in Ordnung?«, versuchte ich die Wogen zu glätten.

»Und warum man eine Waffe auf meine Tochter gerichtet hat«, fügte Mum grummelnd hinzu. Wir setzten uns zu Thomas ins Wohnzimmer, der sofort loseilte und uns allen Getränke brachte. Mum setzte sich dicht neben mich, ließ Ethan nicht aus den Augen und nahm besitzergreifend meine Hand. Anschließend holte ich tief Luft, schnappte einen zustimmenden Blick von Ethan auf und begann endlich, meiner Mutter und meiner besten Freundin alles zu erzählen. Ich packte die Ereignisse der vergangenen Wochen aus, bis hin zu unserem Plan, Ethan und seinen Bruder zu retten. Als ich nach einer gefühlten Ewigkeit geendet hatte, war es mucksmäuschenstill im Raum. Mum starrte auf ihren Tee, Marleen schaute fasziniert und verärgert zugleich – ganz so, wie ich es prophezeit hatte, und Thomas griente vor sich hin, als wäre dies ein ganz normaler Abend gewesen. Der Einzige, der noch angespannt wirkte, war Ethan. Immer wieder bemerkte ich, wie er zur Wohnzimmertür starrte, in der Hoffnung, dass sein Bruder bald um die Ecke kommen würde. Und als Mum etwa zwei Stunden später entschied, dass wir aufbrechen sollten, hörten wir endlich schwere Schritte auf uns zukommen. Einen Moment später stand Jonathan in der Tür. Er sah sich um, pfiff anerkennend durch die Zähne und lachte. »Ich wusste ja gar nicht, dass hier eine Party stattfindet.« Ich versuchte mir ein Lachen zu verkneifen, als ich sah, wie Ethan aufstand und mit ernstem Gesichtsausdruck auf seinen Bruder zuging. Kurz vor ihm blieb er stehen und ich befürchtete, dass Ethan ihm gleich eine verpassen würde für seine Fröhlichkeit – während wir uns hier die Nägel vor lauter Sorgen abgekaut hatten. Doch stattdessen lachte er und zog seinen kleinen Bruder fest in eine Umarmung. Endlich, dachte ich erleichtert, endlich war diese dunkle Gewitterwolke über uns weggezogen. Über Ethans Schulter hinweg schaute Jonathan mich an. Ich erkannte von weitem, wie seine Augen glänzten, und als er mir zuzwinkerte, meinte ich sogar zu sehen, wie sich eine kleine Träne aus seinem Augenwinkel löste.

»Was hast du denn hier drin?«, stöhnte Marleen, als sie meine Reisetasche neben mich auf den Boden fallen ließ und sich umsah. Ich kicherte und hob die Tasche an.

»Das sind alles Bücher, die ich für die Uni brauche.« Ehrfürchtig griff ich nach den Wälzern und schmunzelte verträumt. Dann stellte ich sie direkt ins Bücherregal neben meinem neuen Schreibtisch.

»Die Wohnung ist wirklich hübsch. Du hast großes Glück gehabt«, schwärmte Marleen und ließ sich auf mein kleines Zweisitzer-Sofa sinken. Ich setzte mich zu ihr und ließ den Blick durch mein Zwei-Zimmer-Apartment schweifen.

»Was soll ich sagen? Es ist einfach alles perfekt.« Es war ein unbeschreibliches Gefühl, jetzt in meiner eigenen Wohnung zu sitzen, ohne diese mit irgendwelchen chaotischen Mitstudenten teilen zu müssen. Kurz nachdem ich die Zusage für das Studium erhalten hatte, hatte ich mich auf die Suche nach einem Job gemacht und direkt einen geeigneten gefunden. Ich würde in Zukunft abends in einem schicken Restaurant mitten in Soulfield kellnern und hin und wieder, sobald es die Zeit erlaubte, für Mum ein paar kleinere Aufträge annehmen. Somit konnte ich mich fürs Erste ganz gut über Wasser halten und mir mein Studium finanzieren. Und das Beste war: Ich stand endlich auf eigenen Beinen. War unabhängig und frei! Diese vier Wände waren das Sahnehäubchen gewesen und ideal in der Nähe des Stadtparks gelegen. Bis zur Uni waren es nur ein paar Gehminuten. Besser hätte es nicht sein können. Ich hatte ein ziemlich kleines Schlafzimmer, aber dafür einen offenen Wohnbereich mit Küche und Platz für einen Schreibtisch. Einen kleinen Balkon mit herrlicher Aussicht auf den Park und vor allem ältere Nachbarn. Bestens also, um mich auf mein Studium zu konzentrieren.

»Eines verstehe ich nicht«, überlegte Marleen laut und streckte müde ihre Beine von sich.

»Was meinst du?«

»Warum bist du nicht einfach zu Ethan gezogen?«

Lachend musterte ich meine Freundin. »Ich habe es dir schon einhundert Mal erklärt. Ich möchte mir und Ethan genügend Zeit lassen, damit wir uns in Ruhe kennenlernen können. Die ganze Sache mit seinem Bruder und den Überfällen war als Einstieg ein bisschen zu viel des Guten.« Kichernd erhob ich mich und schlenderte zum Kühlschrank. Ich angelte zwei Flaschen Bier heraus und bedeutete Marleen mit einem Kopfnicken, dass sie mir auf den Balkon folgen sollte. Dort ließen wir uns an einem kleinen Holztisch mit zwei Stühlen nieder. Für mehr war auch kaum Platz. Einen Moment lang ließen wir die letzten Sonnenstrahlen des Abends auf uns scheinen. Im Geiste malte ich mir bereits aus, was ich aus diesem Plätzchen zaubern wollte. Auf jeden Fall brauchte ich pflegeleichte Pflanzen.

»Na ja«, setzte Marleen wieder an. »Aber gerade das hat euch doch zusammengebracht, oder nicht?«

Ich ließ meinen Blick auf den Park vor mir sinken und lächelte verträumt. »Das mit Ethan ist eine ganz wunderbare Sache. Ich bin wirklich in ihn verliebt. Ich kann es kaum in Worte fassen. Aber ich will nicht zu kitschig klingen. Jedenfalls muss ich erst einmal lernen, auf eigenen Beinen zu stehen. Direkt bei ihm einzuziehen, das wäre einfach nicht richtig. Ich habe bisher in einem kleinen Studentenwohnheim gelebt, das Mum mir mitfinanziert hat, oder eben bei ihr gewohnt. Ich will erst einmal auf eigenen Beinen stehen und das Leben besser kennenlernen und das kann ich auch, wenn Ethan und ich getrennte Wohnungen haben. Fürs Erste jedenfalls. In ein paar Monaten können wir die Karten immer noch neu legen.«

Meine Freundin nickte. »Du hast recht, das ist eine gute Entscheidung. Das mit dir und Ethan ist wunderbar und ich freue mich für dich. Ich soll dir übrigens liebe Grüße von Phil ausrichten. Er hätte dir gerne beim Umzug geholfen, aber auf der Arbeit ist viel los.«

»Kein Problem. Ist bei euch denn alles gut?«

Marleen trank einen Schluck aus ihrer Flasche. »Es ist alles bestens. Dieses Mal weiß ich, dass wir es hinbekommen. Es fühlt sich jedenfalls gut an mit ihm.«

Erleichtert hob ich meine Flasche und prostete meiner Freundin zu. »Hättest du jemals gedacht, dass es bei uns so gut laufen wird?«

Lachend zuckte Marleen mit den Achseln. »Irgendwie hatte ich die Hoffnung aufgegeben.«

»Wer hat die Hoffnung aufgegeben?«, hörte ich Ethans Stimme hinter mir und er legte mir von hinten seine Hände auf die Schultern.

»Ach, nicht so wichtig«, säuselte Marleen und zwinkerte mir vielsagend zu.

»Ich habe die restlichen Kartons ins Schlafzimmer gestellt«, erklärte Ethan und lehnte sich mit dem Rücken an das Geländer. »In meinem hättest du wesentlich mehr Platz gehabt.«

Drohend hob ich den Finger. »Nun fang nicht schon wieder damit an.«

Beschwichtigend hob Ethan die Hände und lachte. »Ich weiß, ich weiß. Du hast ja recht und ich akzeptiere deine Entscheidung. Auch wenn das heißt, dass du mich häufig als deinen Gast hier haben wirst.«

»Damit komme ich klar. Wo ist dein Bruder eigentlich? Wollte er nicht auch noch vorbeikommen?«

Ethan lachte knapp. »Na, was glaubst du, wo er ist?«

»Er hat ein Date«, mutmaßte ich und erntete ein ausladendes Nicken. »Seitdem er diesen Job in der Bar hat, hat er mindestens ein Dutzend Dates in der Woche.«

»Der Ärmste«, seufzte Marleen gespielt und erhob sich. Sie marschierte an Ethan vorbei und klopfte ihm mitfühlend auf die Schulter.

»Solange ich ihm nicht auch noch beim Liebeskummer aus der Patsche helfen muss, ist das für mich total in Ordnung«, scherzte er.

»Also ihr zwei. Ich lasse euch jetzt mal allein«, flötete meine Freundin und wieder erhielt ich ein vielsagendes Zwinkern.

»Vielen Dank für deine Hilfe«, rief ich ihr zum Abschied hinterher und widmete mich meinem Freund, der mich mit schiefem Lächeln anschaute. Dann kam er auf mich zu und hob mich vom Stuhl. Ich quietschte kurz auf und musste lachen, als er mich in die Wohnung trug. »Heißt das, dass wir jetzt ganz allein sind?«

»Ja, niemand ist hier, außer wir beide«, erklärte ich und Ethan legte mich auf dem Sofa ab.

»Auch keine zornig schauende Mutter, die jeden Moment hier reinplatzen könnte?«, hakte er skeptisch nach.

»Nein, und bitte nenn sie nicht zornig. Das darf nur ich.«

»Aber so wie deine Mum mich immer ansieht … «

» … kannst du von großem Glück sprechen. Das ist immerhin ihr freundlicher Gesichtsausdruck.«

Ethan verzog das Gesicht und zuckte dann mit den Achseln. »Wir sollten aufhören, von deiner Mutter zu sprechen, und uns dem angenehmen Teil des Abends widmen«, raunte er und legte sich zu mir auf die Couch. Als wir uns küssten, spürte ich eine unendliche Erleichterung. Es war alles gut so, wie es war. Sogar noch besser als das. Ethan hatte sich endlich von seiner Schuld lossagen können und wirkte so unfassbar glücklich, dass ich ihn in den vergangenen Wochen beinahe nicht wiedererkannt hatte. Mum und ich hatten inzwischen einen viel besseren Draht zueinander und konnten offener miteinander reden. Wir sprachen sogar über Dad, was unheimlich guttat. Und endlich merkte ich, dass sein Tod uns nicht mehr auseinandertrieb, sondern uns endlich zusammenschweißte. Und ich? Ich hatte es geschafft. Ich hatte meinen Wunsch erfüllen können und meinen Studienplatz an der *Howland Universität* erhalten. Dass ich zudem einen so attraktiven

Freund an meiner Seite haben würde, machte das Ganze umso märchenhafter. So fühlte sich mein neues Leben an: Glücklich!